リサ・マリー・ライス/著
上中　京/訳

真夜中の男
Midnight Man

JN285240

扶桑社ロマンス
1074

MIDNIGHT MAN
by Lisa Marie Rice
Copyright © 2003 by Lisa Marie Rice
Japanese translation published by arrangement with
Ellora's Cave Publishing, Inc. c/o Ethan Ellenberg Literary Agency
through The English Agency (Japan) Ltd..

真夜中の男

登場人物

ジョン・ハンティントン――――――――セキュリティ会社のオーナー、元海軍中佐、特殊部隊長

スザンヌ・バロン――――――――――インテリア・デザイナー

タイラー・モリソン―――――――――通称バド。ポートランド市警、警部。元海兵隊員で、ジョンの友人

トッド・アームストロング――――――スザンヌの仕事仲間

マリッサ・カースン――――――――――スザンヌの顧客

ピーター・カースン――――――――――マリッサの夫

1

十二月二十一日
オレゴン州、ポートランド

彼女は俺《おれ》が怖いんだ、男はそう思った。

当然だろう。

二人を殺し、四人に怪我《けが》を負わせたのは、たった七時間ほど前のことだ。死や暴力の匂《にお》いが体にまとわりついている。まだ殺戮《さつりく》の興奮が冷めず、心臓がどくどく音を立てている。

スザンヌ・バロンのオフィスに入った瞬間から、彼女をベッドに誘いたいということしか考えられなくなったのも、そんな興奮状態が続いているからなのかもしれない。ジョン・ハンティントンは机の向こうに座るスザンヌに目をやった。おしゃれなオフィスにぴったりのおしゃれな机。スザンヌ自身がおしゃれな女性だ。品があり、優雅で、目を見張るほどの美人。すべすべのクリーム色の肌、濃い蜂蜜《はちみつ》色の金髪、高原の泉のように落ち着いた、薄い水色の瞳《ひとみ》。その目がおずおずとこちらを見ている。

「それでですね、ミスター・ハンティントン、メールではそちらのお仕事の内容には触れておられませんでしたが」

怯《おび》えた様子で見つめる彼女の様子では、ジョンが「熊《くま》退治と人食い」と言ったら、そのまま鵜《う》呑《の》みにしてしまいそうだ。

ビジネスの世界では、ジョンは上手に事務屋のスーツに身を包んで正体を隠していた。普段はブリオーニのシャツにアルマーニのスーツといういでたちだった。羊の皮をかぶった狼《おおかみ》だ。彼がどんな男かを知るのには時間がかかるし、場合によってはわかったときは、もう手遅れということになっている。

しかし今この瞬間、ベネズエラから戻ったばかりのジョンは、狼そのものに見えた。これが本来の姿なのだ。黒の皮ジャン、黒のタートルネックのセーター、黒のジーンズに戦闘ブーツで、まだアドレナリンが体中を駆け巡っている。可憐《かれん》なミズ・バロンが、自分のオフィスに喜んで迎え入れたい人物ではないはずだ。いや、迎え入れるべき男ではない。さらに、ジョンの見たところでは、彼女はここにひとりで住んでいるらしいから、なおさらだ。

彼女はすでにジョンの不穏な空気を読み取っているらしいが、実際ジョンが肩から吊《つ》るしたホルスターにシグ・ソーヤーの自動小銃を入れていることも、背中の真ん中に垂らした鞘《さや》にK－バーといわれる戦闘ナイフを納めてあることも、足首に二十二口径の拳銃《けんじゆう》を隠していることも知らないのだ。そんなことが知られたら、今すぐこのビルから出て行けと言われるだろう。

スザンヌはジョンを見ていた。その瞳が不安にかげる。

ジョンは興奮状態のまま、ここに来てしまった。ベネズエラにある石油会社の軟弱な重役に、万一の場合に備えてのコンサルタントに行ったのだが、あっという間に現実社会の厳しさを教えることになってしまった。極左テロ組織が軍隊を率いて現れ、物見遊山気分だったウェスタン石油社の重役全員を誘拐しようとしたのだ。

幸運だったのは、ジョンがその場にいたことで、テロリストを二人やっつけ、四名を負傷させて、重役を避難させた。それから、地元の警察に後始末を任せた。

感激した会社のCEOの好意で、ジョンは会社のプライベート・ジェットを使わせてもらえることになり、アメリカに戻った。それまでに全世界のウェスタン石油の警備を引き受ける契約を交わし、さらにボーナスとして三十万ドルの小切手を受け取っていた。そしてスザンヌ・バロンとの約束の時間に何とか間に合ったというわけだ。

しかしミズ・バロンがこれほどの美人とは。

俺が危険でないことを、そろそろわからせてやらないとな。いや、確かに危険な男ではあるが、彼女に危ない思いをさせることはない。

「私はアルファ・セキュリティ・インタナショナルという警備会社のオーナーで、経営も自分でしています。パイオニア広場のはずれにオフィスを構えているのですが、会社が急成長していまして、新しい事務所が必要なんです。ここなら広さはじゅうぶんです」

ジョンはそのオフィスを見渡した。こんな場所はまるで想像していなかった。地元紙「オレゴン日報」に載っていた広告には、ただ広さと場所が書いてあっただけだった。場所は、最近開発が進んで治安は前よりはよくなってきているものの、まだまだぶっそうなパール街という地区だった。すさみきった区域のすぐ横だ。ところが一歩この二階建てのレンガ造りのビルに入ると、ちょっとした天国に迷い込んだ気分になった。

スザンヌが見せてくれたオフィスには部屋が四室あり、それぞれがつながって行き来できるようになっている。まるで、ジョンのために用意されたようなオフィスだった。大きくて天井が高く広々している。新しい木と古いレンガの匂いがして、今借りているパイオニア広場の高層ビルにあるばかばかしい高級オフィスとはまるで違っている。

中に入ると、ビル自体が真鍮《しんちゅう》の金具で留めてある精巧な宝飾品という趣《おもむき》があった。

淡い色合いの硬い木の床に、パステル調の柔らかな家具が置かれている。スザンヌが用意した控えめな灯《あか》りがクリスマス間近の雰囲気をかもし出し、どっしりとした暖炉の上に飾られた緑から、ぴりっとした芳香が漂い、オレンジやシナモンの香りも混じっている。

隠して置いてあるスピーカーから響くハープの調べは、天国から直接流れてきているように聞こえる。

ジョンは即座に家に帰ってきた、という感覚を持った。家というものなど持ったことのない男なのに、不思議なものだ。まだ襲撃の余韻で高ぶっていた神経が徐々に鎮まっていった。これこそ彼が求めていたものだ。ただし、求めていたということに、気がつきさえしなかった。

おまけに玄関で迎え入れてくれたのが、上品で官能的なブロンド。柔らかでほっそりした手を差し出してくれたとき、欲しいのはこれだと思った。ジョンの体は完全に彼女を手に入れる戦闘体制に入った。体がすぐにセックスを求めて準備を始めたのだ。こんなに気が散ってしまうようになったのは、いつからだろう？　通常なら銃撃戦があっても任務を忘れることなどない。もちろん銃撃戦とすごく魅力的なブロンドというのは前提が違うが、ここに来た目的は、新しい事務所を見つけるということだ。このオフィスを見た以上、どうしてもここに決めたい。そしてオフィスの貸主が彼女なのだ。とすれば、まず何としてもこのホルモンを抑えておかねばならない。でなければ、オフィスも彼女も、どちらも手に入らないことになる。

おとなしくしてろよ、ジョンはそう言い聞かせた。

ジョンがホルモンを大気中に大量に吐き出しているせいなのか、スザンヌはうんと離れた場所で椅子《いす》に座ったままだ。本人も気づかないうちに、距離をあけておこうとしているのだろう。机の奥行き分の距離をあけておけば、ジョンが飛びかかってくることもないと、スザンヌは本気で思っているのだろうか——そう思うとジョンはふん、と鼻を鳴らしそうになった。見るとスザンヌは大きく目を見開き、虹彩《こうさい》を縁《ふち》どる線が白っぽい色なのがわかるほどだった。

緊張を解きほぐして、頭からのみ込んだりはしないよと、安心させてやらないといけないな。

ともかく今はまだ、しない。

ジョンは部屋を調べながら、わざとスザンヌのほうを見ないようにした。顔には何の表情も出さないようにして、スザンヌのほうに自分を値踏みする時間を与えた。すると、彼女の息遣いが落ち着いてくるのが聞こえた。

部屋を調べているふりをしたのはちょっとした策略だったのだが、ジョンはすぐにその美しさに心を奪われた。スザンヌがどうやってこれほどのことをやってのけたのか、まるでわからなかったものの、できあがった作品とも言うべきこの部屋の見事さはじゅうぶん理解できた。目を奪われるような明るいパステル調の色合い。居心地のよさそうな家具は、モダンでありながら、女性らしさがある。様式の年代を統一させてある。おそらく一九二〇年代調というのだろうか。すべて、まさに何もかもが細部にこだわってある。部屋の隅々、置かれているものまで、豊かな気分にさせてくれる。

そろそろ落ち着いた頃だろうと思ったジョンは、スザンヌのほうを向いた。

「あなたがご自分で改装なさったんですか？」

スザンヌはその質問には、ほっとした様子だった。周りを見渡す顔に笑みが浮かび、淡くピンクに塗った唇が持ち上がる。外は雨が降っていた。大きな窓辺にはよい匂いのする鉢植えが置かれていて、そこから部屋に入り込む雨まじりの薄明かりが、スザンヌの頰《ほお》を真珠貝のような色に染めていた。

「ええ。このビルは祖父から受け継いだんです。以前は靴の製造工場だったんですが、その会社は二十年前に倒産して、それ以来ずっとそのままにされていたんです。私はデザイナーなので、売らずに自分で改装しようと決めまして」

「見事な改装ですよ」

スザンヌが顔を上げ、二人の視線が合った。見つめたままの彼女が、荒い息で言った。「ありがとうございます」

それからしばらくペンをいじって、机をとんとんとペンで叩《たた》いていた。机の表面もぴかぴかに磨き上げてある。そんな行動が落ち着かない気持ちを露呈しているのがわかったのか、スザンヌはまたペンを置いた。スザンヌの他の部分同様、手も華奢《きゃしゃ》だった。ほっそりしていて真っ白だ。右手に高そうに見える指輪を二つつけているが、左手には指輪はない。

よし。他の男のものではないんだ。今見つけた以上、これから俺以外の男が彼女に近づくことは許さない。俺がもうじゅうぶんだと思うまで、だめだ。そんなことになる日は、ずっと先の話だろう。

スザンヌの手が少し震えた。

スザンヌ・バロンはジョンが会った中でいちばんきれいな女性かもしれない。しかし、本質的なところで言えば、彼女も動物なのだ。人間という動物であり、ジョンの中に危険なものを感じ取り、ひょっとしたら嗅《か》ぎ分けているのかもしれない。今の状態では、正確に。

一般人が俺に近づくといつでもそうなんだ、と思ったジョンだが、今は自分も一般人であることを思い出した。もう軍隊にいるのではない。軍にいれば、自分が何者かをすぐに実感できた。

今までの人生をずっと、ジョンは同じ種類の男に囲まれ、友情に固く結ばれた仲間と過ごしてきた。敵であっても、同種の男だった。仲間は戦士として、ジョンがどんな人間であるかを見抜き、気安く付き合ってくれた。

一般人は、ジョンとどう接していいかわからないのだ。たとえば羊が群れに紛れ込んだ虎《とら》を感知するような態度になる。理由はわからないけれど、不安な気持ちを持つ。

スザンヌを驚かせることがないように、ジョンはゆっくりと体を動かして、書類ホルダーを差し出した。一瞬手が触れ合う。シルクのような感触だった。触れたとたん、スザンヌは薄い水色の瞳を見開き、そしてジョンは手を元に戻した。

スザンヌが書類の表紙に手を置いた。眉間《みけん》にかすかなしわがよる。

「これは何でしょう、ミスター・ハンティントン？」

「身元照会の書類です。経歴、軍務記録、銀行からの信用調査書、推薦状が三通、そして我が社の主要クライアントのリストです」そこでほほえむ。「私は誠実で、きちんと納税して支払能力もあり、業務内容はまっとうなものです」

「そんなことを疑ったりはしませんわ」

書類をめくっていくうちに、スザンヌの額に小さな線が現れた。ジョンはじっとしたまま、息をするだけにしていた。戦闘で学び取った技術だ。

「これはどういうこと？　――軍務記録、ああ」スザンヌが顔を上げた。何らかの感情がその瞳をよぎった。「中佐でいらしたのね。陸軍の将校ね」わずかながら、スザンヌが体の力を抜くのがジョンにもわかった。軍の将校というので安心したのだろう。しかし軍でジョンがどんな任務に携わったかは知らずにいる。知れば、体の力を抜くなどあり得ない。

「前に、将校だったということです。除隊記録もそこにあります。それと、海軍ですから」声にばかにした調子が出ないようにと、ジョンは気を遣った。はん、と吐き捨てるように言わないようにするので、精一杯だった。陸軍だと？　腰抜け連中じゃないか。やつら全員だ。「陸軍とは違います」

スザンヌはさらににっこりした。態度が和らいできている。いい兆候だ。ジョンはしぐさから、心を読み取るのがうまかった。賃貸契約は完了したも同然だ。軍務記録を読み進むにつれ、スザンヌはリラックスしてきている。

記録には勝ち取ったメダルのいくつかが記されていて、それだけでも一般人はじゅうぶん感心してくれるはずだ。それ以外の、誰にも知られてはいけない任務についでは、ジョンの心の中にしまわれ表に出ることはない。

クライアントのリストというのも、役に立った。フォーチュン500にランクインするような有名企業も何社か、顧客になっているからだ。

これでスザンヌも、ジョンが酔っ払って無茶をするような輩《やから》ではないことがわかったはずだ。家賃を払わないまま夜逃げするような人物でもない。彼女の家から銀器がなくなっていくということにもならない。実はスザンヌの持ち物はほとんどこのビルにあり、高価なアンティークの紅茶セットと銀器が揃《そろ》っていたため、銀器の話は笑い話ではないのだ。今のファイルで、ジョンがまじめで高く尊敬を受ける市民であることが証明された。

しかしファイルに載っていないこともある。ジョンは海軍では、部隊を率いる将校になる前、長距離の敵を狙《ねら》うスナイパーとして訓練を受け、千四百メートル近く離れた場所でも間違いなく相手を殺せる腕を持っていた。さらに、素手で人を殺せる方法は四十五種類も、身につけている。その気になればキッチンの流しの下に爆弾を仕込んで、このビルごと吹っ飛ばせる能力もある。そして、明日の夜、この時間までには、スザンヌのベッドに入り、彼女の体の中に収まっているはず。そんなことも、ファイルから読み取ることはできないだろう。

「海軍。海軍将校ね。ごめんなさい。ハンティントン隊長、とお呼びしたほうがいいのかしら。ミスター・ハンティントンのほうがいい?」

「ジョンとお呼びいただければ結構ですよ。もう除隊しましたから」

「ジョン。では、私もスザンヌで」外の雨が静かな室内に子守唄《こもりうた》のような落ち着きをもたらしてくれる。

ジョンの五感はすべて研《と》ぎ澄まされていた。スザンヌが息を吸って肺から吐き出す音。机の下で、脚を組み直すときのストッキングのこすれる音、ちゃんと聞こえる。

華奢なくるぶしが見えるだけだが、その先にはほっそりと長い脚が続いていることは、ジョンにはわかっていた。その太腿《ふともも》が腰に回され、ふくらはぎが尻《しり》をはさむ感触が伝わってきそうで……。

「失礼、今何て？」スザンヌが何か言ったのだが、ジョンは彼女をベッドに引き入れるところを想像するのに夢中で、聞き逃してしまった。

ジョンはぎこちなく体をもぞもぞさせた。この前セックスしてから、もう半年以上経つことを思い出していた。この会社を立ち上げ軌道に乗せることで手一杯だったからだ。二人の目が合い、そのまま見つめ合った。

「そのリストの人たちに、電話したほうがいいでしょうね」ジョンは落ち着いた口調で、威嚇《いかく》的に響かないように気を配りながら言った。

「してみましょう、ええ」そしてスザンヌは、ほうっと息を吐いた。「そうね、その……」指輪をいじって、くるくる回している。「いいわ、これで――オフィスをあなたに貸すことに決めたわ。私の最初の店子《たなこ》さんになるのね。お貸しするんだから、使いやすいようあなたの好きなように変えていただければ結構よ。ただ、できれば壁をぶち抜くのだけは、勘弁してもらいたいとは思うけれど」

「何万年かかったって、僕にはこれほど見事なオフィスには仕上げられないでしょう。

インテリア・デザイナーとして、このまま君を雇いたいぐらいだ」

「実は……」透き通るようなスザンヌの頬が、ほんのりとピンクに染まった。そして後ろに手を伸ばして、ファイルを手にする。「このオフィスのデザインをするとき、賃貸したらどんなオフィスにするかをあれこれ考えたりしたの。いろんな色をテーマにして、全体をもっと……」そこで顔を上げ、ジョンを上目遣いに見つめる。「男性的にしたらと思って」ジョンは椅子を前に出した。感覚が研ぎ澄まされ、スザンヌの肌の匂いまでわかる。ローションと香水と温かな女性らしさの混じり合った匂いだ。

スザンヌはジョンの無遠慮な視線にあって、真っ赤になってきていた。

ジョンは無理に視線をそらそうと、スザンヌが机に広げたデザイン画に目をやった。

そして、その内容にはっとしてじっくりデザインを見た。

すばらしい。

「すごいな」ふっと息を切らすようにジョンが言った。何枚にも及ぶ図面を慎重に見ていく。スザンヌは、通常あまりオフィスに用いられないような色調を使っていた。黒っぽいグレーとクリーム色に、不思議な紺。シックでモダンな雰囲気になっている。さらに使いでがよさそうで、快適、洗練されている。まるでジョンの頭の中をスザンヌがすっかり歩き回って、ジョン自身が気づいてもいなかった自分の希望を完璧《かんぺき》に描き出してくれたかのようだった。「優雅だけど、うるさくない。特に薄茶色の天井がいいな。なんか青い色のぐるぐるしたのがついてるところ」

「麻色《エクリュ》ね」

「何だって？」

「あなたのビジネスにも、業界用語みたいなのはあるでしょ？　私の仕事でもそういうのがあるの。ここに使われている色は、スレート・グレー、エクリュ・ベージュ、ティール・ブルーっていうの。灰色、薄茶色、紺とは呼ばないのよ。それから青いぐるぐるしたのは、ステンシル模様よ」スザンヌはデザイン画をジョンのほうに押しやった。「よければ、使って。このまま持っていらして。必要なら、家具を買うのもお手伝いするから。私はデザインするものに、特注品を使ったりしないの。この中の家具は、すぐに手に入るものばかりよ。私なら仕事用に割引価格で買えるから、お役に立てると思うの」

「そこまでしてもらえるとは、感激だな。できれば、住まいのほうもデザインしてもらえないかな？　もちろん費用は払うよ」

スザンヌがはっとした。「住まいのほう？　ここで暮らすつもりなの？」

「ああ。たっぷり広さはあるから。裏のほうに部屋が三つあるだろ。これで俺が住むにはじゅうぶんだ。仕事柄、早朝や夜中に叩き起こされることもあってね。職場に近いとこに住んでないと困るんだ。ここなら完璧だ。さて、君は二ページ目のリストに

「どういうこと?」スザンヌが椅子の上で体を動かすと、花のような香りがふんわり漂ってきた。ジョンの鼻孔がその香りを吸い込もうとふくらむ。

「人物照会用に五名をリストに挙げておいた。契約する前に、電話で確認してみてくれ。契約は明日でいいだろう」

「そこまでする必要はないはずよ、隊長――ジョン」

「絶対、必要だ、スザンヌ」ジョンは周囲を見渡してから、視線をスザンヌに戻した。

「この建物はすごくきれいで、君のビル改装の腕前は見事だということがわかる。しかし、このあたりは、ぶっそうなところだ」

そのことが、会社の本部をこの場所に置きたいという理由のひとつでもあった。ジョンの雇う人間の中には荒っぽく見える者もいる。瀟洒《しょうしゃ》な街中のビルにはまるでそぐわないのだ。たとえば、ジャッコは鼻ピアスに毒蛇のタトゥーをしているし。

「このビルに、君は男性と二人きりになるわけだから、そいつがどんな男かを知って、この男がいれば大丈夫だと安心していたいだろう」ジョンの視線が、じっとスザンヌに注がれる。「俺といれば、君は他の人間から襲われることはない」

しかし、俺から襲われることはあるぞ、ジョンは心で思っていた。

「そうね、あなたはそういったことのプロなんだから」スザンヌがふっとため息を吐《つ》いた。

「そのとおり。さ、電話するね？」

スザンヌは書類を見下ろした。「ええ。あなたがそうしろって言うんですもの。リストの人たちも、すごい方ばかりね。あら、ポートランド市警察、タイラー・モリソン警部、ってタイラーと知り合いなの？」

「バドのことか？　ああ。軍の任務で一緒だった。そのあと、あいつが先に除隊して警官になったんだ。あいつに電話すればいい。それから、契約する前にもうひとつ。ここの警備システムはどうなってる？」

「警備システム？　えっと、防犯設備ってこと？　どうだったかしら」スザンヌは住所録を広げ、ピンクに塗った細い指先でリストをたどり始めた。「すぐに思い出せないわ。ただ、高かったのよ。あ、これだわ。インターロックって会社。聞いたことある？　ああ、当然よね。警備の仕事をしてるんだから。私ってばかね」

「俺のしているのは、要人警護でビルの警備はしていないんだが、インターロックは知っている」ひどい会社だ。スザンヌに法外な価格で、七桁《けた》コードのごたいそうなシステムとやらを売りつけ、つけたのは既製品の警報器だろう。インターロック社が警備を担当するようなビルに住むことも、仕事をすることも、ジョンにはあり得ないことだ。立ち上がりざまに、ジョンは言った。「俺が出たあとは、必ず警報装置をセットしておくように」

「私――わかったわ」スザンヌも立ち上がった。当惑したような顔をしたまま、机の向こうから出てくる。「どうしても、と言うならそうするけど。昼間は普通、ただドアの鍵《かぎ》をかけておくだけなの。出入りするのに警報装置をセットしたり解除したりするのが面倒だし。でも、まあ。交渉は成立なのね？」

「もちろん」

ジョンがさっと手を差し出した。スザンヌも一瞬ためらった後、手を差し伸べた。その手はジョンの手の半分ほどの大きさしかなく、ほっそりと華奢だった。ジョンはどれぐらい力を込めるか、慎重に計算してスザンヌの手を握った。手を放すときは、辛かった。放したくはなかった。本当にしたかったのは、そのまま手を引っ張って腕の中にスザンヌを抱き寄せ、それから床に押し倒すことだった。

そんな気持ちが伝わったのだろうか、スザンヌの目が警戒するように見開かれた。ジョンは体を後ろに引いた。

「明日から荷物を運び込み始める。インテリアに関しては、絶対君の協力を頼むことにする。もちろん、デザイン料は支払う。ずいぶん時間も労力もかかったことは、見ればわかるから」

スザンヌは手を振って、ジョンの申し出を断った。「いいえ、そんなのはいらないわ。私がただ、勝手に考えていただけなんだから。引越しのお祝いだと思ってもらえればいいの」スザンヌが廊下に向かったので、ジョンはその後ろを歩いていった。後ろから抱きつくんじゃないぞ、彼女の匂いを吸い込んでいることを知られるんじゃないぞ、と心に言い聞かせていなければならなかった。ジョンの部下に言わせると、彼には特別の嗅覚《きゆうかく》があるらしい。誰かがタバコを吸ったら、翌日に服を嗅いでも、タバコの臭いがわかる。スザンヌ・バロンの匂いを吸い込むと、膝《ひざ》から崩れ落ちそうな気分になる。

それはいろいろなものが混じり合った匂いだった。軽いフローラル系の香水と、りんごの香りのするシャンプー、洗いたての服、そしてはっきり何だとは言えないけれど、間違いなくスザンヌの肌の匂いだとわかるもの。すぐ、きっともうすぐ、その肌の匂いを近くで吸い込むことになる。もう時間の問題だ。

早ければ早いほうがいい。だめだ、この後姿には、前から見ていたとき以上にそそられるものがある。しなやかな丸みに、濃い蜂蜜色の金髪が歩くたびにはねる。

これほど華奢な女性が、これほど見事な曲線を持っているのを見るのは初めてだ。スザンヌ・バロンのすべてが繊細で、はかなげに見える。慎重にしないと。ベッドに入っても、荒々しい行為は慎まなければ。ゆっくり時間をかけて、体を沈める、俺の体に慣れてもらう。そしたら……。

スザンヌが振り返ってほほえんだ。「そしたら、何もかも大丈夫ね」

大丈夫！　ジョンは目を細め、体がびくっと動いた。もう少しで手を伸ばしてスザンヌに触れてしまうところだった。彼女は賃貸契約の話をしてるんだぞ、頭がどうかしたんじゃないか、とジョンは自分に言い聞かせた。

「契約書を作って、合鍵を用意しておくわ。引越しは何時ごろから始めるのかしら？」

今すぐに！　体はそう主張している。今この瞬間にも、と。しかし、まずやっておかねばならないことが、ジョンにはあった。「荷物はたいしてないんだ。書類用のキャビネットとコンピュータ周りの機材だけだ。機材はたくさんあるけどね」ジョンはスザンヌの瞳をのぞき込みながら、笑いかけた。「それ以外の家具やオフィス機器は、必要なものを注文しておいてくれないか？　君が要ると思うものなら何でもいい」

スザンヌはゆっくりと息を吐きながら、ジョンを見上げた。

「いいんだろ、スザンヌ？」

他のことを考えていたのか、思いをふり切るようにスザンヌはまばたきした。「あ、ええ。そ、そう、いいわよ。あなた用の合鍵を作っておくわね」

ジョンはドアを開けた。今、あとにしたのは、宝石箱のようなビルにたたずむ華奢で上品な女性。目の前に広がるのは、焼け落ちた商店や吹きさらしの酒屋、そして歯の抜けたように点在する空き地。そのあまりの対照的な光景に、ジョンは思わず、またスザンヌのところに戻ってしまった。彼女がマザーグースに出てくる、蜘蛛《くも》に狙われる小さなマフェットちゃんのように思えた。世の中には、蜘蛛がいるんだよ、ということをスザンヌに教えてやらなければ。しかも大きくて怖いやつが。

「スザンヌ、俺のことを調べるんだ。この家に入れる男が、どういう人間なのかきちんと確かめてくれ。バドに電話するんだ。今すぐ」

淡いピンクの唇が、半開きになった。薄い水色の瞳を大きく開いて、スザンヌはジョンを見つめた。「わかったわ、私……」そしてごくん、と唾《つば》を飲み込む。「電話する」

「それから俺が出たらすぐ、警報装置をセットするんだ」

スザンヌはジョンの顔を見つめたまま、こくんと首を振った。

「七桁のコード番号は、暗記してるか?」

「どうしてそんな——いえ、いいわ。覚えてない」

「ビルの警備をきちんとすることに慣れるんだ。番号は頭で覚えておくようにしておくんだ。きっと番号は紙に書いて、机の下に貼《は》りつけてあるんだろ。君は右利きだから、たぶん右側の天板の裏にあるはずだ」

スザンヌがふうっと息を吐いてうなずいた。そのとおりだ。

「それではだめだ。これからは番号は金庫に入れて、頭で覚えるようにするんだ。警備システムがあるんだから、使わなきゃ。俺が出たらすぐ、このビルは鍵をかけて誰も入れないようにしておいて欲しい」

「了解です、隊長」一瞬、スザンヌの頰にえくぼが見えたが、すぐに消えた。「それとも、了解であります、上官殿、って言ったほうがよかった？」

「ただ、ええ、あなたの言うとおりにするわ、って言えばいいんだ」

スザンヌの顔がすぐそこに近づいていた。もし毛穴みたいなものがあるのなら、わかるぐらいの距離だ。しかし、スザンヌの肌は大理石のように完璧にすべすべだった。大理石と違うのは、柔らかくて温かいことだけだろう。さわらなくても、ジョンにはそれがわかった。ドアから片足を踏み出す。向こうにあるのは、別世界だ。ここから出て行かなければならないと思うと、決心のようなものが要る。

「鍵をかけるんだよ、スザンヌ」ドアの取っ手を引き、敷居をまたぎながら、もう一度ジョンが言った。

玄関の段のところで、ジョンはじっと待っていた。やがて、インターロック社の聞きなれた、かしゃ、ちん、という警報装置が作動する音が聞こえ、やっとジョンは雨降りの町へ歩き始めていった。

2

ふうっ。

スザンヌはドアにもたれかかると、震えるこぶしを胸に押し当てた。まだ心臓がどきどきしている。膝《ひざ》ががくがくして、ぺたんと床にへたりこんでしまいたい気がした。ジョン・ハンティントン――ジョン・ハンティントン中佐。こんな人物が現れるとは予想していなかった。

受け取ったメールはごく普通のものだった。「バロン様、本日『オレゴン日報』紙で広告を拝見しました。オフィス用の賃貸スペースとありましたが、当社では本部用の場所を探しておりまして、そちらの物件に興味を持っております。つきましては現地に伺ってお話できればと思います。よろしければ十二月二十一日、午前十時でお約束いただけませんか？　よろしくお願い致します。ＡＳＩ社、代表取締役社長、ジョン・ハンティントン」

あら、すてきじゃない。ＣＥＯだなんて。そう思いながら、スザンヌはメールに返信した。頭の中では、銀髪の紳士というイメージができあがっていた。ビジネスマン。願ってもないことだ。

パール街の再開発はゆっくりとしたペースで進んではいる。しかし、一歩踏み出せばまだまだぶっそうな地域だ。まともなビジネスをする人がそばにいてくれることになれば、気持ちの上でも安心できると思った。

ところが、その男性と向き合って座ることになったとき、安心できるという気にはまったくなれなかった。怯《おび》えてしまったというほうが、近いだろう。いや、怯えたのではない。ただ……どういう気持ちだったのか、説明できない。白髪《しらが》頭のお父さんというタイプの男性でなかったことは、あきらかだ。年をとっていたのでもなかった。危険な男だった。そう、そういうことだ。スザンヌの体の中で警報システムが鳴り、危険だ、と伝えてきたのだ。

最初、現れた男がメールの相手だとは思えなかった。会社の社長というふうには見えなかったのだ。荒々しく、ぶっそうな男、という印象だった。バイクに乗って走り回るようなタイプ、つまりビジネスマンという感じではない。体が大きくて、広い肩が椅子《いす》の両端からはみ出るほどだった。短く切り揃《そろ》えた黒髪は、こめかみに少しだけ白いものが交じり始めていた。瞳《ひとみ》の色は黒に近いような濃紺なのか、わずかに茶色がかっているのか、雨模様の薄暗さのせいではっきりとはわからなかった。

瞳が何色だったかはさておき、その目で見つめられると、そのままのみ込まれてしまうのではないかと思った。

スザンヌがこれまで会った男性の中で、ジョンはいちばん堂々とした……オスだった。もちろんスザンヌが出会う男性といえば、インテリア・デザイナーという仕事を通じてなので、海軍にいるような男性とは本質的に異なるのは当然だろう。それでも、ジョンが吐き出す粗暴な男っぽさというのに、スザンヌはすっかり圧倒されてしまった。

ジョンが何をしたというわけではない。椅子に掛けたままほとんど動かなかったし、そわそわしてその辺のものを手にしたり姿勢を変えたりもしなかった。不適切なことを言ったわけでも、もちろんしたわけでもない。それなのに、スザンヌの体全体が極度の緊張状態になっていた。知らぬ間に手が震え出し、抑えておこうとするのに必死だった。

こんなのはどうかしているし、今すぐ気持ちを変えなければならない。ジョン・ハンティントンは賃貸にじゅうぶんな支払いをしてくれることになった。実は場所の相場よりもかなり高い金額だった。だから、店子《たなこ》としてのジョンとは、これからしょっちゅう顔を合わすことになるはずで、慣れておかなければ、そのたびにドアにもたれかかって心臓が落ち着くまで待たねばならなくなってしまう。そんなことはしていられない。

もう少し遊ぶ時間を作ったほうがいいのかもね、とスザンヌは思った。このところ働きすぎだ。デートでもして、普通の生活を取り戻さなければ。

銀行の支店長がまた誘ってきたら、今度は口実を作らずにデートしてみよう。彼とは二、三度デートしたことがある。しかし、このマーカス・フリーマンという銀行員はまさに色白、ポートランドに住む白人の一般的基準からいっても真っ白というべきで、あまりに退屈な男だった。柔らかで白い手をしていて、大きくて黒くて硬いジョン・ハンティントンとはまるで違って……。

やめなさい！

ああ、私ったら、いったいどうなっちゃったのかしら。

やっと脚がしゃんと立つようになっていた。これなら歩いても崩れ落ちなくて済むことがわかったので、スザンヌは廊下を自分のオフィスまで戻っていった。見慣れた置物を見ると心が和《なご》む。すべて自分の手で選んだもの、すべてに思い出がこもっている。このオフィスをデザインするのは楽しかった。硬質材のフローリング、素焼きの出窓を傾斜をつけてあけ、そこにステンドガラスをはめ込んだ。その色と形を見ると元気が出てきて、今日もがんばるぞという気になる。

しかし、不思議なことに、賃貸部分のデザインはまるで違う雰囲気に仕上げた。

ある雨降りの午後、他にすることもなかったので、廊下の向こうの賃貸にしようと考えていた部分へと、ぶらりと入っていった。四部屋を順に歩いていった。何もない大きな場所、無地のキャンバスという感じだった。

デザインしようと思うと、いつでもわくわくして、たいてい、アイデアも簡単に浮かんでくる。しかしその日、スザンヌはがらんとした何もないフロアにあぐらをかいて、壁にもたれかかって座り込み、ほとばしる何かを書き留めるようにスケッチし始めた。頭の中にすでにアイデアができあがっているような気がした。何か暗くて力強いものが、出てくるように思えた。

スザンヌ自身のオフィスや居住スペースは鮮やかな彩りで女性らしいものにしてある。しかし賃貸部分を考えると、出てくるのは、石盤のスレート・グレー、生成《きな》りの麻のエクリュ・ベージュ、熱帯の鳥のティール・ブルー、そんな色で、それらが重なり合って流れるような影を作るところだった。ジョン・ハンティントンのことを思いながら、スケッチしたといってもいいぐらいだ。彼の力や強さを感じていたのだろうか。

ジョンの瞳に、ああこれだ、という表情が現れるのが見えた。なぜかはわからないが、彼にぴったりのものをデザインしてしまっていたのだ。

なぜか、特別に大きな肘掛《ひじか》け椅子が必要だろうとわかっていた。柔らかい黒い革でなければ。どうしてか、ごてごて飾りのついたものは、必要ないと考えてしまった。だから直線の美しい、細長いチタンでできた机を描いた。さらに黒の大理石でできた扉のついていない書棚と、ティール・ブルーとクリーム色の幾何学模様のついた中国製のじゅうたん。

彼の寝室には、大きなベッドを置こう。マホガニーの頭板のついているものがいい。ジョン・ハンティントンが裸でベッドに入っている姿が頭に浮かび、スザンヌの腰から力が抜けていき、あわてて体を持ちこたえた。セーターの上からでも、彼の胸の筋肉ははっきり見えた。その胸はきっと黒い毛で覆われていて、下のほうへと三角形を描くようにつながり……。

どうかしてるわ。私、絶対おかしくなってるんだわ。

震える体を机の後ろの椅子に押し込んで、スザンヌは何か他のことを考えようとした。ジョン・ハンティントンの体以外のことならなんでもいい。

スザンヌは机の上に置いた手をぎゅっと握りしめ、こぶしが白くなるのをしばらく見つめていた。そしてコードレスの電話を手に取り、電話帳を調べて、かけようと思っていた番号を見つけた。

「ポートランド市警察です」退屈しきったような声が応答した。

「モリソン警部をお願いします」

かちゃっと音がしたあと、違う声がした。「殺人課です」

「モリソン警部とお話ししたいのですが」

「このままお待ちください」

受話器の向こうで、いろいろな音がしている。誰かの叫び声、そして男性が怒鳴《どな》り返し、乱闘しているような音。やがて太くて男性らしい声が聞こえた。「モリソンだ。何の用だ？」

スザンヌはほほえんだ。バドが乱闘に巻き込まれていたのだろう、息が切れている。

「バド、スザンヌよ。少し――」

「スザンヌ」深みを帯びた声が、鋭くなった。「おい、何か変わったことでもあったのか？　クレアの身に何か起きたのか？」

「いいえ、全然。そんなことじゃないのよ」

バドはスザンヌの親友であるクレア・パークスの婚約者だ。付き合い上、バドとも何度か会ったことがある。彼のほうがクレアにべた惚《ぼ》れなのだが、クレアのほうは、最近気持ちがぐらついてきている。あまりにマッチョで、強引で、クレアを守ろうとする気持ちが過ぎて、独占欲が強いのだという。バドも背が高く、見るからにタフで、なんといってもジョン・ハンティントンの友人なのだから、クレアの言うことも、さもありなんとスザンヌは思った。

「クレアは元気よ。そういうことで電話したんじゃないの。新しくオフィスを借りることになった人が、人物照会であなたの名前を挙げたのよ。それで電話したの」

「じゃあ、やっと借り手が見つかったんだな。よかったよ。クレアがずいぶん心配してたからな。あんなぶっそうなところに、君はひとりでいるんだから。正直、俺《おれ》も同感だ。で、誰が借りることになった？」

「ジョン・ハンティントンという男の人。ハンティントン中佐よ。元海軍将校だって。知り合いなの？」

「ジョンだって？」バドがははっと笑い声を漏らした。「もちろんさ。あいつが君のところを借りることになるのなら、もう心配無用だな」

でも、別の心配事が始まったのかもしれないわ、スザンヌは心の中で思った。「彼ってどんな人なの？　経歴とか教えてもらえる？」

「まあ、はっきり言えるのは、きわめて優秀な兵士だな。もらったメダルを軍服に飾れば、胸じゅういっぱいになるよ」

「ええ、除隊記録に書いてあったわ」

「あのな、それは公《おおやけ》になっている任務でもらったメダルだけだ。それ以外のメダルもいっぱいあるんだ。俺たちが知らないところでもらったやつさ。今後も一切世間に知られることはない任務なんだ」

「それって——どういう部隊にいたの？」

知らないところ？

「SEAL《シール》だよ。海軍の特殊部隊だ。主に奇襲攻撃をする精鋭チームさ。他の誰よりも何をやっても優れてるんだ。隠密作戦の専門家でね。闇《やみ》に紛れて行動するのが得意なんだ。部下には、あいつは『真夜中の男《ミッドナイト・マン》』と呼ばれていたな。あいつは暗視能力が特に優れている。タンゴ、あ、これはテロリストのことを指す軍隊用語なんだけど、あいつは、すごい数のタンゴを殺してるんだ。たぶん君がまともな夕食をとった回数より、多いはずだな。は、は、は」

「は、は、は」スザンヌの笑い声が虚《うつ》ろに響く。バドの言葉がすべて真実であることは、すぐにわかった。黙っていてもはっきりと出てくる、オーラのようなものがジョンにはあった。それが過去を物語っていた。あまりに危険な男を家に入れてしまうことになった。ただ軍隊にいただけという人間ではなかった。しっかりと訓練を受けた殺し屋と同じ屋根の下に住むのだ。確かに、ジョンは祖国のために人を殺すのだが、それでも殺し屋であることに変わりはない。

バドの言葉に、スザンヌは物思いから引き戻された。「なあ、何でミッドナイト・マンが君のところでオフィスを借りることになったんだ？　あいつがポートランドにいることさえ、聞いてなかったぞ。体に障害を受けて除隊したことは耳にしていたが、それ以降ぷっつり消息がなかったんだ」

「障害がある？」さっき目にした男性は、まるで障害があるようには見えなかった。実際はその正反対だ。「障害がある人とは思えなかったんだけど」

「銃撃でひどい怪我《けが》をしたんだ。一年ほど前だったかな。片方の膝が粉々になった。海軍が手を尽くして、元通りにはなったんだが、今までどおりのレベルでは任務できなくなってしまったらしい。今、あいつが何をしてるかも知らないんだ」

「国際的な警備会社を持ってるの。アルファ・セキュリティっていう会社」

「嘘《うそ》だろ」バドがひゅうっと口笛を吹くのが聞こえた。「アルファ・セキュリティはりっぱな会社だよ。すこぶる評判がいい。なるほど、アルファはジョンがやってる会社なのか。へーえ。で、今、あいつはポートランドに住んでるのか？」

「たぶんそうだと思う」

「何だ、俺だけ蚊帳《かや》の外か。あのくたばり損ない野郎、おっとあいつに言っといてくれよ。俺に連絡しろって。今すぐだぞって。それから、ジョンのことは心配するな。あいつは正直で本当に信頼の置けるやつなんだ。アルファを経営してるってことは、財力もあるはずだ。君のビルにあいつが入ってくれることになって、安心だよ。もう治安の悪いパール街にいる君のことを気にかける必要もなくなったってことだ。きわめてぶっそうな男が、君を守ってくれるわけだ」背後でまた大きな音が聞こえた。どうやら、銃声のようだが……。

「モリソン、とっとと話を切り上げてこっちに来てくれ」誰かが怒鳴る声がする。「スザンヌ、ちょっと今手一杯なんだ。今日はここはまるで動物園並みなんだ。またな」

きわめてぶっそうな男。スザンヌは机の横に立ったまま、受話器を戻し、ぼんやりと自分の手を見つめた。きわめてぶっそうな男が、廊下ひとつ隔てた場所に住むことになるのだ。

でも、何も心配はいらないらしい。

そうね。

「バドに電話したんだな。よかった」深みのある荒々しい声が聞こえ、スザンヌは悲鳴を上げた。

「ああ、何なの！」スザンヌはショックによろめいた。

ジョンが目の前に立っていた。思っていたよりも、さらに大きくて背が高く見える。

「ほら」ジョンが大きな手をひょいと差し出すと、プラスチックのカード、先のとがったプライヤーが二本、それに折り曲げられた針金がスザンヌの机の上に落ちた。

「これだけあれば、ここの警備は簡単にすり抜けられるんだ。今は急いでたからな。ま、これがもう少し準備する時間があれば、大きな針とワイヤでやってみせられた。

君が大金を払っている警備システムってもんさ――おい！」

スザンヌの心臓は激しく打ち、喉《のど》から飛び出しそうになっていた。立っていられなかったが、座るところがない。体を動かそうとして、目の前にぼんやりまぶしいものが見え、それを避けようとしたとたん、足がもつれて大きな棚に体を打ちつけてしまった。

「おい、おい。落ち着けよ。びっくりさせてしまって、悪かった。ただ、ここの警備システムをもっといいものに変えないといけないことを、わかって欲しかっただけなんだ。実際にやってみると、誰だってなるほどと思うんだ。君が気を失うことまでは、計画にはなかった」

スザンヌにはそんな言葉も耳に入ってこなかった。ジョンの太い声がする。意味もなく、ただその胸で反響している。スザンヌはジョンの肩に額をあずけ、手のひらを胸にぴったりつけていた。

ジョンがスザンヌの体をしっかり支えている。ジョンの力強い鼓動を聞いて、いや感じて、スザンヌの気持ちが落ち着いてきた。スザンヌの鼓動が二度打つたびに、彼の鼓動が一度鳴る。

雨の中にいたんだわ。いい匂《にお》い。男性らしさと雨と革が混じり合っている。

スザンヌは、右手を少しずらして革ジャンの下に入れてみた。何かシートベルトのようなものがある。何だろうと思ってさらに手を這《は》わせてみると、木目の台座に乗った鋼鉄の銃身があった。

驚いて体を離そうとしたスザンヌを、ジョンがしっかりつかまえた。また新たなショックに、スザンヌは息もつけない状態だった。するとジョンは大きな手でスザンヌの頭を抱えた。もう一方の手はスザンヌの腰をしっかりつかんでいる。その手がぎゅっと押しつけられ、スザンヌの腹部がまた別の硬いものを感じ取った。

銃ではない。

叱《しか》られたように、スザンヌが飛びのいて体を離した。体を離すことができたのは、ジョンが手を放してくれたからだということをまだかすかに機能しているスザンヌの脳のどこかが、認識していた。スザンヌが驚いたので、その瞬間ジョンは力を抜いたのだろう。でなければ、ジョンに抱きすくめられて逃れることなど無理だ。今押し返した筋肉は、鋼《はがね》のようだった。

何も言えずに、スザンヌはただジョンを見ていた。

「新しい警備システムが必要だ」ジョンが言った。

スザンヌは口を開けたのだが、声が出てこない。新しい警備システム。その言葉が頭をぐるぐる回るのだが、何のことかよくわからない。しっかりしなければ。気持ちを落ち着かせなければ。

ジョンの表情はまったく変わらなかった。意志の強そうな顔が、ほほえむこともなく真剣な表情を浮かべている。どんな反応を読み取ることもできそうにない。ただし、この男性がそもそも何かに反応するのかというのは別の話だ。まるで物事に動じない様子なのだが、それでもあるひとつのことについては、激しく反応していることはわかる。

ショックのあとすぐ、きまり悪い思いがスザンヌをのみ込んでいった。顔がかあっと熱くなっていくのがわかるが、同時にまったく抑制のきかない熱い思いが体にわきあがってくるのも感じていた。

この状況をどう切り抜ければいいのか、何か方法はないかとスザンヌは必死で考えた。レディとしてのたしなみを忘れないやり方で、あの感触を忘れる方法はないものか。赤の他人のペニスを感じてしまったときは、どういうエチケットがあったのだろう。

いや、正確に言えば、勃起《ぼっき》したペニスだ。

ものすごく大きく勃起したペニス。

ああ、助けて。

スザンヌはさっとジョンのほうを見たが、顔から十五センチばかりも高い空間に視線を合わせた。喉がからからで、肺が痛い。

「新しい警備システムが必要だ」ジョンが同じ言葉を繰り返す。新しい警備システム。

新しい警備システム。ええ……そうね。私が電話一本かける間に侵入できるようなシステムなら、新しいのに変えたほうがいいわよね。私には、新しい警備システムが必要なの。

「わかったわ」喉を詰まらせながらそう言うと、スザンヌは咳払《せきばら》いをした。「わかった。できるだけ早くそうするわ。あちこち聞いてみる――」

「君の手を煩《わずら》わせるまでもない。俺が新しいのを入れておこう。俺自身でも破れないようなのにしておくから。オフィスをデザインしてくれたお礼だ」

「そんなことしてくれなくても――」言いかけて、スザンヌはジョンの顔を見た。反論を受けつけない顔だった。「わかったわ。ありがとう」

「ポートランドで、君のお気に入りのレストランはどこだ？」

スザンヌはふっと息を吐いて、話についていこうとした。「そうねえ、たぶん……コム・シエ・ソワかな。でもどうしてそんなこと――」

「ここの新しい警備システムについては、夕食を一緒にしながら話し合おう」ジョンが有無を言わさぬ口調で告げた。

「夕食？」

ジョンがうなずく。「七時に迎えに来る」

スザンヌはなんとか本来の自分に戻ろうと焦ったのだが、どうもうまくいかない。

まともに頭が回りさえしない。この男性と同じ部屋にいるとそんなことは無理のようだ。彼が酸素をすべて吸い込んでしまって、良識を考える能力をスザンヌから奪ってしまうのだ。

それで、スザンヌが口にできる言葉はひとつしかなかった。「いいわ」

「そのとき、鍵《かぎ》を持ってきてくれ。明日は俺もここで寝るし、あさってまで、新しい警備システムを入れる時間がないから。明朝いちばんに、ベッドを運び込む」

ベッド。彼のベッド。彼のベッドでの姿が、はっきりとスザンヌの頭に浮かぶ。大きな体に、乱れたシーツがまとわりつくところ。

「いいわ」ささやくような声になった。

またしばらく、ジョンがスザンヌを見つめていた。黒っぽい瞳から注がれる視線がスザンヌを射抜き、心の中まで入ってこられそうだ。やがて、ジョンはうなずいてドアへと向かっていった。急いだ様子ではなかったのに、歩くのが早いのだろう、ふと気づくと、もうそこにはいなかった。

あれほど大きな体をしているのに、まるで物音を立てずに行動する。そんなことがどうやってできるのだろう？ ブーツを履いていたから、硬いフローリングの上を歩けば、大きな音がするはずなのに。

しかし、やってきたときと同じように、去るときにもジョンは音を立てなかった。

スザンヌの前に幽霊のように突然現れたかと思うと、いつのまにか消えてしまったのだ。

ジョンが去っていったところを、そのままじっと見ていたスザンヌは、やがて玄関のドアがかちゃりと音を立てて閉まるのを聞き、やっと手を前に出した。やみくもに椅子を探したのだ。これからまだ午後も忙しく仕事しなければならないが、脚の震えが止まるまで、動けそうになかった。

3

十九時ぴったりにジョンはスザンヌの玄関にある呼び鈴を鳴らした。十九時〇一分に、こつこつとスザンヌのハイヒールが響く音がドアの向こうに聞こえた。彼女は時間に正確らしい、それは認めてやるべきだな、とジョンは思った。

驚くことではないのかもしれない。なんだかんだ言っても、スザンヌ・バロンはビジネス・ウーマンだし、しかも、自分のビジネスで成功している女性なのだ。約束を守れない人間なら、ビジネスの世界でやっていくことなどできないはずだ。ビジネスの世界は、海軍とは別の意味で、しかし同様に大変なものだということをジョンは学びつつあった。

ジョンはドアの外で辛抱強く待っていた。鍵《かぎ》をピッキングで開けて、気の毒としか言いようのない警備システムを破りたい気持ちはあったが、自分を押しとどめた。このことに関するメッセージは、もう伝えた。

違うのだ。ここは、呼び鈴を鳴らしてドアを開けてもらうという、ばかばかしいプロセスを踏むべきときだ。人間の男が女に対して行なう普通のこと。こうやって女を誘い出す。そしてデートをする。

普通、こうするものだからな。男はドアの外で女を待つ。ジョンは今までデートした経験がほとんどない。セックスしたくなったら、たいていは基地のそばにあるバーに出かけ、網を張って誰かが食いついてくるのを待つことにしていた。五分のときもあれば、十分かかることもあった。

そういった女たちは心を通わせ花束をもらおうと期待しているのではない。ジョンもそんなものを与えるつもりはなかった。

スザンヌ・バロンはそういう女性とはまるで違う。彼女のベッドに招いてもらおうと思えば、技巧が必要だし、完全に錆《さ》びついた社交技術も磨き上げておかねばならない。礼儀正しく、ビジネスとは無関係な話題で盛り上げないと。そんな会話を一般人とすることなど、ジョンにはめったになかった。

さっさとおいしい部分に飛びつけばいいではないか、そう思ってはみたものの、ジョンは肩をすくめてそんな考えを打ち消した。その肩はカシミアのコートに包まれている。ビジネスマンの役に徹するときの小道具だ。もう二人でベッドに入っているのならいいのにと思いつつ、自分がいつになくせっかちになっていることに気づいていた。

地獄のようなアフガニスタンの岩陰に四昼夜の間、ひとつの筋肉も動かさずに身を潜《ひそ》めたこともあるのだ。少しでも動けば、タリバンの部隊に銃撃された。だから、今こんなに苛々《いらいら》した気分になるのは、まるでジョンらしくないのだ。

今夜は何事もなく終わらせねばならないだろう。それからもう二、三度、今夜のようなデートをする。食事に誘うような付き合いが必要なのだ。スザンヌとは、出会ってからセックスするまでの間に、何らかのステップが不可欠だ。ただ、「おい、ベッドに行こうぜ」と言うのではだめだ。そういうのは通じない。レディに対しては無理だ。そういうふうに進めていくしかないだろうな。少なくともジョンの想像ではそうだった。レディという種族に、あまり経験がないので何とも言えない。それで、今日のところは、おしゃべりだけの夜を過ごさなければならないと、結論づけたわけだ。

おしゃれな会話など、ジョンにはどうでもいい。

新しいオフィスのインテリアがどうあるべきかということに、頭を煩《わずら》わされるのもごめんだ。その種のことはスザンヌの華奢《きゃしゃ》な手にすっかり任せてしまいたい。彼女が何もかも準備してくれればそれでいい。それから、ビルにどんな警備システムが必要かということについては、スザンヌの考えなど聞くまでもない。自分が決めれば済むことだ。

ジョンが求めているのは夕食などすっ飛ばして、このままベッドに行くことだった。

彼女の長いしなやかな脚が、腰に巻きついてくるところを感じたい。彼女の体に、自分を深く沈めたい。彼女の体は熱くて、きつく締めつけてくる……。

ジョンは息を吐いて、体をもぞもぞ動かした。歯を食いしばっている。スザンヌのビルに押し入るほうが、彼女のベッドに入るのより、はるかに簡単に思える。

ドアがさっと開き、スザンヌが現れた。今朝、大家さんになった女性。そして、今朝から、これまでなかったほどの強い欲求をかきたてるその本人が、入り口にシルエットになって立っていた。ビルの中から温かないい香りが、寒い夜にさっと吹き出してきた。

だめだ！　胃が締めつけられる。このビルはどうにかなったのか？　全体がスザンヌの匂《にお》いがするじゃないか。

スザンヌが見上げてきた。片足を中に置いたまま、片足だけ踏み出す。驚いたような顔に、心配そうな表情も混じる。俺の心の中が伝わってしまったのか？　神様、お願いです、それだけはやめてください。

スザンヌの長いコートは前が開いたままになっていた。中の淡いピンクのブラウスが見える。真珠のボタンが途中まで開いていて、クリーム色の胸のふくらみがのぞいていた。ジョンはこぶしを握りしめた。

「ハイ」ジョンの心を読むのは無理だとしても、性的なエネルギーが伝わるのだろう、スザンヌは不安そうに見えた。冷たいシャワーを二度浴びてくればよかったと、ジョンは思った。

「こんばんは」ジョンがぼそぼそと挨拶《あいさつ》すると、スザンヌはほほえんだ。少し緊張が解けたようだ。

これでいい。

よし。

これぐらい、俺《おれ》にもできるぞ。ほんの二、三時間じゃないか。

スザンヌは体をかがめて、慎重に玄関の鍵をかけた。ジョンが開けるのに三分きっかりかからなかった代物だ。そしてスザンヌは体を起こし、ジョンのほうに首をかしげた。香水が漂い、濃い蜂蜜《はちみつ》色の金髪がはらりとジョンのコートにかかる。ジョンはそうっとその髪を払った。シルクのような手触りがした。スザンヌは薄い水色の目を見開き、これからジョンにのみ込まれるのではないかという顔をした。

確かにそうしたいとは思っている。このまま脚を開かせ、自分のものを取り出す。そして彼女の準備が整えば、上に乗って……。

ジョンはスザンヌの肘《ひじ》に軽く触れてエスコートする体勢になった。深呼吸だ。まずやらねばならないことがある。飯を食わせて、なんとか会話をする。体にのしかかるのは、その後だ。

今夜これからが思いやられる。こんな夜が、あと何回も続くのだ。

「呼び鈴を鳴らしてくれてありがとう。今度は鍵をピッキングされなくてよかったわ」二人が正面の門を抜けるとき、スザンヌが顔を上げて言った。ジョンを見ようとしたのだが、首が痛くなるほど見上げなければならなかった。

ジョンはにやりと半笑いのように唇をねじ上げた。「どういたしまして」

「でも、やってみようとはしたんでしょ、きっと?」

「いいや。もう、わかってもらえたはずだからね」

もちろんピッキングしようとは思った。

ジョンがあまりにも近くにいるので、スザンヌには、短く刈り上げた彼の黒髪についた水滴がひと粒ずつまで見えた。数分前ドアを開けたときには、本当に驚いた。今朝のジョンは危険でいかがわしい雰囲気があった。賃貸契約に応じたのは、軍歴があったからだ。確かに紳士ではないが、将校になった人間なら問題もないだろうと思っただけだ。

今夜のこの姿なら、ジョンが会社経営に成功しているビジネスマンだということはすぐに納得できる。本当に、こざっぱりと変身したものだ。今朝と同じように力がみなぎる感じはあるが、ただ良質のウールのスーツとグレーのカシミアのコートを身にまとうだけで、ジョンはすっかり……尊敬を集める人という雰囲気になった。一緒に食事に出かけても安心できる人、まるごと食べられて、骨だけぺっと吐き出されるのではないかと不安になったりしない人。

ジョンが腕を差し出してきたので、スザンヌはその腕を取って玄関の段を降りていったが、門がある踊り場に出ると立ち止まった。雨が激しく降りしきっていた。いかにもポートランドらしい天気で、灰色の雲が低く垂れこめていた。

ジョンはどこからか大きな傘を取り出してきたが、土砂降りの中にそのまま出て行くことはせずに、雨が少し小降りになるのをしばらく待った。スザンヌが足元を見下ろすと、ジョンはきちんと磨き上げられたドレスシューズを履いていた。もちろん朝の戦闘ブーツとまではいかないものの、この靴なら降りしきる雨の中でも歩道を歩いていくぶんには、まるで問題はなさそうだ。

しかしフラテッリ・ロセッティの高級パンプスではそういうわけにはいかない。スザンヌはこの靴に大枚をはたいたのだが、この雨の中を歩けば、もう使い物にならなくなってしまうのだろう。

まあ、しょうがないわ。スザンヌはそう思って顔を上げ、通りをさっと見渡した。いつもの習慣だ。

ビルから二ブロック先を曲がって、さらに一ブロック行けばおしゃれなギャラリーができたばかり、反対側にも三ブロック行けばアジア風のエスニック料理店が来週開店するとこになっている。パール街も、世の中の動きに取り残されたままではないのだ。

しかしローズ通りと交差するこのビルのあたりは、暗くてうらぶれた感じのままだった。ビルから出て車に乗り込もうとするとき、スザンヌがためらいを覚えてしまうことも多かった。暗くなるとひとりで出歩くことは、決してない。

でも今は怖くない。力強いジョン・ハンティントンの腕に手を置き、その体が隣にあると、恐怖などまるで感じない。まったくない。

「さ、行こう」ジョンは右手に持った傘をスザンヌの頭上に差し出すと、左手をスザンヌの腰に回し、自分の車へと小走りに向かい始めた。

トラックといったほうが正しいのかもしれない。GMの大型SUV、ユーコンが停まっているのを見て、スザンヌはめまいがしそうな気がした。助手席側のドアが開かれている。見上げると、今の角度と暗がりでは、ジョンの顎《あご》しか見えなかった。着ているぴったりした黒のドレスで、座席の高いSUVに乗り込むのはとても無理だ。しかし、そう言おうとする間もなく、ジョンの腕がさっとスザンヌの体をすくい上げ、そっと座席に下ろしてくれた。

スザンヌは大人の女性だが、ジョンはまるで子供をかかえるように苦もなくスザンヌを抱き上げたのだ。

ジョンがどれほど迅速に行動できるかを思い知って、スザンヌは驚いていた。運転席側のドアが開き、さっと閉じられ冷たい空気が入ってきた。スザンヌはコートの前を合わせているところだった。ジョンがエンジンを入れた。

「どこに行くの?」ブランドン通りに出たところで、スザンヌがたずねた。

ジョンがちらっとスザンヌを見る。「君が行きたがっていたところ」ジョンはそれ以上何も言わなかったが、口調が当然だろ、という言葉を伝えてきた。

え? と思ったスザンヌが聞きただした。「コム・シェ・ソワのこと?」

ジョンが肩をすくめる。「ああ、そうだ」

ははっという笑いがスザンヌの口から漏れる。「金曜の夜にコム・シェ・ソワに予約が取れたって言うの?」このレストランは常に二週間以上の予約待ちリストができている。金曜の夜、当日に予約を取ろうというのは不可能なはずだ。

車は町の中心部に入ってきた。こざっぱりしてきたジョンの顔が、町の明かりでくっきりした線になって浮かび上がる。意志の強そうな厳しい顔つきだ。「ああ、店と話をして、二人ぶん場所を空けてくれるようにした」

店と話をして……スザンヌは息が止まりそうな気がしていた。無理やり応じてもらったの? 銃をつきつけたのかしら。

スザンヌは、握りしめた手を口元にあてた。「まあ、大変。いったいどんなことをしたの？　無理に席を空けてもらうなんて」

ジョンが声を上げて笑い出した。低くかすれた声だ。「君が思っているような方法でじゃないから。ちょっと立ち寄って、フロアの支配人に紙切れを渡したんだ。昔の大統領の絵が描いてあったかな。お札だよ」

暗かったので、赤くなった頰《ほお》が見えなくて済んだ。暗さに感謝したい気持ちで、スザンヌはぼんやりと窓の外を見た。

「なあ」ジョンは、なあ、と呼びかけてくる。深い意味はないはずだ。もちろん。しかし、そう呼ばれることで、どきっとしてしまうのも事実だ。スザンヌは両手を丁寧に膝《ひざ》の上で重ね合わせ、深呼吸をして気持ちを落ち着かせた。

二人っきりで洞窟《どうくつ》に入り込んだような気分だった。他の世界から切り離された空間になっている、暗いほら穴。道は空《す》いていて歩道にも人影はなかった。巨大トラックのような車は、ゆるやかな水しぶきを上げながら静かに通りを走っていく。ワイパーの動く柔らかな音がスザンヌの鼓動に合わせてリズムを刻んでいた。

ジョンは速度を上げて運転するが、うまい。スザンヌは繭《まゆ》の中に守られている気がして、すっかり安心していた。

「本当にひどい土砂降りね」ずいぶん時間が経ってから、スザンヌが口を開いた。この十分ほど、ジョンのほうはひとことも発していない。この男性と会話を続けるのは大変だわ、とスザンヌは思っていた。特に、手や声が震えないように話し続けるとなると、難しい仕事だ。天気を話題にするのは、無難だと思った。

「いつものことさ。ここじゃいつだって雨降りだ」ジョンが愚痴《ぐち》を言っているように聞こえた。

大きくて怖いもの知らずという感じのジョン・ハンティントンが、雨降りごときに機嫌が悪くなるのが、スザンヌにはおかしかった。俺は粉砂糖でできているから、濡《ぬ》れると溶けてしまうんだと言っているように聞こえるからだ。「そうねえ……」スザンヌは軽い調子でからかうことにした。「いつもっていうわけじゃないわよ。たまには晴れる日もあるし、晴れが続くことだって、あることはあるもの。あなたはもともとここの生まれじゃないんでしょ？」

彼の豊かな声には、どこの訛《なま》りもない。少なくとも西部ではない。

「違う」

ジョンがスザンヌのほうを向いたので、二人の視線が合った。強烈なまなざしに、スザンヌは思わず視線をそらしてしまった。みぞおちをどすっと殴られたような気さえする。

何か言うのよ、ぼんやりしてないで。「えっと、じゃあどこの出身？」

ジョンはすぐに返事をしなかった。ハリソン通りの交差点は交通量が多く、そこを通り抜けるのが先決だったからだ。「どことも言えるし、どこでもない。父も海軍にいたから、海軍基地で育ったんだ。大きくなって志願できる年齢になるとすぐ、父と同じ道に進んだ。国内の海軍基地はほとんど駐留経験があるし、外国の基地も数多く住んだ。だいたいのところは、晴れた日ばかりでね」それから、うんざりした調子で言い足した。「除隊するのが思ったより早くなったから、自分で住むところを決めなきゃならなくて、場所を決めるのに天気のことなんてほとんど考えもしなかったんだ」

「じゃあ……なぜポートランドにしたの？」

「はっきり、こうだという理由はないんだが」そこで肩をすくめる。「ここはすごくいい所だって、いろんな人から聞いていたし。バドには、あいつが海兵隊にいた頃、出会ったんだ。あいつが、この近くは、狩りも魚釣りも楽しめるって言ったんだ。それで、悪くないなと思ってね」

「あなたがポートランドにいることさえ、バドは知らなかったわ」

「ああ。会社を立ち上げて、じっくり経営の基盤を作っていくつもりだったんだ。友だちと旧交を温め、魚釣りや狩りを楽しむ時間もあるだろうと思っていた。ところが、会社はいきなり大成功して仕事に追い立てられて、息をつく暇もない状態になったんだ。もっと早くに大きな事務所に移転する必要があったんだが――」と言って向けられた瞳《ひとみ》がきらりと光ったので、スザンヌは息が止まりそうになった。「今まで待ってきてよかったと思ってるよ。本当に」そこで車は道路から外れ、止まった。「さ、ついたぞ」

ジョンが大きな体なのに、すばやく動けることをスザンヌは再度思い知った。車を停めて数秒後には、もう助手席側のドアのところにいた。雨はやんでいて、空気はしんと静まっていた。横を車が通り過ぎ、そのヘッドライトのおかげでジョンの顔がよく見えた。

スザンヌはその思いつめたような表情に、はっとした。口をへの字に結んで、両脇《りようわき》に深いしわができていた。ジョンは腕を広げてスザンヌを抱き下ろそうとしていた。スザンヌはジョンの肩に腕を置き、体重をあずけようと前のめりになった。ジョンも前に体を倒す。二人の鼻が触れ合った。

ジョンの瞳の中の何かが、スザンヌに告げてきた。このままだと唇が――「キスしないで」ささやくように、スザンヌが言った。

「しない」ジョンの声は低くかすれていた。「君にキスし始めたら、やめることができない。俺たちが最初にセックスする場所はベッドの上だ。道の真ん中に停めた車のシートでするんじゃない。そんなことをしたら、ゆっくりできないからな」

ジョンは大きな手でスザンヌをシートからすくい上げ、苦もなく車から下ろした。

しばらく二人はその場に立ちつくした。頭上の大きな樫《かし》の木から、ぽたりと水滴が落ちた。ジョンの手はまだスザンヌの体に添えられている。腕がウエストをひとまわりしそうだった。スザンヌの心臓は激しく音を立てていた。スザンヌがショックを受けるのは当然だろう。実際、ショックだった。ジョンのストレートな言い方、さらに内容そのものにも。何か……何か言い返さなければとスザンヌは思った。「勝手に夢見てればいいわ、このばか」とか、少なくとも「よくもそんなことを」ぐらいのことを。

　しかし、今の乱暴な言葉にイメージがわいてきてしまった。むき出しの広い肩が自分の体の上で情熱的に激しく動くところ、熱のこもったキス、そして激しく奪われるようなセックス――そんな光景が頭に浮かんで、スザンヌは何も言えなくなってしまった。

　力とセックスは、この男性からはっきり形となって現れてきている。押しとどめることも、止めようもなく、次々にオーラとなって襲いかかってくる。

　こんな気分にさせられたのは、スザンヌにとって初めてだった。歩き始めたばかりの赤ちゃんが、最初の一歩をつかまるものもなく踏み出すように、スザンヌの足元はおぼつかなくなっていた。黙って顔を上げ、ジョンを見つめる。二人の吐く息が夜の冷たい大気に白く見え、そして消えていく。

「よくもそんなことが言えるわね。そんなことを考えるだけでも信じられないわ。賃貸契約には、私と寝ることは含まれてません」声が震えてしまう。「私は誰とでも寝るような女じゃないわ」

ジョンの手がスザンヌの腰の上にあてられた。大きな黒い傘を差しかけながらジョンが歩き始め、レストランのほうへと促していく。「もちろん」ジョンの声は一段と低くなった。「君がそんな女性じゃないことはちゃんとわかっている」

スザンヌはこっそり視線だけを上げて、ジョンの顔を見た。頭が空っぽのマッチョな男なら、今のように女性に声をかければ、その後ににたにた笑っているだろう。しかしジョンの顔には、笑みなどまるでなかった。まじめな顔に強い意志をみなぎらせている。軍事作戦を説明した兵士の顔だ。

これからあの丘陵を越える。これからベッドでセックスする。

ジョンはさまざまな任務でいっぱい勲章を受けた兵士だ。作戦をきちんと遂行することに慣れているのだろう。

神様、助けて。大変なことになってしまったわ。

レストランに着くと、スザンヌは思わずふうっと息を吐き出していた。夜の寒さだけのせいではないだろう。なじみのある上品なレストランに入ると、スザンヌはやっと自分の居場所に戻ったという気になった。いちばん大きな棍棒《こんぼう》を持つ男が勝つ、という原始時代の洞窟から、二十一世紀に帰ってきたのだ。

店の支配人が迎え出てくれ、他の席からは離れたところにあるテーブルに案内してくれた。大きな暖炉のそばのいちばんいい席だ。スザンヌは目を丸くした。仕事のときランチでこの店を使ったことも何度もあったが、この場所は特別でここに案内されたことは一度もない。ジョンの使った紙幣には、かなり強力な大統領が印刷されていたのだろう。

「フランス料理には詳しい？」大きな革張りのメニューを開きながら、スザンヌがたずねた。

「ああ、ある程度は」ジョンが肩をすくめる。「でも好き嫌いはないほうだから。君が頼むものと同じでいい」ジョンはテーブルをはさんだ向こう側ではなく、長《なが》椅《い》子《す》になっている席にスザンヌと並んで座っていた。肩をすくめたので、大きな腕の筋肉が動くのがスザンヌに伝わってきた。

スザンヌはメニューを置いていった。「アルデン風ロニョン・ア・ラ・クレームを頼んでも平気？」

ジョンは幅の広い肩を長椅子の背にゆったりとあずけ、ふん、と言った。「クリームソースにまみれた仔牛《こうし》の腎臓《じんぞう》ぐらいのことで、俺が怖《お》じ気《け》づくとでも思ってるのか？　戦場に出れば、軍の配給食料なんてどんなひどいものか、知らないだろう？

それも食料が配給されれば幸せなもんさ。俺の部隊は三週間洞窟の中に隠れていなきゃならないことがあった。食べたものといえば野性の山羊《やぎ》だけだ。しかも生でだ。火を起こすと見つかる危険があるから、そんな贅沢《ぜいたく》は言っていられなかった。何もかも食べたさ。眼球までな。ひづめや毛皮だって、食えるものなら食ってただろうな」

「ううっ」スザンヌが少しだけ肩をすくめた。「それは、どこでの話？」

ジョンの口元が歪《ゆが》んだように笑みを浮かべる。「ここよりはるかに愉快でないとこ ろとだけ言っておこうかな」

「どこかを言うと、私のことも殺さなきゃならなくなるの？」軽い冗談だ。スザンヌはふわりと落ちてきた髪を耳にかけた。

「いや、そんなことは絶対ない」ジョンはスザンヌの手を取り、まじめな顔をして言った。「女性を傷つけることはない。絶対だ。それだけは、安心しててくれ、スザンヌ」ジョンはそのまま手を口元に持っていって、軽く甲に口づけした。「でもまあ、そうだな。君は知らないほうがいい」

ジョンの唇が触れたところが、うずくような気がして、スザンヌは驚いていた。そして怖くもあった。

ウエイターが暖かいオードブルを載せた小皿を二人の前に置きに来た。そのまま注文を待っている。するとジョンはきれいなフランス語で注文した。この人には驚かされてばかりだわ、とスザンヌは思った。鍵をピッキングで開けられる、野生の山羊を生で食べられる、そしてフランス語ができる。めったにない組み合わせの能力を持つ、めったにいない男性だ。

「発音がきれいね。学校で習っただけの私のフランス語より、はるかにうまいわ」

「海軍が何人かを選んで、モンタレーに送り込んだんだ。外国語の集中講座を受けたよ。フランス語とスペイン語の勉強はどうってことはなかったけど、ペルシャ語とアフガン語は、くそ——あ、失礼、大変だった。ただし、アフガン語って、罵《ののし》り合いには向いてるんだ。おまけにアフガン語で悪口を言っても誰も理解できないプラスもある」

ジョンはスザンヌの手を放そうとはしなかった。反対側の腕を長椅子の背に置いているので、スザンヌはすっかりジョンの腕の中に収まる形になっていた。

スザンヌはこほんと言って体勢を立て直そうとした。体の片側は壁、反対側も同じようにふさがれているが、こちらの壁はジョンの胸だ。スザンヌの位置からは、他の客がまるで見えなかった。ジョンの体で視界がすっかりさえぎられていて、圧倒されそうだった。

ろうそくの灯《あか》りがちらちらと動くと、ジョンのくっきりとした頬の線がきれいな影を描く。ひげがきれいに剃《そ》られているのは、出かける直前にかみそりをあてたのだろうか。アフターシェーブローションの香りはまったくしなかったが、ジョン自身の匂いというのをスザンヌは敏感に感じ取っていた。清潔な服、革、石鹸《せっけん》。それから何かわからない……彼自身の匂い。

スザンヌはまた咳《せき》をして、そわそわし始めた。あまりにもジョンの体が近くて、じゅうぶん息が吸えない気がする。そっと手を引こうとした。そしてもっと力を入れて強く。しかしジョンの大きな手が、しっかりとスザンヌの手をつかんだ。

「俺に下がれって言いたいのか？　そうはいかないな」ジョンがさらに体を前に乗り出してきて、スザンヌの髪に鼻先を埋めた。「君はあまりに魅力的で引き下がることなんて考えるのも嫌だ」そしてつぶやくように言う。「いい匂いだ。いい匂いすぎる。ああ、君が欲しい」ジョンの右手が椅子の背から離れ、スザンヌのうなじをつかんだ。スザンヌは驚いて飛び上がりそうになった。

「びっくりした？」

「少し」小さな声でスザンヌが答える。

「かわいそうに。でも俺はやめたりしないからな。絶対」ジョンの手がスザンヌの指をいじる。ごつごつした指が、スザンヌの肌の上を這《は》う。ジョンの瞳が光を帯びてきた。スザンヌにはそれが何色なのかまだはっきりわからなかった。黒っぽいが、こげ茶ではない。しかし、紺というのでもない。

ジョンはつかんでいた手を放したが、その手をスザンヌの頬に持っていって甲で撫《な》で始めた。「柔らかだ」ひとりごとのように言う。「こんなに柔らかなんだ」指が一本、顎の先へと伝ってくる。そしてそのまま、首に下りる。指は、どくんどくんと脈打つ血管をなぞっていった。「さっきのはびっくりさせるつもりじゃなかった。そんなふうには思わないでくれ。俺が何を考えてるか、わかるかな、うん？」

スザンヌは荒く浅い息しかできなくなっていた。「いいえ」スザンヌ自身、その声がセクシーにかすれているのがわかった。「何を考えているの？」

「きめの細かい、透き通るような肌だ。ここに血が流れているのまで見える」

ジョンの指が誘いかけるように下へ移動していった。鎖骨を撫で、胸のふくらみを丸くたどりながら、中心部へと移る。そして頂の周りで円を描いた。

「ここが硬くなってるぞ、なあ。小さな石みたいになってる」

レースのブラ、シルクのブラウスがあったが、スザンヌはジョンの指が触れるのを強烈に意識した。その感覚が足の先まで伝わる。そして、指が上下にこすりはじめると、体が反応してしまうことにスザンヌはショックを受けた。体の中がきゅっと縮まる感じがして、このままいけばオーガズムへと向かっていくのがわかったのだ。

「俺がどう思っているか、教えてやろう。俺が思うに君は……すっかり、その気になっている」

スザンヌは慌てて周囲を見渡し、何か助けてくれるものはないかと思った。ジョン・ハンティントン以外に、自分をつかまえてくれるものが必要だ。この声、この手にすっかりいいようにされてしまっている。しかしジョンの体で完全に隠れてしまって、覆いかぶさるように見下ろす彼の顔以外には、何も見えない。その顔にじっと見つめられると、捕食動物ににらまれた、餌食《えじき》になってしまった気がする。

ジョンの瞳に見据えられたまま、その指で乳首を撫でられているのだ。スザンヌは小さく甘えたような声を上げてしまい、唇を噛《か》みしめた。

「そして俺は――」ジョンはスザンヌの手をつかむと衝撃的なことをした。その手を無理やり自分の下腹部へと持っていったのだ。「俺のほうも、すっかりその気だ」ジョンがセクシーな声をスザンヌの耳元でささやいた。

ジョンのペニスは鋼鉄の棒のようになっていた。ただ生命力にあふれ温かいだけだ。いつのまにか、スザンヌの手がジョンをしっかり握りしめていた。ジョンが固く目を閉じて、しゅうっと息を吐いたので、そのことにやっと気づいた。ペニスがびくんと反応し、信じられないぐらい大きく硬くなった。

スザンヌはあたふたして手を放し、体を後ろに引いた。テーブルの上で手を重ねたが、その手が小刻みに震えていた。何か話をしなければとスザンヌは思った。何か言わねばならないのはわかっているが、まったくどんな言葉も浮かんでこない。

スザンヌの今までの男性との経験の中で、こんなことになったことなどなかった。初めてのデートという経験は何度もあるが、こんなことになったことなどないし、スザンヌが今まで考えていた普通の男女間の付き合い方というのとは、あまりにかけ離れている。

しかもこれはデートですらないのだ。気持ちよくビジネスの話をしようと食事を共にすることになっただけで、話題は賃貸契約のことになるはずだった。

新しいオフィスのインテリア・デザインのこと、新しい警備システムをジョンがどうするつもりか、そういう話をする予定だったのだ。さらに、電気・水道などの利用条件を契約でどうするかも決めておかねばならない。まあ、ビジネス上の会話の一部として、ちょっとした大人のふざけ合い的なお世辞の言い合い程度のことはあってもいいだろう。

それぐらいは許されるはずだ。ジョンは力にあふれた、魅力のある男性だし、それにとても……男らしい。だから、心がときめくぐらいのことも構わないだろう。ときどき、ふっと軽いふざけ合いが出るようなことだ。

しかし、突風に吹き飛ばされるようなことになってしまい、その力の強さにスザンヌは怖くなっていた。完璧《かんぺき》にその気になった力のみなぎる男性と、どうしてかはわからないが暗い洞窟で二人っきりにさせられてしまったような気分になった。ところがここは客のいっぱいいる、洗練されたレストランなのだ。

ジョンの壁のような体の向こうには、大勢の客が食事を楽しんでいるということぐらい、スザンヌにもわかっていた。その人たちは、普通の会話を普通に交わしている。それなのに、そんな声もまるで耳に入ってこない。ここにいるのは二人だけ。すっかりその気になった男女だ。

ジョンの言うとおりだ。

彼が手を下ろした今でもまだ、胸にその手の感触が残る。両の乳首が、痛いほどにうずいている。うずいているのは腿《もも》の間も同じで、濡れているのがわかった。今まで男性と実際に愛を交わしたときでも、これほど興奮したことはなかった。

さらに、手に残るあの触感。熱くて鉄のような硬いものが手からあふれそうだったのに、スザンヌが触れたことでさらに大きくなった。その感触を手のひらがしっかり覚えている。

こんなのは、スザンヌ・バロンらしくない。普段の彼女はセックスなどしないのだ。こんなふうには。燃え上がり、生の欲望をむき出しにして、抑制のない状態になってしまっている。これは基本的には、レストランのテーブルで男性と愛撫《あいぶ》し合っているということではないか。

スザンヌはふうっと息を吐いた。「ともかく——」乾いた唇を舐《な》める。ともかく、何をしたいのか、ということは横に置いておかねば。「まず、話をしないと。新しい警備システムの話よ。それから――あなたのオフィスのインテリア・デザイン。もちろん私を雇ってくれるというのならだけど」

「いいよ」ジョンは瞳に情熱を浮かべたままで、声もセクシーにかすれていた。興奮したままなのだ。「話をしよう」

話をすればジョンも体を離し、ひとまずは引き下がるような格好になるのではないかと思っていたスザンヌだったが、まったくあてが外れた。テーブルの上にスザンヌの体をはさみ込むようにして、太い腕が置かれた。もう一方の腕は背もたれにあずけてあるので、スザンヌは大きくて温かな男性の体にすっぽり収まる形になっている。

スザンヌが体を移動させようとして、胸がジョンの腕に触れた。ジョンの頬がびくっと動いた。

スザンヌは凍りついたように動けなくなった。

ジョンがすうっと息を吸い込んだ。「よし、警備の話だな。まずしなきゃならんのは、ビルの外の照明、とくに玄関口の灯りだ」ジョンが叱《しか》りつけるような顔をしてみせた。「パール街みたいなところに住んでいて、これぐらいのこともやっていないなんて信じられないな」

スザンヌは、事情がのみ込めないという表情になった。「玄関口に灯りはあるわよ」と反論した。その灯りはスザンヌが自分でデザインしたものだ。クリスタルガラスにチューリップ型に細工した錬鉄で作ってある。

ジョンの目つきは、かわいそうに、と言っていた。「入り口に百ワットの白熱灯をつけたのでは、警備上何の役にも立たない。あれじゃ空と横道を照らしているだけで、ワット数がもったいない。空を照明する必要はない。有効な場所を照らすようにするんだ。今の照明は、四方にてかてか光を放つから、影もたくさんできる。夜、君がごみを捨てにでも外に出たとする。そのとき、町のちんぴら少年がそういう影に身を潜《ひそ》めていたらどうする?」

そんなことなど、スザンヌは考えもしなかった。言われなければ、思いつくこともなかっただろう。決して。ぽかんと口を開けたが、すぐに閉じた。そしてまた開けて、言った。「そうなの?」

「必要なのは、金属の被《おお》いをつけたハロゲン灯だ。上を照らすことも、てかてか輝く必要もない。俺が赤外線センサーつきの一点照明をつけてやろう。敷地内に張り巡らした赤外線探知機にひっかかるやつがいれば、電気がつく仕組みだ。侵入者はびっくりして逃げていくから、防犯にはいちばん効果的なんだ」

そういうのは、すべてスザンヌには初耳だった。「そうなの」同じ言葉を言った。

「わかったわ」

ジョンの言いたいことはまだあった。「それから動作センサーもつけておかないとな。ビルを二人とも空けるときでも、タイマーで音を出す仕組みだ」

動作センサー。ハロゲン灯。探知機。「どうなのかしら」スザンヌは不安げに言った。「そういうのって、とても高そうだわ」

「それは心配するな。俺にしてくれたインテリア・デザイン料は、こんなものよりもっと高くついたはずだ」

「あなたに頼まれてデザインしたわけじゃないから。暇を持て余して、空っぽの部屋に座って、勝手にああしよう、こうしようと考えただけなのよ。そのとき感じたのよ。あなたがあのビルに来るところを」スザンヌはそこで、ふうっと息を継いだ。「仕事に快適な雰囲気になるわって思ったの」なんとか言い終えることができた。

「すばらしいよ」落ち着いた、よく響く声だった。

スザンヌは驚いてジョンを見た。

「俺は軍人で、いや、元軍人だが、目は見えるし感覚だってちゃんとある。見せてもらったデザインは手の込んだすばらしいものだった。おまけに機能的だ」

ほめてもらったことがうれしくて、スザンヌはほほえんだ。「ありがとう。それこそがインテリア・デザインの本質なのよ。もう少しあなたの仕事がどういうものか教えてもらえれば、デザインもさらにふさわしいものになるはずよ」

「これから俺の仕事がどういうものかは、たっぷり見てもらうことになる」ジョンの視線が射抜くようにスザンヌに注がれる。「俺の生活も仕事も、君のところから廊下を隔てたすぐ横にあるんだから」

そう思うと、呼吸が止まりそうな気分だ。彼はあまりに存在感が強い。ジョンがすぐ手の届くところにいると思って、仕事に集中することなどできるのだろうかと、スザンヌは心配になった。

スザンヌはデザート用のフォークを手に取ると、テーブルクロスの上にデザインを描き始めた。「ずっと軍隊にいた人がビジネスに転じるのは、大変だったでしょうね。バドから聞いたんだけど、負傷除隊だったんですって?」

ちらとジョンを見上げてみた。体に障害がある。障害という言葉とこの男性を結びつけて考えられない。引き締まって、強くて、タフな体。このまま世界を征服できそうな雰囲気がある。

「うーん」ジョンはあきらかに怪我《けが》に関する話はしたくないようだ。「おかしなもんだよ。軍にいるときは他の生活なんて考えられなかった」そこで、ふっと笑い声を漏らす。「ちくしょう——おっと失礼。男ばかりのところでずっと暮らしてきたもんで。言葉遣いをなんとかしないといけないのはわかってるんだが。ま、ともかくだ、他の生活なんて想像もできなかった。海軍のガキとして育ってきて、大人になってからもずっと海軍軍人として暮らしてきたんだから、確かにいろんなことが珍しく感じたよ。でもな、人生の新しいページが開かれたみたいで、楽しみでもあるんだ。仕事を軌道に乗せる楽しみ、居場所を見つけて、そこに根を張るような暮らしをする楽しみ。家庭を持つ楽しみ」そこでジョンの暗い瞳が見据えてくると、この瞳は何色なのだろうと、スザンヌはまた思った。そして、身動きがとれなくなってしまった。「それもみんな君のおかげだ。君が俺のためにデザインしてくれた。あんなすごい場所に住むのなんて、これが初めてだ」

スザンヌはうつむいた。自分の仕事をほめてもらったことは、今までにもある。小さな美術館のデザインを手がけたときには、賞までもらったほどだ。しかしこんな、これほどまでに心を打たれたことはなかった。ジョンの静かな言葉がスザンヌの心にしみこんでいった。

スザンヌは雰囲気を変えようとした。「まあ、やってみないとわからないわよ。できあがったら、気に入らないものになってるかもしれないわ」

「気に入るよ」大げさではない口調が、しっかりと確信を伝えていた。「そろそろ出るか？」

その言葉に驚いて、スザンヌは周囲を見た。大きな暖炉の火は、もう小さくなっている。レストランの客のほとんどはいなくなっていた。ほんの二、三組のカップルが残っているだけ。恋人同士だ。恋人同士だけがまだ残っているのだ。「あの……ええ」

皿を見下ろすと、料理がほとんど残ったままだった。二口、三口食べただけで、出てきた物をつついていただけだったのだ。信じられない。コム・シェ・ソワは、オードブルだけでも二十五ドルはとられるレストランで、一口分が何ドルにもなるという場所だ。そこで食事をしたのに、ほとんど何も口にしなかった。

スザンヌはナプキンで軽く口元を押さえた。ふいに緊張し始めたのだ。突然だが、ジョンが自分を家まで送ってくれるのだということを、強く意識してしまった。車で家まで行って、ビルの玄関まで一緒に歩いてくるだろう。おそらく住まいにしている部分のドアまで、そしたら……。

二人の視線が合い、心臓がびくんと動いた気がした。「君を家に帰さないと」ジョンが静かに言って立ち上がり、手を差し伸べた。

彼には何か魔法の力とかテレパシーで意思を伝える能力でもあるのだろうか、特に大げさな身振りもしなかったのに、ウエイターが二人のコートを持ってすぐにやってきた。ジョンの大きな温かい手が背中にあるのを感じていると、いつのまにか出口に来ていることに、スザンヌは気づいた。

「あの、ジョン」

「何だ？」ジョンがほほえみかけてくる。本物の笑顔を見るのはこれが初めてだ。こんな笑顔のできる男性はいない。笑顔でもタフな男性であることには変わりないし、笑ったからどうということでもないのだろう。しかし、笑顔のジョンはずっと少年っぽく見えた。

ふと、除隊記録にあった彼の生年月日をスザンヌは思い出した。ほんの八歳自分より年上なだけ。彼の経験は、何年分も、おそらく何光年分もスザンヌより多いはずだ。しかし、実際の年齢でいえば、それほど大きな差はない。彼はまだ三十六歳。男性としてはまだまだ若い。

「支払いとか、そういうのはしなくていいの？」

笑みがさらに広がって、口の両脇に溝ができた。他の顔でこういう線ができれば、えくぼ、と呼ばれるのだろう。しかしジョンの顔にある場合はただ……くぼみだ。

「その必要はないんだ。会社でいつも利用しているから」

まあ。そう、それで特別扱いしてもらったり、金曜の夜に急に席ができたりしたのも納得できるわ。

ジョンが後ろから手を伸ばして、ドアを開けてくれた。

外はみぞれになっていた。スザンヌは立ち止まって、コートのボタンを留めた。心の中で、どうしてブーツを履くことを思いつかなかったのか、自分の愚かさをまた責めていた。華奢なロセッティの靴は、これですっかりぐしょ濡れになってしまう。

ジョンは空を見上げ、大きな黒い傘をスザンヌに渡した。「ほら、これを持って」

「ええ」スザンヌは驚いて、重い傘を手にした。ジョンのほうがうんと背が高いのに、スザンヌが持ったのでは、傘を差す意味がないではないか。すると、ジョンが、ひょいとスザンヌを抱え上げた。

「何するつもり？」スザンヌが大きな声で言った。

「君のかわいい靴を濡らさないようにしてるんだ。さあ、その傘をどう使う気だ？それで雨から二人を守ろうとしてるのか、それとも雨水をそこにためようとしてるのか？」

傘を反対向けに差していることに、スザンヌは気づいた。それできちんと持ち直した。突き刺すように降るみぞれから二人を守るには、傘をジョンの後ろで差さねばならず、そうするには彼の体に抱きつく格好になる。顔が数センチのところに近づく。唇がすぐそこにある。

ジョンは苦もなくスザンヌを抱いて、よろめきもせずに道を歩いていった。お互いが吐く息が重なり合い、白く二人を包む。

歩いていくうちに、頬が触れ合った。ひどい天気だ。氷のように冷たく道にはぬかるみがいっぱいできている。スザンヌがここを歩こうと思えば、足元に気をつけながら、そろそろとしか歩けなかっただろう。

ジョンは違う。まるで普通に歩いている。スザンヌを抱いているので足元が見えないのに、しっかりとした足取りで進んでいく。暖かい春の夕べに散歩を楽しんでいる調子で歩くのだ。

スザンヌはしっかりジョンに抱きついていた。最初は、できるだけ触れないようにしていたのだが、傘は重いし風で揺れる。それで右手をジョンの背中に回して支えなければ、傘をちゃんと差していられなくなった。そうすると自分を抱えているジョンの背中や肩の筋肉がどれほどたくましいかが、はっきりとわかる。

ジョンの吐く息が頬に温かい。ワインとチョコレートの匂いがする。うきうきするような、気持ちの高ぶる匂い。コート越しでも体から熱が伝わってくる。スザンヌは普通に呼吸するのもひと苦労になって、一生懸命ジョンの左肩の向こうを見つめたが、何も目に入っていなかった。

ジョンが足を止め、スザンヌは首を動かした。二人の鼻が完全にくっつく形になった。これほど顔を近づけると、今まで気づかなかったことも見えてくる。左眉《まゆ》を横切るようにV字を逆にした形の傷痕《きずあと》があって、表情をさらに恐ろしい感じにしている。鼻の骨を折ったことが一度、あるいは二度ほどあるだろう。非常に細い白い線が耳のすぐ下から顎にむかって走り、頬の下で止まっている。おそらくナイフで襲われ、危ういところで攻撃をかわしたというところなのだろう。

この他にも、どれほどの傷があるのだろう。この……体中に。

そう思うと、熱いものがわっとスザンヌの体の中を駆け抜けていった。

ああ、だめ。何か他のことを考えるのよ。何でもいい。みぞれのこと。食事のこと。彼の眉の傷のこと。でも、彼の体のことを思うのは間違いだから。こうやって腕に抱かれている最中はだめ。彼の体が触れているとき、彼の体温が伝わってくる間は、そんなことを考えてはいけないの。これほど何枚もの服に隔てられているのに、熱く感じてしまう。

彼が裸になったところを考えるだけでも、立っていられないほどになるのだ。いけないことだけれど、彼が帰っていったあとでも、その体のことを想像してしまうのだろう。その腕に抱かれている今は、あまりにリアルに裸の姿が頭に浮かんでしまう。

ジョンが少し顔の角度を変えた。ずきゅん。二人の目が合った瞬間、スザンヌが心の中で何を考えているのかが、はっきりジョンに伝わった。彼が悟ったことが、スザンヌにわかった。さらに都合の悪いことに、スザンヌが感じていることまで、ジョンは知っているのだ。さっきレストランで、スザンヌの胸に触れているのだから。その頂がどうなったかもわかっているのだから。

ジョンにはわかっているのだ。

スザンヌは息を止めた。

一瞬二人は見つめ合った。ジョンの顔が下がってきたので、スザンヌの中で警戒信号がともり、心臓が高鳴った。しかし、ジョンはただ車のドアを開けようとしただけだった。

「はい、どうぞ」ジョンはやさしく言って助手席にスザンヌを置いた。その後、ジョンも車に乗り込みエンジンをかけた。

みぞれが雪に変わってきていた。車を走らせている間に、ワイパーの下にも積もってきた。スザンヌはジョンのほうを見ないようにして、気持ちを落ち着かせようとした。しかし、そんなことは不可能だ。

街灯に照らされると、ジョンの横顔がくっきり見える。見えなくなったと思うと、また見える。

おしゃべりなどが入り込む余地はなかった。車の中はセックスへの緊張感がふくらんできていて、その高ぶる気持ちを抑えながら他のことをする余裕がスザンヌにはなかった。口を開けば、声が震えてしまうだろう。呼吸さえ不規則になっているのだ。

結局、黙ってジョンを見ているほうが楽だった。ひどくなる一方の天候でもジョンはすいすいと車を操っている。彼を見ていると、他のことなど忘れてしまう。この天気の中、街の端から端まで車を運転するのは、スザンヌにとっては必死の作業だ。しかしジョンは落ち着いてリラックスした様子で運転している。大きな手をハンドルにかけ、緊張した様子もなくきちんと車をコントロールしている。

海軍ではみぞれや雪の中での運転も教えるのかもしれないわね。ジョンならそれがうまいということで、勲章をもらっているのかも。

スザンヌのビルの入り口に通じる歩道の前で車は停まった。雪はすっかり鉄柵《てっさく》の上に積もっている。

雪のせいで、あたりはしんとしていた。ジョンがドアを開けて手を差し伸べた。世界じゅうが、しいっと言ったかのように静まり返っている。スザンヌがその腕の中に飛び込むのを待っているようだ。

ジョンの首に腕を回すのも、もうあたりまえのことのようになっている。

「運んでもらわなくても大丈夫よ。ほんの数歩のことだもの」スザンヌはいちおう断ってみた。

ジョンが見下ろしてきた。頬の筋肉がぴくりと動く。「俺がそうしたいんだ。よろしく」

SUV車から玄関のドアまで、ジョンの腕で運ばれるのは、永遠の時間のようにも、さらに一瞬で終わったようにも思えた。

ドアの前でスザンヌを下ろしたが、大きな腕はスザンヌの体に回したままだ。そして、もう一方の手を前に出した。「そろそろ、言ってたスペア・キーをくれてもいいんじゃないかな。それからセキュリティ番号を教えてくれ」

「あ、そうね、そうだったわ」スザンヌはうつむいてバッグの中をかき回した。「七、二、四、六、一、三、九。ほらね。覚えたんだから」

「いい子だ」ジョンは鍵を手に取り、番号を打ち込んだ。ドアが開いた。

通常スザンヌは、家の中に入ると、ぶっそうなローズ通りから逃れたという思いで、ほっとする。やっと自分の作り上げた、温かくて居心地のいい環境に戻れたと思うからだ。しかし今夜のスザンヌは、まだジョン・ハンティントンに抱かれたまま、緊張して立ちつくしていた。今夜のことを思い出して、ぶるっと震えた。寒い。

「警報装置を在宅モードに変えろ」とジョンに言われ、スザンヌは帰宅時にしなければならない一連の作業を終わらせることにしたが、番号を打ち込む手が震えた。暗い廊下を入っていくと、玄関ロビーの灯りがついているだけだ。この際にも、ジョンは何の物音も立てなかった。聞こえるのはスザンヌの靴音だけ。神経質そうにこつこつ響き、どきどきしている心臓の音と同調する。

廊下は長いものではない。スザンヌが落ち着く間もなく、二人はスザンヌの住居部分へのドアまでたどり着いた。バッグを探して鍵を取り出したが、急いだのでとがったところで手のひらを切ってしまった。

スザンヌは斜め後ろにいるジョンを見上げた。

また、二人の視線が合った。そしてそのまま見つめ合った。

このビルに、ジョンと二人きりでいることをスザンヌは強烈に意識した。

ジョンにキスされる。見ればわかる。ジョンの体が発する言葉、その瞳のきらめき。

急に赤くなった彼の頬のあたりの肌がぴんと張り詰めている。

そして、スザンヌはキスして欲しいと思った。体がそう訴えてきている。呼吸が荒く浅くなる。乳房がちりちりと張り詰め、その頂がぴんと立って痛い。脚の間にうずくような感覚がわいている。ジョンがそれを感じ取った。この暗い瞳は何でも見えるのだ。どんなことでも読み取れる。

ジョンの腕が上がってきたので、スザンヌはすっかり警戒モードに入った。しかし、その腕で体を抱き寄せることなく、ジョンはレンガの壁に手を押しつけ、スザンヌの顔をはさみ込む形にして見下ろしてきた。

二人とも何も言わない。ジョンがスザンヌの瞳をのぞき込みながら、ゆっくり顔を下げてきた。あまりに真剣な目つきで見つめられたので、スザンヌは瞳を閉じた。すると唇にジョンの唇が触れるのがわかった。

柔らかい。ジョンの唇はとても柔らかくて、スザンヌは夢でも見ているような気分になった。彼の顔はどこも固くて厳しくて、冷たい感じなのに、唇だけが柔らかくて温かい。そっと、本当にそっと、ジョンは唇を動かした。軽く重ねてくるだけ。ジョンの唇はすてき、とスザンヌは思った。チョコレートと男性の味がする。それに夕食のときに飲んだワインが不思議な感じに混じり合っている。

そのせいで頭がくらくらしてしまうのかしらとスザンヌは思った。ジョンの唇が少し開き、閉じていたスザンヌの唇にジョンの舌が割って入る。スザンヌは、もっと味わいたくなって、口を開いた。もっとおいしいものがあるはず。ジョンの唇がふと離れ、また重なった。今度もやさしい触れ方だった。スザンヌは閉じたまぶたの中で金色のものが見えた気がして、頭を少し後ろに倒した。もう少しだけ、彼がキスしやすいように。

ジョンが口の横にキスしてきたので、スザンヌの唇が少し持ち上がった。大きくて怖そうなジョン・ハンティントン。兵士、特殊部隊のリーダー。そんな彼が、これほどやさしいキスをしてくるなど、まるで予想していなかったのだ。さっきまで、スザンヌは不安で神経の磨《す》り減る思いだった。もう、緊張に血が逆流するような感覚はない。血液はスザンヌの体の中をゆっくり夢見るように流れている。

スザンヌはジョンのコートの襟《えり》をつかんだ。何かにつかまっていないと崩れ落ちそうな気がしたのだ。コートの生地が柔らかく、暖かい。ジョンの唇と同じだ。

ジョンの唇がゆっくり動く。二人の体で触れ合っているのは唇だけだ。ジョンが唇を吸い上げ、やさしく撫でていくのに合わせて、スザンヌはゆっくりと自分の唇も動かした。悦《よろこ》びにぼうっとした頭で、スザンヌはため息を吐《つ》き、さらに口を大きく開けた。ジョンの舌がやさしくからみついてきて、スザンヌの体中に電気が走るように悦びが広がっていった。

スザンヌはぼんやりと目を開けた。同じように夢見るようなジョンの瞳がそこにあるだろうと思っていた。ところが彼の瞳に浮かんだ表情に驚いてしまった。

夢見るなどとんでもない。うっとりなどあり得ない。厳しい略奪者の顔だった。唇がキスでてかてかしている。左の頬骨のあたりの筋肉が、ぴくぴく動いて、瞳がぎらついている。ショックを受けたスザンヌはそのとき、やっとわかった。瞳の色だ。銃身の色だ。金属的な薄い黒なのだ。

そのまなざしがあまりに切羽詰っていて強烈だったので、スザンヌはジョンの手が自分に触れているような気がして、顔の両脇に置かれたはずの手を確認しようと、横を向いた。すると、さらにショックを受けることになった。ジョンの大きな手は、こぶしが白くなるほどレンガの壁を強くつかんでいて、動かすとぱらぱらとレンガの粉が床に落ちていったのだ。

レンガを砕いてしまうほど、必死で壁につかまっている。

スザンヌは、またジョンと目を合わせた。こんなことは初めてだし、こんな男性に会ったこともない。スザンヌの体中の細胞がどくんどくんと脈打っていた。生きているという実感がわく。

　キスは軽くやさしかった。しかし、やさしくしておこうとして、ジョンが大変な犠牲を払っているのを目の当《ま》たりにしてしまった。欲望を抑えておこうとするその意志の強さを見て、キスされるよりかえって激しく興奮してしまう。今まで他の男性にキスされたときは、これほど気持ちが高まりはしなかった。

ジョンの体の熱が伝わってくる。波のようにスザンヌに襲いかかる。こんなのは、生まれて初めてだ。

　スザンヌはキスされるのが好きだ。女なら誰だってそうだ。しかし今までは、ちょっとしたうれしさ、たとえばおいしいものを食べたとか、新しいドレスを買ったとかいうぐらいのものでしかなかった。一度のキスで、足元が崩れそうになる。そんな気持ちになったことはなかった。

　唇が触れるか触れないか、舌がさわったかどうかという程度の軽いキスで、欲望が駆りたてられるような気持ちになるとしたら、強く抱きしめられてむさぼるようなキスをされたら、どうなってしまうのだろう？　午前中に、ほんの一瞬、強く抱きしめられた。しかし、ジョンの力強さを体で感じるには、時間が足りなかった。キスもされた。しかし、軽いキスだ。

スザンヌはその二つを同時にして欲しい、いやどうしてもしてもらいたくなった。強く抱きしめられたままキスされたら、どんな気分になるのかをどうしても知りたい。たくましい彼の胸が自分の乳房に押しつけられる感覚を知りたい。あの腕の中で体を反らせてみたい。こすれ合う感触を確認したい。

レストランで軽く乳首を撫でられただけでも、体中に衝撃が走った。硬い胸にこすりつければ、このちりちりと張り詰めた感覚も消えてくれるかもしれない。自分の体がこれほどの情熱を感じ取ることができるとは、今まで気づいていなかった。もっと欲しい。禁断症状の中毒患者のようになって、スザンヌはつま先だって唇をジョンの口元に運び、目を閉じた。

レストランで、すっかりその気にさせられてしまった。ジョンのすべてに興奮してしまう。彼の大きさ、危険な雰囲気、彼が完全に……自分とは異なっているところ。レストランであの大きな手が胸を覆ったときには、思わず椅子から飛び上がりそうになった。

これだけでは足りない。

今までデートの帰り、玄関の外でおやすみのキスをすることはよくあった。飲み物でもどう、と中に入れた男性はほとんどなく、そのあと寝室まで入れたことは皆無といってよかった。

玄関の外というのは、男性にキスしておやすみなさいというのには、便利な場所だ。キスが気に入ればもう少し先に進められるし、気に入らなければそのまま、さよならと言ってドアの中にするりと入ってしまえばいい。

おやすみのキスで男性のことはよくわかる。そして、自分がその男性にどういう反応をするのかも確認できる。安全で便利なテストと言えるだろう。

しかし、ジョン・ハンティントンに関する限り、安全なところなどどこにもないらしい。

ただ、激しくキスして欲しいだけ。彼に力の限りきつく抱きしめられたら、どんな感じなのだろう？　強さそのもの、男性としてのエネルギーを一身に浴びるとどんなふうになってしまうのだろう。

どうしても知りたい。もう一度キスして欲しい。さっきみたいに。でももっと激しく、強く。つま先だったまま、スザンヌは目を閉じて、開いた口をジョンの唇に再度押しつけた。舌を突き出してジョンの唇を撫でると、喉《のど》の奥からあえぎ声が出ていた。

その瞬間、すべてが変わった。竜巻にのみ込まれたようだった。

あっという間に、レンガの壁に背を押しつけられていた。ジョンの体はあまりに大きく、身動きがとれなくなった。ジョンの口が下りてきて、荒々しく舌が押し入ってきた。同時にスザンヌが着ていたコートは床に落ち、ジョンの手が体の前でさっと横に動いたかと思うと、中のブラウスがボタンごと引っ張られ、開かれていた。

真珠のボタンがこん、こんと音を立てて床を転がる音がした。布がびりびりと裂けるのが聞こえた。乳房がこぼれ落ちるようにあらわになっていたが、そうなってしまったのがスザンヌにわかったのは、すぐにジョンに抱え上げられて、乳房を直接口で覆われたからだった。彼の口が乳首をとらえ、勢いよく吸い上げられる。

他のことが考えられなくなるほどの快感だった。痛いほどの悦びに、スザンヌは鋭い叫び声を上げた。

高く抱えられているので、性器がぶつかる位置になっていた。ごつごつしたジョンの手が、スザンヌのヒップを引き上げて骨盤を上向きの角度にした。すっかり勃起《ぼっき》したペニスは邪魔にならないようにスザンヌの体の上に落ち着き、スザンヌはジョンの腰の部分に乗りかかる形になっている。この体勢なら、二人の衣服がなければ、ジョンの体の一部はスザンヌの中に入り込んでしまっているところだ。

ジョンは体を動かして口を横に滑らせ、そのまま反対側の乳房へと移っていった。ジョンは情熱的に貪欲《どんよく》に舐めていく。乳首を舐めながら吸い上げる。反対側の乳房は、舐められてすぐで湿っているので、冷たく感じる。スザンヌはぶるっと震えた。

ショックを受ける暇もなく、どんな反応を見せることもできなかった。もう手遅れ。レストランの外でジョンが言った、乱暴な言葉を思い出した。「君にキスし始めたら、やめることができない」

スザンヌは口を開いて言おうとした——やめて。そう言おうとしたはずだった。やめて、と。

こんなの、どうかしてる。

ジョン・ハンティントンがどういう男かはわかっている。だから気の遠くなるようなキスをされるだろうという覚悟はあった。しかし、ここまでのことは予想していなかった。

こんなのはやめて。そう口にしてしまったのか、心の中で思っただけなのか。

しかし、今されていることにめくるめく快感を覚えてしまっているのだから、そんなことを言えるはずもない。こんなにもセクシーな気分になってしまっているのに。絶対にやめて欲しくないと心が叫んでいるのに、やめてと口にできるはずもない。

もっと欲しいのだ。

ジョンが顔を上げた。スザンヌの今の心の声が聞こえたのだろうか、さらに押し上げ、顔の位置を同じ高さにした。

彼の唇が柔らかいなどと、どうして思ってしまったのか？　彼の顔の中に、柔らかな部分などどこにもないではないか。この顔は石を削って作ったと言われても信じてしまいそうだ。ただし、鼻は違う。激しく息を吐くたびに、鼻孔が大きくふくらんでいる。

二人はお互いを見つめ合った。

どうかしている。ここで、やめなければ。銃のような金属的な色合いの瞳をのぞき込んだスザンヌは、そう言おうと口を開いた。するとジョンがまた顔を下げ、口を奪ってきた。ジョンは下半身を押しつけながら、リズムをつけて動かしてきた。スザンヌの頭から何もかもが消えていった。自分の名前すら思い出せない。わかっているのは、脚の間にわきあがる感覚、スザンヌの存在そのものが、そこに集中している。

突然、熱いものが波のようにスザンヌをのみ込んだ。抑えきれないスザンヌの叫び声が廊下に響く。その瞬間、もうオーガズムがすぐそこに……スザンヌは目を閉じて頭を壁にあずけた。感覚のすべてが下半身に集まり、脚の間が燃え上がりそうで、爆発するまで、もうほんの少しの……

ジョンが体を引いた。

「こんなのは嫌だ」うめくように言った。「おまえの中に入りたい」

ジョンは片手でスザンヌを抱え、もう一方の手でスカートのファスナーを下ろし取り去った。探るように脚に触れると、ストッキングの上端に手があたって、パンティ・ストッキングではないことがわかると満足げな声を出した。そして、そのまま手を上に伸ばし、えいっとパンティを引きちぎった。

大きな手を脚の間に感じて、スザンヌはあえいだ。その感覚に、もう耐えられそうもない……。

するとジョンは自分を自由にし、すぐさまスザンヌの中に体を突き入れた。

抑えきれないスザンヌの叫び声が、高く廊下に響く。ジョンの視線が刺すようにスザンヌに注がれる。頬の筋肉がぴくぴく動き、熱い吐息がスザンヌの顔にあたる。

信じられないほど、あり得ないほどエロチックだった。スザンヌが身につけているのはストッキングだけで、すっかり裸になって何もかもジョンにさらけ出している。ジョンのほうは、スザンヌの中に入っている部分以外は完全に服を着たままだ。スザンヌのむき出しの乳房がジョンのコートにこすりつけられる。コートはまだ濡れていて冷たく、その感覚に舐められるのと同じぐらい興奮する。

ジョンが顎を食いしばっているのが見える。その強いまなざしでスザンヌを射すくめ、さらに強く奥のほうまで体を押しつける。そう思った瞬間、スザンヌの体がそこに達してしまった。強烈な絶頂感で荒々しく体を揺さぶり、震え、泣き叫び、そして波動のようにジョンを締め上げた。

するとジョンは激しく動き始めた。やっと解き放たれたというように、スザンヌにどすどすと体をぶつける。ジョンは大きくて荒々しく、スザンヌがここまで完全に興奮していなければ、ずいぶん痛かっただろう。

今夜はずっと、このことの前戯だったのだ。壁を背にしたこの荒々しい愛の行為に、すべてはつながっていたのだ。波動も震えもそのままに、スザンヌの絶頂感は永遠とも思われるほど続き、やがてジョンが叫び声を上げて体の中で嘘《うそ》のように大きくなり、そして爆発した。

ジョンはスザンヌをきつく握りしめた。明日になったら指の痕がついてしまっているだろう。

がらんとした廊下に、二人の息だけが大きく聞こえていた。ジョンは顔をスザンヌの肩に埋めていた。分厚い胸が激しく上下し、コートに乳首がこすれて、なおスザンヌの体から興奮が引いていかなかった。言うことをきかなかった、裏切り者の体だ。

私はいったい何をしてしまったの？

スザンヌはゆっくりと顔を上げて、壁に頭をもたれさせた。ジョンがすっかり体重をあずけてきていて、背中にあたるレンガの目地まで感じられるほどだった。何かを言おうと——何でもいい、何かを口にしなければと思ったが、喉が詰まった感じで言葉が出てこなかった。

ジョンが顔を上げた。「スザンヌ——」何かを言おうとしている。

嫌。だめ。こんなの耐えられない。こんなこと私の手には負えない。

ジョンが何を言おうとしているのかはわからないが、スザンヌは気が動転してしまった。きっと「おい、今のは最高だったぜ。また、今度やろうな」と言うつもりなのか、もっと悪いのは、「よかったよ。でも、今のはなかったことにしておこう」というのだ。何を言うつもりだとしても、スザンヌが対処できる限界は超えていた。こんな行動はまるでスザンヌらしくなくて、こういうことに対処できる手段など持ち合わせていない。

「スザンヌ」ジョンがまた言った。その男らしい声に含まれている感情が何なのか、スザンヌにはわからなかった。後悔、気どり、欲望……あれだけのことをしたのに、ジョンはスザンヌの中でまだ硬いままだった。何にせよ、どうでもいい。彼が何を言うつもりなのか、さっぱりわからないということで事態はいっそう手に負えなくなっている。

ジョンの態度がどういうものであるかわからないのは、彼のことを知らないからだ。彼とは今朝会ったばかりなのだから。

ジョンは、まったくの赤の他人だ。

そんな男に壁に押しつけられて、激しい愛の行為に燃え上がらされてしまった。しまった？　違う、自分のほうから、してくれと頼んだのだ。

ここから逃げなければ。すぐに。

スザンヌは脚を下ろし、ジョンの胸をぐいっと強く押して、体をどかせた。

ジョンが、はっと顔を上げ、わずかに後ろに身を引いた。「大丈夫か――」と言い始めたが、スザンヌはその横をすり抜けていった。返事はできなかった。ただ、できないのだ。

奇跡的にもスザンヌの手にはまだ鍵が握られたままだった。ジョンは壁に片手を置いて体を支え、荒い息をしていたが、振り向いてスザンヌを見た。

スザンヌはくるりと手首を動かすとドアの向こうに体を押し込み、すぐに閉めた。背中でドアにもたれかかって、はあはあ息を吐いているうちに、涙があふれてきた。

「おい！」ジョンの声がドア越しに響き、スザンヌの体に伝わってくる。さらにもう一度振動が――ジョンがドアをこぶしで叩《たた》いたのだ。

「スザンヌ！　スザンヌ！　開けてくれ！」

ドアに使った木材が良質のものでよかった。

「スザンヌ！」ジョンが怒鳴《どな》っている。「入れてくれ！」

スザンヌは歩けるか、そろそろ足を動かしてみた。一瞬立ち上がれそうもない気がした。あまりに大きく広げすぎたので脚が痛い。さらに脚の間はジョンが荒々しく突いてきたので、ひりひりする。

おぼつかなげに一歩踏み出すと、なんとか脚がもちこたえてくれたので、よかったと思った。鏡の前を通りがかったので足を止めると、映った姿に立ちつくしてしまった。驚いてその姿に見入る。

黒の腿までのストッキングにハイヒールを履いただけの裸。髪がくしゃくしゃで、目の周りがにじんだマスカラで黒くなっている。まぶたが腫《は》れ、唇が赤く、これではまるでオンラインで誘いかけるコールガールの写真そのものだ。

ドアがもういちど、どんと音を立て、ドア枠が揺れた。

「スザンヌ！　大丈夫かどうか教えてくれ。教えてくれないと、押し入るぞ。三つ数えるから。ひとつ……」

ショックを受けてスザンヌは首を振った。大丈夫って、どういうこと？

私が大丈夫だとでも、あの人は思っているの？

「ふたつ！」

奔放なセックスをしたばかりなのだ。ほとんど知りもしない相手と。壁に押しつけられて。そしていままでに体験したことのない絶頂感を味わった。

「みっつ！」金属のかちゃかちゃいう音がする。ジョンがピッキングで鍵を開けようとしているのだ。

「私――」喉が詰まって、声が出ない。ごほん。「大丈夫よ。私、ちゃんとしてるから」すうっと息を吸って、声を大きくした。「私は元気だから。もう帰って」

今こそまさに、スカーレット・オハラになる瞬間だ。スザンヌは浴室に入っていきながらそう思った。明日になってから考えよう。明日はまた、明日の陽が照るのだ。

ジョンはこぶしを振り上げたまま立っていた。手を下ろし、ドアにくっつけていた額も下ろした。

失敗だ！

すると視界に、自分自身があった。絶頂に吐き出したものがべっとりついていて、まだ硬くそそり立っている。これでドアを突き破れそうなほどだ。まだスザンヌが欲しい。ひどく。なのに、すっかり台無しにしてしまった。

上手にこなしてきた。そっとキスするのは大変だった。完璧な紳士のキスだ。あれで一年分の自己抑制力を使い果たしてしまった気がした。そのあと、スザンヌが甘えた声であえぎ、体を近づけてきて……あとはもう覚えていない。

スザンヌの服が床に散乱していた。コート、ボタンがすべて飛んでいるきれいなブラウス、スカート、引き裂かれたブラ、びりびりにちぎれたパンティ。ジョンはかがみ込んでそれらを拾い集め、ひとつずつドアの取っ手に掛けていった。それから、自分自身をズボンの中にたくしこんだ。ファスナーを上げる。ぶるっと体が震えた。

今夜の戦いには負けた。

しかし、戦場から敗退するわけじゃない。

4

翌朝七時になって、とうとうスザンヌは眠るふりをすることをあきらめた。一晩じゅう寝返りをうっていた。自分の行動を思い出すと、腹が立って恥ずかしくなる。昨夜のことを思い出すたびに、かあっと体が熱くなるので、そのことで、またさらに自分が腹立たしく、情けない気になった。

ジョン・ハンティントンのことを頭から追い払おうとした。うまくできそうな気がした。しかし体がどうしてもジョンのことを覚えていた。

夜の間ずっと、彼の唇の感触を思い、力強い手が背中で体を支えたことを思い出した。さらに彼の体が自分を激しく貫いたことが、まざまざと頭の中に浮かんできて、初めてセックスをしたときのように体が敏感になっていた。

眠ることなど、考えるのも無駄だ。

窓辺まで行って、カーテンを開けた。

外はまだ薄暗かった。もう雨はやんでいたが、雪がすっかり消えているところを見ると、夜の間、雨だったのだろう。穴だらけの道路の真ん中に、大きなぬかるみができている。

壊されていない街灯が、ぱっと一斉に消えた。スチュアート通りを車が通り過ぎるのが見える。セント・リージスのドアの周りに列ができている。そこは十九世紀に建てられたのではないかと思うほどの、みすぼらしい建物で、あたりをうろつく酔っ払いのためのうらぶれた安宿でもあり、どうしようもない男たちのために時間貸しの場所を提供したりもする。男たちはルサーン街と十五丁目の角に立つ老女としか言いようのない双子の売春婦に一時間十五ドル支払って、この宿を利用する。

セント・リージスの建物が見えるということは、夜も明けてきたということだ。もう、明日になったんだわ。いちばん気難しいクライアントのマリッサ・カースンと会わねばならない日であり、さらにひどいのは、新しく自分のビルの借主となった人と、まともな人間関係を築き上げねばならない日でもある。その関係には絶対、セックスが含まれてはいけない。

できるわよ、それぐらい。きっと。

カースン夫人の家のインテリア・デザインには苦労してきた。地獄のクライアントと言ってもいいような女性で、一時間ごとに気が変わる。今日は、そのミセス・無理難題に会う約束をしている。わがままな金持ちの奥様が、どんなにかんしゃくを起こしても、落ち着いてやり過ごそうと決心した。

それからジョン・ハンティントンだ。情事の翌日という状況も大人として乗り切ってみせる。そして二人の関係をビルのオーナーと借主という形に戻すのだ。思い出すだけでも体が熱くなるような、奔放なセックスをしたことは、すっかり忘れてしまおう。

きっとできる。絶対に。

浴室に入って鏡に映った自分の姿には、どきっとした。髪が顔の周りで、てんでんばらばらな方向に乱れ、目の下にはくまができている。首筋にキスマークがついている。そういうのはうまく化粧でごまかすこともできるだろう。しかしまだ腫《は》れている唇や、昨夜すごいことをしたばかりなの、というこの雰囲気はどうすればいいのだろう。時間でしか解決できない。そして、ジョン・ハンティントンとじゅうぶん距離をあけること。

まずはシャワーを浴び、気合を入れて化粧してみよう。今日どこかの時点では、あの戦士に向き合うことになるわけで、そうなれば女性ならではの重装備の武器で準備するにこしたことはない。

一時間後、スザンヌは自分のオフィスで待っていた。ドアは閉ざしたまま。完璧《かんぺき》にスーツを着こなし、アクセサリーをつけ、香水もふり、本来の自分を取り戻した気分だった。物事に動じない、落ち着いたスザンヌ・バロンだ。堅物のインテリア・デザイナーで、興奮するというのは格子縞《こうしじま》と縦縞の線を合わせせられたときに感じるものでしかない。官能的で性衝動を抑制できないスザンヌ・バロンではないのだ。

これならジョン・ハンティントンにも完璧に対処できるわ、と思っていた。ドアの向こうの音に耳をそばだててはいるが、それでも大丈夫。ジョンを避けようとしているのではない。それでも朝の八時というのは、オフィスの移転という作業には時間が早すぎるのではないだろうか？　パイオニア広場に前の事務所があると言っていた。ここからは、ずいぶん離れた場所だ。とすれば、このビルにやってくるのは十時ごろになるのだろう。スザンヌは、一緒に仕事をすることが多いトッド・アームストロングと十時に打ち合わせがあり、その前に新しい布地デザイナーと会って生地見本を見せてもらうことになっている。つまり午前中は、ジョンと会わずに済むのかもしれない。さらに午後はマリッサ・カースンと約束があり、彼女のことだ、午後いっぱい取られることになるだろう。おそらく家に戻るのもかなり遅くなってからのはずだ。

ということは、明日までジョンと会わなくてもいいかもしれない。明日のほうがいい。そう、もちろん。明日になれば、ゆっくり睡眠をとり気持ちもすっかり元に戻ってこんな――びくびくした様子ではなくなるはずだ。

そう、ジョンとは明日話せばいい。

そう思うと、スザンヌの肩から力が抜け、ドアにもう一度耳をつけて向こう側の音に耳を澄ました。たっぷり一分も様子をうかがって、向こう側から何も聞こえてこないことに安心し、安堵《あんど》のため息とともにドアを開いた。そして凍りついた。

賃貸部分の居住部のドアが大きく開いていて、廊下の向こうの大きな部屋には倉庫ごと運んだのではないかというほどたくさんの電子機器が積み上げられていた。大きな、いや巨大な男性が四人、一列に歩いてきた。大きな段ボール箱を肩に重ね置き、器用にバランスを取りながら担ぎ入れている。ジョン・ハンティントンがその背後から歩いてきた。コンピュータのモニターを運んでいる。最新式の薄型のものだ。

その誰一人として音を立てていない。ささやく声すらない。

ドアが開く音に、ジョンが振り向いて立ち止まった。ふと歩くのをやめ、ただスザンヌを見つめている。何かを決意したような顔で、頰《ほお》がぴくりと動く。

自分を元気づけようとした言葉などどこかに消え去ってしまった。ジョン・ハンティントンに会っても動じないこと、平静で落ち着いた態度を取るのよ、と言い聞かせたのに、熱いものが渦を巻いて、スザンヌをのみ込んでしまった。

助けて。赤くなるのだけは勘弁して。スザンヌは心の中で必死に祈ったが、もう手遅れだ。胸元まで真っ赤になっていくのが、自分でもわかる。急に心臓が速く打ち始め、血液をどんどん送り出しているのだ。心臓が胸を突き破って飛び出しそうだ。

体中の血流が渦巻いているような状態では、落ち着いた態度で体裁を繕うのは、とても無理だった。

どきどきした経験も今までにある。ジムで体を動かせば脈拍もちゃんと上がる。ホラー映画が大好きで『ナイト・オブ・ザ・リビング・デッド』は二十四回見たが、それでもまだどきどきする。

でも、こんなふうにではない。

ジョンを見た瞬間、体全体がときめいた。心臓が大きくしっかり、どきん、どきんと音を立て始めた。太古の、原始的なリズムだ。ほとんど……興奮してきたといってもいい。しかし、同時にあまりにも怖い気もしていた。

引き裂かれた自分の服がドアの取っ手からぶら下がっているのを見て、スザンヌは顔から火が出そうな気分だった。イタリア製の高級下着ラ・ペルラのかわいいピンクのレースのブラが、切れ端というような無残な姿で服の上に置かれていた。スザンヌは服を引っつかむと束ねて自分のオフィスに放り投げ、ばしんとドアを閉めた。もう冷静でいようという決心など、跡形もなく吹っ飛んでいた。

ジョンはいつものように静かにこちらに向かってきた。暗い瞳《ひとみ》が、用心深くスザンヌの様子をうかがっている。目を細めて見つめるので、その不思議な色がきらりと光った。古代の剣が陽の光を受けて輝くようだった。

スザンヌが覚えていたとおり、ジョンは背が高くたくましい体つきだった。その存在から受ける威圧感は最初に会ったときよりも、大きくなっていた。理由は彼がどういうキスをするかを知ってしまったからだ。その手の表面はごつごつしていて、体の中で動く彼の……。

だめ！　そんなふうに考えていくと、破裂してしまいそう。

「おはよう」スザンヌは、できるだけ感情を込めない、事務的な調子の声を作った。ビルのオーナーから借主への挨拶《あいさつ》という口調。まったく個人的な意味合いのないもの。少し仰向いたのだが、またしてもジョンの背の高さと体の大きさを思い知ることになった。「早く始めたのね」

「ああ。時間を無駄にするのは嫌なんだ」ジョンの視線はスザンヌをとらえたままだ。スザンヌのほうから、目をそらしてしまった。

四人の男が最初の部屋に荷物を下ろし、外へ出て行っては、またもっとたくさんの箱を持って入ってきた。それでもまだ、物音は立ててない。

「おまえたち」ジョンの太い声は落ち着いたものだったが、てきめんというような効果が現れた。ジョンは男たちに背を向けたままなのに、四人とも動きを途中でぴたりと止め、荷物をその場に置いて、気をつけの姿勢になった。「新しい大家さんを紹介しておこう。スザンヌ・バロンさんだ」

「よろしく」四人が野太い声を揃《そろ》えて言った。

ジョンはスザンヌの腕の上のほうをつかむと、ぐいと体を反対に向けさせて前のほうへと押しやった。はっきり言って、かなり乱暴な扱いだ。

「スザンヌ、うちの連中を紹介しておこう。こいつらに会う機会も多くなるはずだからな。ピート、スティーブ、レス、ジャッコだ」ジョンがひとりひとりの名前を言うと、呼ばれた者が前に進み、きっかり二秒間スザンヌの手を握る。スザンヌの手と重なると、どの手もあまりに大きく見えるが、全員が力を入れすぎないよう気をつけているのがわかる。その間も、ジョンはスザンヌの腕をつかんだままだった。

ジョンがバイクを乗り回すこわもてタイプの男だと思ってしまったのは、ずいぶん浅はかだったとスザンヌはそのとき思った。ジョンの会社の男たちは、破れたジーンズ、ピアス、袖《そで》を剝《は》ぎ取ったスエットシャツといういでたちで、はるかにこわもてだ。とくにこのジャッコという男など、本当に恐ろしい風体《ふうてい》だ。ジョンよりさらに大きな体で、スキンヘッドにしている。彼の髪のなさを埋め合わせるようにレスという男は長い髪を編んで腰まで垂らしている。ジャッコの肩は重量挙げ選手のように盛り上がって太い首につながり、上腕二頭筋がアメリカンフットボールのボール並の大きさになっている。鼻にピアスをして腕に彫られたタトゥの蛇が勢いよく肩に伸び上がっている。それでもジャッコは丁寧な口調で「よろしくお願いします」と言った。他の者も同様で、恥ずかしそうな笑みを浮かべながら、そっとスザンヌの手を取るのだった。

「中に入ってろ」ジョンはスザンヌを見たまま、さらに腕をつかんだまま、男たちに命令した。「ドアに鍵《かぎ》をかけとけ」

そのひとことで、男たちは荷物を持ち上げて音もなくジョンのオフィスに消えていった。ドアの鍵がかちゃりとかかる音が、静かでがらんとした廊下に響いた。

ジョンはすぐに前に踏み出して、スザンヌに近寄った。スザンヌが近さを意識してしまう距離に入り込んできたのだ。恋人同士の距離だ。スザンヌは警戒するように後ろに退いた。

そうすれば、ジョンに引き下がってもらえると思ったのだが、スザンヌのきまり悪さなどジョンは感じていないようだった。さらにスザンヌが後ろに下がり、ジョンが前に踏み出すということを何度か繰り返すうちに、スザンヌの背が壁にあたるところまで来てしまった。スザンヌはふっと目を閉じ、まさにその壁で何が起きたのかを思い出した。ジョンにこの壁に押しつけられて、何をされたのか。そうされている間、どれほどの快感を得たかが頭によみがえり、そして二度とあんなことをしてしまわないように、と思った。

一度で、もうたくさん。

目を閉じたところで、ジョンの匂《にお》いを思い出すだけだから役には立たない。雨と革と男性の匂い。その匂いが頭のどこか深いところにはっきりと刻み込まれ、スザンヌの動物としてのいちばん低俗な部分が決して忘れてくれそうにないのだ。死ぬまでその匂いは激しいセックスと結びついて記憶される。そんな奔放なセックスは、本来女性が体験してはいけないもののはずで、思い出すたびにスザンヌの気持ちはかき乱されることになるのだろう。ジョンの匂いに包まれると、体が震えてしまう。

「こっちを見るんだ。何か話してくれ。体は大丈夫か？」ジョンは問い詰めるように、荒々しくスザンヌの体を揺さぶった。眠っているのを起こそうとしているかのようだ。

「昨夜のことで、体は痛まないか？　俺《おれ》が傷つけたんじゃないか？」

スザンヌはぱっと目を開けた。深く息を吸い込んだら、乳房がジョンの胸に触れてしまいそうだ。スザンヌはジョンの革ジャンに手を置いた。外気のせいで湿っぽかった。スザンヌが少し力を込めて押すと、ジョンがわずかに退いたので、スザンヌは少し息がつける気がした。

「大丈夫に決まってるでしょ。元気よ。体がどうにかなるはずなんてないでしょ？」

そう言いながら、スザンヌは何だか悔しかった。

「俺が乱暴にしてしまった。おまけに君のは、すごく締まってた」

スザンヌはその直接的な物言いに驚いた。あの光景が頭によみがえってきてめまいがしそうだ。もうこれ以上だめ、と思ったスザンヌは体をするりと横にずらした。

「ああ、そのことなら、えっと大丈夫よ。心配しなくても、私は……なんともないから。心配なんて、私はあのとき……今は……」もう一度大丈夫と言えば、ヒステリーに陥ってしまいそうだった。じっと見下ろすジョンの視線が体に突き刺さる。この人をどう扱えばよいのだろう。どうしたらいいのかわからなくなって、スザンヌは怒ったようにドアへと歩き始めた。ただ逃げ出したかったのだ。しかし、すぐジョンに行く手をさえぎられた。

頭に思い描いていたシナリオとは、まったく違う方向に進んでいる。考えていたのは、礼儀正しく挨拶を交わし、軽くお天気の話でもして、では、と別れる、というものだった。これはまるで、ジョンの考えていたシナリオどおりに進んでいるのではないか？ 彼の前に出ると、すっかり無防備な状態にされてしまうのだ。

「昨夜、ゴムを使うのを忘れた」ジョンが言ったので、スザンヌは立ち止まってまた目を閉じた。

体の中に硬く熱い彼のものを感じ、それがはじけるのがわかった。その後、間違えようもない液体が流れ落ちていった。

膝《ひざ》ががくがくしてきた。あの荒々しいスリルに満ちたセックスを頭から消し去ろうとしたのだが、体がはっきり覚えているのだ。しっかりと、何もかも。

「そうね」スザンヌの声に緊張感がにじむ。「使わなかったわ」

「そんなの初めてなんだ。いつもは、俺はすごく慎重だから。昨夜そのことを言おうとしたんだが、君はすぐに逃げて自分の部屋に閉じこもってしまった」

スザンヌは唇を嚙《か》みしめて何も言わなかった。

「海軍では定期的に健康診断があって、俺は今まで一度もひっかかったことはない。それに俺の血液型は特殊なんで、三ヶ月に一度は献血に行くようにしてる。まったくの健康体で、この半年セックスをしていない。だから俺から悪い病気がうつる可能性はゼロだ」

スザンヌはぽかんと口を開けたが、すぐに閉じた。ここから逃げ出して、どこかにがつんと頭を打ちつけたい気分だった。病気のことなど、まったく、一度も考えなかったのだ。今のご時世を考えてみれば、頭がおかしいとしか思えない。目の前の男性に、すっかり理性を奪い取られてしまっている。「私……のほうも、大丈夫よ」

「そりゃ、もちろんそうだろう」ジョンの声はハスキーで、それ以外にもどう言えばいいのだろう……何とは言い切れない特徴がある。南部風のゆっくりした訛《なま》りのようにも聞こえるし。「ただ、大丈夫じゃないところも見つけた」

ジョンが大きな手でそっとスザンヌの首筋に触れた。赤くキスマークのついたところだ。

「悪いことをしたと言うべきなんだとは思う。でもそうは思ってないんだ。やったことのすべてについて、俺は後悔なんてしていない」ジョンに首を撫《な》でられると、スザンヌは悦《よろこ》びに反応しそうになり、体を抑えるのに必死になった。やがてジョンが手を下ろした。

精一杯お化粧で重装備したのに、何にもならなかったわ。ドアに向かい、取っ手をつかむ。ドアのあっち側には、ほっと息のつける空間が待っているのね。早く向こうに行きたい。

ジョンがドアに手を置いて、ぱたんと押し戻した。「次の生理が遅れたら、すぐに俺に知らせるように」あまりにも命令口調だったので、スザンヌは、はい、上官殿、と言ってやりたくなった。

ただ、内容については、答はもうある。

「いいえ、それは、あの私はちょっと婦人科的な問題が――私は妊娠――」スザンヌは深呼吸して、わずかに残った威厳を示そうとした。「ピルを飲んでるの。だから、そのことに関しては問題ないわ」

「ピルを？　何だ」厳しい表情だったジョンの顔に笑みがゆっくり戻ってきた。「そいつは最高だな。次にセックスしたときも、君の中に出せるんだ」

次なんてないわよ。スザンヌがぴしゃりと言い返そうと思ったそのとき、外で苛《いら》ついたようにクラクションが響いた。スザンヌは時計を見て、その場を離れようとした。

「頼んでおいたタクシーが来たんだわ。もう出かけなきゃ」

「タクシー？」ジョンの顔からさっと笑みが消えた。「何のために？　なんでタクシーなんか使うんだ？　君の車はどうなった？」

私が聞きたいわ、とスザンヌはため息を吐《つ》いた。「わからないの。修理に出してる。何だか……変なぜいぜいするような音がして、信号のたびに動かなくなるのよ。私の車は本当に欠陥品で、修理に出してないことなんてないぐらい。昨日持っていったから、今夜には戻るはずなんだけど」

「チョークがうまくいかなくて、動かなくなる。とするとキャブレターがいかれてるんだな。どこの工場だ？」

「ちょっとした修理屋なの。マーフィーって言う名前の、嫌なやつがやってるわ」その名前を口にするだけで、怒りがこみ上げてくる。サリー・マーフィーは、でっぷり太った怠け者で、大きな体を使ってスザンヌを威圧し、車が壊れるたびに法外な値段をふっかけてくるのだ。そして車はしょっちゅう壊れる。

タクシーのクラクションが鳴りっぱなしになった。

スザンヌはドアを引っ張ったのだが、ジョンに押さえられているのでびくともしない。「もう行かないと」

ジョンは眉《まゆ》を寄せてスザンヌを見下ろした。ドアに置いた手を動かす気もなさそうだ。スザンヌはため息まじりに訴えた。「ジョン、本当に出かけないと、仕事の約束に間に合わないの」

「修理屋の店の名は？」

「そんなことを聞いていったい何に――」ジョンの眉間《みけん》のしわが深くなったので、スザンヌは降参した。「いいわよ、わかった。『マーフィーの板金・修理』って名前よ。バーンサイド通りの十四丁目の角にあるわ」

「車のキーを貸してくれ。今日じゅうに車を戻してもらえるようにしておくから。それから、修理も必ず完璧にしてもらおう。キャブレターに問題を抱えた車でこの天気の中を走るなんて、冗談じゃ済まないぞ」ジョンはドアを押さえていた手をどけると、そのまま手のひらを広げてスザンヌの前に突き出した。「修理できたら、ビルの前に停めておく」

スザンヌはためらったものの、今日一日予定が詰まっていて、誰かに車をとりに行ってもらえれば、本当に助かるし、それに、いつもメカニック的な難解用語を使ってお金を騙《だま》し取ろうとするサリー・マーフィーも、ジョンに対してそんな真似をしないだろう、と思った。当然、マーフィーが、ジョンに威圧的な態度をとることもないはずだ。

そんなことをすれば、命の保証はない。

車に関してスザンヌが教訓としていることは、なんだかんだ言っても、男性の領分だということだ。ジョンを相手にするとなれば、マーフィーも値引きしてくれるかもしれない。今後、スザンヌへの対応もよくなる可能性だってある。スザンヌには頼もしい味方がついていることがわかるのだから。

「いいわ」スザンヌはバッグからキーを出して、目の前の手のひらに置いた。「マーフィーに、明日代金を支払いに行くからって言っておいてね。それから、ありがとう」タクシーの運転手がけたたましくクラクションを鳴らし続けていた。「もう、本当に行かなきゃ」

ジョンがスザンヌについて、外に出てきた。湿った寒気にジャンパーの襟《えり》を立てる。歩道に下りてタクシーのところまで行くときも、ジョンはスザンヌの肘《ひじ》のあたりをつかんだままだった。タクシーの座席のドアを開けながら、ジョンは運転手をぎろりとにらみつけた。そしてスザンヌが乗り込もうとすると、その前に立ちはだかった。スザンヌは、お願い、という顔をしてタクシーを見て、それからジョンを見上げた。

「車に乗らせて」低く垂れこめた雲からぽつぽつと水滴が落ち始めた。「メーターは回っているし、雨まで降ってきたのよ」

「ちょっとだけだ」ジョンは雨などそ知らぬ顔をしているが、雨足が急に強くなってきた。「今日、俺は町の外に出なきゃならん。戻ってくるのは遅くなるだろう。でも、話をしないとな。明日だ」

明日。よかった。明日なら何だって来いだわ。今日のことが手に負えないだけなんだもの。

ジョンはジャンパーの胸ポケットからメモ用紙を取り出すと、そこに何かを書きなぐった。

「これが俺の携帯電話の番号だ。何か用があれば、ここにかけろ」差し出した紙を受け取るとき、手が触れ合った。ジョンの手はごつごつしている。スザンヌはその手の感触を思い出してしまった。この手が触れたのは、私の……、そう思うと体が震え、急いで紙を自分のスケジュール帳にはさんだ。「わかったわ」

ジョンはまじめな顔をして、道を開けた。「どこに行くんだ?」

「何を――これから?」

「ああ、これからだ」

「ダウンタウンよ。サーモン通りまで」タクシーに体を滑り込ませながら、スザンヌは叫び声を上げた。「何するの?」

ジョンはスザンヌを無視して、たくましい腕をタクシーの屋根に乗せ、鋭くそこを叩《たた》いた。運転手がウィンドウを開ける。「あん? 何か言いたいことでもあるってか?」興味もなさそうに運転手が言った。

ジョンは身を乗り出して、日除《ひよ》けバイザーを持ち上げ、運転手の業務免許を厳しい目つきで見つめた。その目つきのまま運転手をにらみつける。「おい、よく聞けよ、ハリス。こちらのお客様はダウンタウンに用がある。サーモン通りにいらっしゃるんだ。ポートランドの郊外まで遠出を楽しみたいとは思ってらっしゃらないし、目的地には十分以内で着きたいとご希望だ。そこんとこ、頭に叩き込んだか？」ジョンの凄みのきいた顔つきに逆らうことなどできるはずもない。

「はい、かしこまりました」運転手はびっくりした顔をして答えた。ジョンはさらにしばらく運転手をにらみつけていたが、やがて屋根の上をまた叩いて、体を離した。

「よし、じゃあ行け」

運転手は地獄から逃げ出すかのように発車させた。スザンヌは振り向く勇気がなかった。しかし、室内ミラーで後ろの様子がよく見えた。ジョンが道の真ん中にすっくと立っている。山のように大きく、さらに動じないように見える。ジョンがこちらをにらみつけている。雨の中タクシーが走り去っていくのをじっと見ているのだ。

男ってものは。

女ってやつは。

車で送っていって欲しいと電話してくればいいだろう？　自分の車が修理中なら俺

に頼めばいいじゃないか？　タクシー会社に電話できるんだから、俺にだってできるだろ？　氷に閉ざされたアイスランドまでだって、スザンヌの頼みなら喜んで運転していってやるのに。

しかし、スザンヌが頼んでこなかった理由はジョンにはわかっていた。近くに寄ると体をすっと避けようとするのと、同じ理由だ。

まったく、えらく失敗してしまったものだ。小鳥のようなスザンヌの羽根が乱れていたから、撫でさすって整えてやるつもりだった。スザンヌが俺のことを、一緒にいるのは危険だ、この男はセックスのことしか考えられないんだ、と考えていることは、はっきりわかっていたから、そうではない、俺はそんな危険な男ではない、と安心させようと思っていた。確かにスザンヌをベッドに引き入れようという思いで頭がいっぱいになっているのは認める。最初に彼女の姿を目にした瞬間からそうなってしまった。それでも、自分はけだものというわけではない。

スザンヌは怯《おび》えた目つきでジョンを見る。あの薄い水色の大きな瞳を見開いて、ジョンが少しでも動けばいつでも飛んで逃げようと身構えている。そこまでびくびくされると、本来腹立たしく思うのだろうが、自分のやったことを思えば当然だと認めるしかなかった。とんでもないことをしてしまったのは、ジョンのほうだ。彼女の服を引き裂いて壁に押さえつけるなど、問題外だろう。その埋め合わせをこれからしていかなければならない。

なんとしても、もう失敗は許されない。失敗しないようにするには、どうすればいいかを考えなければ。彼女を見ているだけで、衝動的な行動に走ってしまいそうになる。だめだ。でも、今朝のスザンヌはかわいかった。昨夜よりもさらに彼女を求める気持ちが強くなっていた。あれ以上の気持ちなどがあり得るとは想像もできなかった。

今朝のスザンヌは、やはり上品で優雅で、痛々しいほど女性らしかった。でもあの体にどんな乳房がついているのかを想像する必要はないのだ。どんな味がするかもわかっている。あの唇がどれほど柔らかく、あの肌がどれほどすべすべしているかも知っている。そしてあの体の奥深くに入ったらどんな感じになるか。何もかも、もう知っているのだ。

しかし、もっと欲しかった。同じことをもっとしたい。今度はベッドの中で、思う存分時間をかけて。あのかわいい口元が、また腫れ上がるまで。次は失敗しない。スザンヌのほうもすっかり用意ができていることをちゃんと確認しよう。そう、最初は彼女を上にしたほうがいいかもしれない。すっかり濡《ぬ》れているのを確かめてから、ゆっくりと入っていく。スザンヌのように締まる女は初めてだ。

スザンヌの体に、俺と交わした愛の印がいくつも残っていた。唇は少し腫れ、潤んだようなセクシーな柔らかさが伝わってきた。

キスマークをつけていた。

彼女の首に口をつけていた瞬間をはっきり覚えている。あの味を思い出す。絶頂を迎えるとき、激しく首を吸い上げた。頭のてっぺんが吹き飛んでしまいそうだった。嚙まなかったのは、幸いだった。

嚙みたいと思っていた。今でも思っている。

スザンヌに嚙みつきたい。キスしたい。しゃぶるように舐《な》めたい。あの体に自分を突き立てたい。その何もかもをしたい。彼女が与えてくれるなら何でも味わいたい。与えてくれないものも欲しい。しかし、今度は打つ手を間違えてはいけない。でなければ、彼女の下着を脱がせることさえできそうにない。今の状態では、スザンヌをベッドに誘って成功する可能性は、これからバレリーナになるよりも低そうだ。彼女は異端者を避けるような態度で、ジョンの前から身を隠そうとしている。

問題がどこにあるかはわかっている。しかし、その問題をどう解決したらいいのかが、さっぱりわからない。

今までの人生でも常にこの問題はつきまとってきた。しかし海軍にいる限りは、まわりじゅう同じような男ばかりだったのでたいして気にもならなかった。

ところが、こうやって一般社会に身を置くことになると、問題は深刻になる。仕事の能力があったからよかったものの、ビジネスにも多大な影響を与えるところだった。

世の中には二種類の人間がいる。考えたり感じたりすることが、ダイヤル式にゆっくりとわきあがるタイプと、スイッチでぱちんと入ってしまうタイプだ。ジョンはスイッチ式の人間で、今までぱちん、ぱちんとスイッチを入れたり切ったりするようにして物事を対処してきた。

是か非か。するかしないか。できるかできないか。うまくいくか、いかないか。幸せか不幸せか。

ダイヤル式の人たちというのは、そうではない。感情が目盛りの上を行ったり来たりするので、彼らの感情が目盛りのどの地点にあるのかを常に推測し、どこまで来たらなだめすかせばいいかを考えなければ、そういった人たちを思い通りの方向に進ませることができない。

戦場で命の危険と隣り合わせの指揮官は、人間の心理を読む技術を要求される。ジョンは優れたリーダーで、自分でもそのことを承知していた。こういった心理戦にも長《た》けていた。しかし、その能力にも限界はある。

部下たちは皆、女性のこと、家族のこと、お金のことには非常に敏感で、こういったことの悩みには、行動も影響を受けやすい。誰もがそうなのだ。しかし兵士というのはだらだらしている暇もなく、くだらない行動を取ることは少ない。部下が問題を抱えているなら、ジョンはすぐにそれを感知しなければならなかった。ぐだぐだ文句を言うやつは許さなかったし、部下もそのことはわかっていた。部下が困ったことになっていれば、ジョンは手を差し伸べ、問題を解決してやった。それでも解決しない場合、そしてその結果、当人の仕事に支障が出てくるのであれば、その人間はチームから外さなければならなかった。その兵士も、ジョンも、全員がそのことをわかっていた。

人を選んでおべっかを使ったりするような真似は、ジョンの得意なことではなかった。

そういう性格のために、ウェスタン石油の契約も失ってしまうところだった。ウェスタン石油のCEO、ラリー・ソーレンセンに彼の自宅での夕食に招かれ、翌日ゴルフを一緒にすることになった。これは一種のテストのようなものだということはジョンにはわかっていたのだが、しくじる一歩手前のところまでいった。企業のお偉がたにごまをすって仕事を取るのは、ジョンのやり方ではないのだ。

夕食は地獄そのものだった。CEO夫人は夕食のテーブルの下で、やたらにジョンの股間《こかん》にさわろうとするし、その旦那《だんな》のほうはといえば、芸術の話ばかりしたがり、その方面のジョンの知識はゼロだ。

そしてゴルフ・クラブでの出来事――ジョンの人生の中で、辛抱しなければならなかった最低のことリストのトップにくるのは間違いない。テロリストの隠れ家を急襲しようと、ジャカルタの下水を這《は》い回ったのより悪い。ずっと、ずっとひどい。

ソーレンセンが仲良くなろうとしてくるのに耐えなければならなかったが、それもちっちゃな白いボールを叩いて穴に入れようとしながらだ。あれこそ、人類が考え出したもっとも無駄な行為と言えるだろう。しかもコースを回るのに、ゴルフ・カートという代物に乗るのだ。

ソーレンセンは、どう少なく見積もっても二十キロは余分な肉がついている。純粋な贅肉《ぜいにく》だ。なのにほんの数キロの距離を歩こうともしない。さらにゴルフの間じゅう、ミスター・CEOはかかりつけの精神科医に、「男としての自信を取り戻す」ように言われているという話をずっとしゃべり続けた。

月に一度秘書と戯れるのが、男としての自信を取り戻すってことじゃないでしょう、そういう言葉がジョンの喉元《のどもと》まで出かかっていた。

ここは自分が活躍できるような場所ではないと思った。契約のことはあきらめようとさえ考え始めた。そのときベネズエラ・ゲリラの事件が起こった。ソーレンセンを含めたウェスタン石油の重役全員が、言葉で説明しても理解できなかったことを実際の行動を見て納得することになった。常に百聞は一見にしかず、なのだ。

ジョンは行動で示す男だ。言葉は苦手だ。

前は、言葉が苦手だからと困ることもなかった。行動することで、人生で求めることのすべてが手に入れられた。以前の生活ではそうだった。しかし、行動することでスザンヌ・バロンのベッドに入ることはできそうにない。いや、言葉を使ってもだめかもしれない。

しかし、どんな手段が必要なのかはわからないが、必ず方法を見つけるとジョンは決心していた。

ジョンは、やると決めて失敗したことなど、今まで一度もないのだ。

5

「男って最低！」トッド・アームストロングは不快感を吐き捨てるように言うと、椅子《いす》にもたれて脚を組んだ。麻のズボンの折り目がぴしっときれいだ。トッドのオフィスはメタリックなガラス張りの高層ビルの中にあるのだが、その一室を完璧《かんぺき》にフランス貴族夫人のサロンという感じに変貌させてあった。トッドは百メートル離れたところからでも、フランス製の高級ブランドのバッグを見分けられるし、全米じゅうのオークション会場で何が競売にかけられているか常に把握している。

スザンヌとトッドは、組んで仕事をすることが多く、お互いに刺激し合ってよい成果を生み出していた。モダン・デザインにかけては、スザンヌは生まれつきの能力を発揮し、クラシックなデザインならトッドの手にかかると不思議なほどの魅力にあふれる。二人が一緒になると、さらなる相乗効果が生まれる。スザンヌがともすれば、がちがちのポスト・モダンの方向に行ってしまいがちなのをトッドが押しとどめてくれるし、トッドがあたりまえのようにヴェルサイユ宮殿のルイ十四世といった装飾に走るのを、スザンヌが阻止することになる。

「さんざんなデートだったらしいわね」スザンヌがたずねた。

トッドは口をぎゅっと一文字に結んだ。「そうね。地獄のデートと言ったらいいのかしら。とにかく、聞いてよ」

スザンヌは椅子に寄りかかった。楽しい話が聞けそうだ。トッドは性懲《しょうこ》りもなくデートをしては打ちひしがれるのだ。伝説と呼びたいようなデートもたくさんあった。

「あの新しくできたタイ料理の店に行ったの——あなた、知ってる?」

「ゴールデン・タイガーのこと?」新しくできたおしゃれなスポットには、トッドは必ず行ってみるのだ。スザンヌはオレゴン日報紙でそのおしゃれな場所のことを知ったばかりだった。レストラン紹介のページに評価が出ていて、こういう場所ならトッドはすぐに行ってみるだろうなと思っていた。そしてすぐにどうだったかを報告してくれることになる。

「それよ。インテリアはダサいけど、味は最高。ま、ともかく食事自体は無駄じゃなかったってことよ。それでデートでそこに行ったのね。食べ物はおいしくて、デート相手はすてき。ヒュー・グラントみたいな髪型なのよ。ヴェルサーチのスーツでお腹《なか》はすっきりよ。それでこの相手とは、絶対うまくいくわ、と思ったの。ところがその後、チキンのソテーを食べる間、ずーっと母親の悪口を聞かされたのよ。大嫌いなんだって。あらゆる面で、どこがどういうふうに嫌いかを徹底的に教えてもらったわよ。拷問みたいだったわ。ただ、その話が半分でも本当だとしたら、彼の言うことももっともだとは思ったの。ところが、そのあと趣味の話を始めてね、これがまたこと細かに説明するから、地獄の責め苦よ。その趣味って、何だと思う？」トッドはどさっと背を倒すと、首をかしげてスザンヌを見つめた。

スザンヌは、トッドが退屈だと思いそうなことをいろいろ考えてみた。「何を税金で控除できるか」

「ち、がーう。それは火曜の相手、公認会計士とデートしたときの話」トッドは少しだけ肩をすくめた。「それよりひどいのよ」

「オーガズムの遺伝子操作？」

トッドが声を上げて笑った。「違うわ。それなら面白そうな話題よ。ちゃんと考えて」

「共和党の政策」

トッドは片手をひらひらさせて、惜しいというジェスチャーをした。「近いわね。でも政治につきものの葉巻はなかったから。実はオランダの投票行動についてよ」

「うわあ」スザンヌは椅子にのけぞった。母親の悪口を聞かされ、オランダの政治について話をするデートのことを考えるとぞっとする。「かなりおぞましいわね」

「一晩じゅうそうやって過ごしたのよ。割れたガラスの上を転がってるほうが、きっと楽しかったと思うわ」トッドが大げさにため息を吐《つ》いた。「イースターまでデートをするのはやめとくわ」

トッドがデートをあきらめるなど、考えただけでも笑い出しそうだ。「復活祭の期間が始まるまで、まだ三ヶ月もあるわよ。それに、私たちカトリックってわけでもないし。復活祭の四十日間何かを我慢してたって、イースターにクッキーがもらえることもないんだもの。ただ、しばらくデートを慎むっていうのは、悪いことじゃないかもしれないわ。ちょっとゆっくりするっていうのはどう？　そうね、どれぐらいがいいのかしら、一週間の猶予期間ってのはどう？」

「そうねえ」トッドの答はいくぶん自信がなさそうだった。

スザンヌはひそかにほほえんだ。トッドのことはよくわかっている。彼は恋愛体質なのだ。絶えずボーイフレンドを探している。運命の彼が必ず自分を待っていると信じているのだ。次のクラブに行けばきっと、隣のレストランには必ず、今度のパーティにはたぶん、そんな人が現れるはずだと。トッドがデートをやめるとすれば、それは食べるのをやめるとか、呼吸を止めるとかと同じようなものだ。

「とにかく」スザンヌは紅茶を一口飲んで、テーブルに置いた。おいしく上手にいれられた紅茶だった。トッドは特別なブレンドにしてもらって、イギリスから直接輸入しているのだ。紅茶は完璧なカップに注がれて出されている。ドイツのビレロイ&ボッホのオールド・ルクセンブルグ・シリーズのものだ。そのカップが完璧な銀のトレーの上に用意されている。クリストフル社製だ。トレーは、これまた完璧なお茶用の低いテーブルに置いてある。十六世紀の僧院で使われていたドアを利用して作ったものだ。トッドと一緒に仕事をするのは、あらゆる意味で楽しい。「これからあのドラゴン・レディに立ち向かわなきゃならないわけよね。覚悟はできた? ね、こうしない? 私が椅子を運ぶから、あなたは鞭《むち》でも持ってきなさいよ」

「本当にごめんなさい」トッドがあきらめたような吐息まじりに言った。「ドラゴン・レディの住処《すみか》には、あなたひとりで行ってもらわなきゃならないことになったの。うちの会計士から、今日じゅうに必ず事務所まで来るようにって言われてるのよ。でないと、私のことを歳入庁に通告してやるって脅かすのよ。だから、マリッサ・カースンはあなたが独り占めできるの。あなたなら、彼女を説得できるかもよ。バスルームにあんなに赤をたくさん使うと、内臓みたいに見えるって。それから、北京から特別に取り寄せたかどうかは知らないけど、あの七十メートルを超える長さの山東省の青い絹地を黄色に染め変えることはできません、って」

「それから愛犬が遊ぶのに邪魔になるからという理由で、家の骨組みを支えている壁をぶち壊すことはできませんってね。なんだっけ、あの犬の種類? ラプサン・スーチョン？　それは紅茶の種類か。ほら毛むくじゃらで、いつでもきゃんきゃんほえてる犬」

「ラサ・アプソ。チベット犬の一種よ」

「そうだったわね」スザンヌは思い出してぶるっと体が縮み上がる気がした。この件について、何とかマリッサ・カースンを説得しようとしたのだ。

「あなたって、東側にある部屋に午後にも陽が射し込んできて欲しいと思うのよね。だって、どうせ午後にならないとベッドから起きても来ないんだから。でも太陽は東から昇るのよ。今までもずっとそうだったし、それを変えることなんて無理なの。マリッサを説得するのって、そういうことよ」

　スザンヌはトッドをにらみつけた。マリッサ・カースンをひとりで相手にすることになるとは。彼女は市販の精神安定剤ぐらいでは、おとなしくさせておくこともできないのだ。「私ひとりに押しつけるなんて、あんまりじゃないの。マリッサはきっと、また妙な新しいアイデアとかを言い出すんだから」

「あの人、ニューヨークに行ってきたばかりなのよ」トッドが意味ありげに言った。それで、「メトロポリタン歌劇団の『アイーダ』を観てきたらしいの。新作のほうよ。それですっかり夢中なの。それを聞いて身震いしちゃったわよ。この分じゃ次にあの人がはまるのは――」

「象！」二人が声を合わせ、スザンヌは笑い転げた。

スザンヌは紅茶を飲んで、気持ちがほぐれていくのを感じていた。二十四時間ぶりに味わう感覚だ。じっとトッドを見てみる。トッドは本当にハンサムだ。背はスザンヌより少し高いぐらいしかないが、整った容姿をしている。繊細な顔立ち、柔らかな長いブロンドの髪、深みのある緑色の瞳《ひとみ》。あまりに見た目がきれいなので、頭のほうはたいしたことがないだろうと誤解されることも多い。

スザンヌがほほえみかけると、トッドも笑顔を返してきた。

トッドのような男性が友人でいるのは最高だ。二人は最初に会ったときからずっと、実に気が合った。相手の考えていることが手に取るようにわかり、スザンヌが言いかけたことをトッドが言い終えてくれることも多かった。トッドはスザンヌのインテリア・デザインのスタイルをちゃんと理解してくれるので、粗いスケッチを描いて、漠然とした言葉でアイデアを少しばかり伝えるだけで、トッドはテーマを見事に取り入れた完璧なデザイン画を頭の中で再現することができた。トッドは感じのよい皮肉を言うので、スザンヌのまじめすぎる態度をバランスの取れたものにしてくれるし、逆にスザンヌのほうはトッドをふざけすぎないようにしておけるのだった。

トッドが、自分の会社にスザンヌをパートナーとして迎えたいと考えていることもわかっていた。今まで二人が共同で行なったのは、たとえばこのマリッサ・カースンのところのような、機会があれば契約するという形のものだけだった。しかし共同作業の成果は華々しいもので、思い出しても満足感のわきあがってくる仕事ばかりだった。建築雑誌が二度もそのことを取り上げて賞賛した。

トッドの会社に参加できると思うとわくわくする。彼が経営しているのは、西海岸北部ではもっとも成功したインテリア関連会社で、ここでパートナーとして迎えられると、一晩で名前が売れキャリアが確立することになる。さらに収入は千倍にも増えるだろう。しかし、申し出を受ける理由はそんなことではない。

トッドといつも仕事をするというのは、スザンヌにとって最高に楽しい時間がずっと続くということだからだ。自分のことを理解してくれる男性と仕事ができるのはすてきなことだ。スザンヌが自分で気づく前に、トッドはスザンヌの気持ちを理解してしまう。一緒にいて居心地のいい男性。あんな人とはすごく違う……。

もしトッドが……。

ふうっ。

「そのかわいいおつむが、考え事でいっぱいになっているみたいね。少しここに吐き出していけば？」トッドは紅茶をごくりと飲むと、身を乗り出して優雅にカップを置いた。

スザンヌはトッドのカップに紅茶を足し、自分のカップにも注いだ。「そうね。考えていたのは、私たち二人なら、お似合いのカップルになれたのにってこと。考えてもみて。まずすごく気が合うでしょ。好きなものも同じだし、趣味だって似ているわ。少し違いがあっても、そのほうが、会話が面白くなるっていう程度よ。あなたからは、アンティークのことをいっぱい教えてもらったし、私は無理やりあなたを二十一世紀の世界に引きずり込んだりしたわ。喧嘩《けんか》したこともないし……何よ？」

トッドはほほえみながら首を横に振っていた。「うまくいかないわ。ぜったい」

「もう。それぐらいわかってるの。ただ、仮定の話として考えてみただけ――」

「違うの。そういう理由でうまくいかないのは確かだけど、それだけじゃなくて、他の理由もあるの」

他の理由？　スザンヌは背筋《せすじ》を伸ばした。「あら、どうして？　あなたの嗜好《しこう》っていう大きな問題があるのは認めるわよ。でも、私たちは本当に気が合う――」

「ええ、気が合うわ。実際、合いすぎるぐらい」

スザンヌは笑って首を振った。「気が合いすぎ、なんてことあるのかしら？　離婚訴訟専門の弁護士だって聞いたことないんじゃない？　そもそもどういう意味なの、気が合いすぎって？」

トッドは首をかしげて緑の瞳でスザンヌを見つめた。黙ったままだ。

「何よ？」スザンヌがたずねる。

「本当のことを知りたい?」

「あたりまえでしょ。意味を説明して欲しいわ。あなたの『気の合いすぎは別れの始まり』理論を」

「あなたには、わかってるはずなんだけどな。本当は私が口に出すまでもないことなの。わかっていることを認めたくないだけなのね。あなたは誰にも心を奪われたことがないし、このままでいけばこれからもないわね。ここしばらく誰とも付き合っていないらしいけど、私と知り合った頃には、デート相手もいたわよね。文句のつけようもないほどあなたにぴったりの相手だったわ。違いのわかる上品な人たちばかりで、音楽や演劇に関してあなたと同じ趣味を持ってた。そしていつも、同じパターンになるのよ。男と出会う、二度、三度付き合いを楽しみ、そのあと――」

スザンヌは居心地が悪そうに身じろぎした。いったい何の話だろうと思った。ロマンスに関してはこのところさえない日々が続いているが、それでどうということでもない。結局、仕事が忙しかったのだ。トッドにとやかく言われることでもない。「そのあと、何なの?」先を促しながら、怒ったように聞こえないように気をつけた。たいして興味がないように装うのだ。

「それから、ぽい。あなた、彼氏を捨てちゃうじゃない。で、また、同じことを一から始めるわけよ」

ふうん。愛して、飽きたら捨てよ、をモットーにしている人の言葉とは思えない発言だこと。トッドは、一夜限りの付き合い方というのを芸術の域にまで高めている人物なのに。ふん、だ。「そういうふうに言われると、なんだか薄っぺらな女みたいに聞こえるじゃない。本当に楽しむことなんてできなくて――」

「落ち着きがないのよ。そして満足感を味わえない人。あなたがデートするような男には、わくわくする気分を味わえないの。無理なのよ、わからない？　あなたのデート相手は、あなたそのものなんだから。ただ、男の姿をしているだけなの。ニューヨークのセンチュリー・シアターの演目をああだ、こうだと話し、マーチン・スコセッシ監督の次の映画を気にする人。それから新しい黒とはどれほどベージュに近いかを話題にするの。そんな話、彼にしてもらわなくてもいいのよ。私やクレアとできるもの。あなたは本当に女らしいわ、スザンヌ。だから、正反対の男性が必要なのよ。あなたの陽の部分に対抗する陰の人が。そういう人に、気持ちをかき乱されなきゃ。誰か……誰かすっごく、男っぽい人ね」

スザンヌは瞳を閉じた。自分の陽に対してたっぷりの陰を補ってくる誰かが、頭に浮かんだ。気持ちを激しく攪乱《かくらん》し、ふわふわの状態にしてしまう男性。誰か、すっごく、すごく男っぽい人。

「背が高くて暗い影があって、肩幅がここまで来るような人の話なんだけど」トッドが夢見るような表情で言う。「短い黒髪で、こめかみのあたりに少し白いものが交じるのね。若いときのジャンニ・アニェッリそっくり。ほら、フィアットの会長で、死ぬまでプレイボーイだった人よ。ああ、あの目、よだれが出そう」

スザンヌはその言葉に驚いて、トッドを見据えた。サンダーソン社製のキャベツの葉っぱをかたどったロマンチックなソファに、気取った感じに座り直す。トッドにクッションを投げてやろうかとも思ったが、あたらないかもしれないし、紅茶のしみがシルクにつくと取れなくなる。

トッドが、ちゃんと知ってるのよ、という顔でほほえんだ。「コム・シェ・ソワの料理って最高よね。シェフが新しくなったらしいわよ。あら、でもあなたにはわからなかったわよね。まったく手をつけてなかったんだもの」

6

　自宅の門のところで、スザンヌはタクシーを降りた。料金を払って通りの向こうを見ると、自分の車がちゃんとそこに停めてあった。衝動的にスザンヌは車に近づくと乗り込んでハンドルに手を置いた。そしてイグニッションを回すとすんなりとエンジンがかかった。むせかえるような、ひっかかるような音がするのにすっかり慣れていたのだが、何の音もしなかった。静かにぶるんぶるんと力強くエンジンが回っている。座って車が問題なくうなりを立てているのを聞いていると、うれしくなってきた。

　愛車は死の淵からよみがえり、今までになかったほど快調だ。新しくビルを借りてくれた人のおかげだ。罪なほどセクシーな借主さん。

　自分が過剰反応してしまったこともわかっていた。確かにセックスをしたが、それはジョンのせいというより、スザンヌの行動によるものだ。彼に無理やりあんなことをされた、というのでは決してない。ジョンの唇が触れたとたん、体がとろけそうになった。荒々しい行為ではあったが、胸がときめくのがわかった。少なくともあれほど興奮したのはいつのこと以来……初めてだった。

スザンヌがパニックを起こして自分の部屋に閉じこもってしまわなければ、絶対にジョンを部屋に迎え入れ、彼は喜んでその誘いに応じ、朝まで二人で……何をしたのだろう?

愛を交わしたはずだ、間違いなく。ベッドの上で。セックスするのとは違う。壁に押しつけられてやるのではない。何度か愛を交わし、その合間には二人で話をしただろう。笑い合っていたかもしれない。何週間も冷蔵庫に入れたままになっていた白ワインを開け、クライアントからもらった禁制品のキャビアを二人で楽しんだだろう。

ジョンのほうに失敗はあったかもしれないが、スザンヌも同罪だ。怯《おび》えたウサギのように、彼から逃げてしまった。

なのに翌日、ジョンはきちんとした行動を取った。スザンヌの状態を見ると、責任のある態度で、話をしなければいけないと言ってくれた。

さらに厄介の種だったマーフィーのことも、ジョンが何もかも取り計らって、車も取りに行ってくれた。車は今、ぶるんぶるんと快適なエンジン音を聞かせてくれている。ジョンに対する自分の行動が、スザンヌは少し恥ずかしくなってきていた。

すると突然ジョン・ハンティントンの姿が目の前に浮かんできた。あの大きさ、強さ、激しさ。そして野生のオスとしての力。いいえ、過剰反応ではなかった、とスザンヌは思い直した。あの人はあらゆる意味で恐ろしい。

トッドのオフィスを出るときに、言われたことを思い出した。スザンヌが今まで付き合ってきた男性の行動は、あまりに予想がつきやすいのではなかったかという話だ。刺激が足りなくて、きっと……安全なのだ。

安全のどこがいけないの？　警報装置を解除しながら、スザンヌは心の中で反論していた。ドアを開け、装置をまたセットする。いつもそうするようにとジョンに約束させられたのだ。安全なのはいいことだわ。温もりを感じるし、居心地がいい。そんな言葉は、ジョン・ハンティントンを形容するのに、決して使わないだろう。

彼のすることには、いつだってぎょっとしてしまう。

ジョンのことで、今日一日頭の中がいっぱいだった。昨日も一日じゅう、そうだった。実を言えば、一瞬たりとも頭から彼のことが消えることはなかった。会ったその瞬間からずっとこんな状態。これではいけない。スザンヌは仕事に追われるプロであり、今まさに大成功を収めようというところなのだ。他のことに気を取られている暇などない。デートする時間さえほとんどない。自分の居場所でおとなしく待っていてくれるような男性とすら、時間がとれないのに、起きている時間のすべてに侵入してくるような男性など、問題外だ。

たとえば今、おそるおそる自分のビルに入っていくような瞬間にも、頭から消えてくれないような人など。あの人はいるのかしらと思ってしまう。いなければいいのに、と願っている。いてくれるとうれしいのに、と期待する。

ジョンはいなかった。廊下でつかの間立ち止まる。ジョンは物音を立てない男性だ。気味が悪いくらい静かなのだが、自分のビルのことはスザンヌもちゃんと心得ている。誰もいないがらんとした雰囲気が漂っていた。考えてみれば、彼のユーコンも外に停まっていなかった。

そうだったな、と考えると、自分が無意識にジョンのSUV車を捜していたこと、彼の気配がないかと耳を澄ましていたことに気がついた。午後町を出て、帰りが遅くなると言っていた。だから、明日まで顔を会わすことはないのだ。

とすれば、明日どんなことになっても平静を保って彼に対峙《たいじ》するために、今夜ぐっすり眠っておく必要がある。

そして今夜ぐっすり眠るためには、ジョン・ハンティントン中佐のことを頭の中から追い出しておかねばならない。まともな生活を取り戻すのだ。

明日。明日になれば、普段の生活が戻ってくる。今日は本当に疲れた。マリッサ・カースンはいつにもまして居丈高だった。今までに決めていたことをすべて変更した。家具のほとんどはすでに注文済みだ。スザンヌがそのことを言って、大金を無駄にすることになりますよと言うと、マリッサは首をかわいらしくかしげ、ほっほっと笑い転げた。ヒステリックな笑い声を出しながら、もうすぐ大金持ちになる予定だから、いいのよと言った。

マリッサはぴりぴりして、熱に浮かされているようだった。おそらくカースン夫妻の間で揉《も》め事があったのだろうと、スザンヌは思った。カースン氏のほうと会ったことはなかったが、写真では見たことがある。ハンサムでブロンド、冷たい目つきの男性の写真が、部屋じゅういたるところに飾ってあるからだ。飾ってあった、というべきか。今日行ったら、彼の写真はすべて壁から取り外されており、テーブルの上の写真立ては伏せてあった。あきらかに、この幸せそうに見えたカップルにも問題が起きたのだ。そして、マンションの建物から出るときに背の高いブロンドの冷たい瞳《ひとみ》の男にぶつかりそうになって、その思いは確信になった。ほんの数時間前のことだ。男性は怒り狂っていて、まさに火花が弾けそうになっているのがわかった。

マリッサのヒステリーに対処しながら、部屋を彼女の思い通りにしてあげようというのは、難しい作業だった。マリッサの思いというのが、一時間おきに変わってしまうからだ。最終的に、二週間後にもういちど話し合いましょうと言って別れることにした。その頃には、マリッサももう少し自分の希望というものがはっきりわかるようになっているかもしれない。

そんなことのために、スザンヌは午後を疲れきって過ごし、お昼も食べられず、結局スザンヌ自身が、すっかり不愉快な気分になったというわけだ。

家に帰っていつもすることをやっているうちに、スザンヌの気持ちも癒《いや》されてきて、落ち着いた。泡だらけにしたラベンダーの香りの熱いお風呂。冷凍のミネストローネスープを電子レンジで温め、赤ワインをグラスに一杯楽しむ。ノーラ・ロバーツの最新作を三十分ばかり読み、十時には明かりを消した。

スザンヌは目を閉じて、清潔なシーツの匂《にお》いに満足感を覚えた。軽い羽根布団に包まれ、夜の静けさが心地よい。天気予報では雪になるということだったので、すべての部屋の窓のカーテンを開けた。スザンヌは雪が好きだった。ベッドに深々ともぐり込むと、予想通り空から雪がはらはらと落ちてきて、街灯が照らす闇《やみ》に舞っているのが見えた。体の緊張感が解けていくのを感じながら、ゆっくり眠りにと落ちて……。

いかなかった。

二時間後、隣の居間にある大時計が真夜中を告げた。ぜんまいがゆっくり巻き上がって音を立てるのが聞こえる。そして荘厳な鐘の音。十二回鐘が鳴るのを耳にしてから、あきらめたようにベッドから起き上がった。

静かで美しい夜だった。ふわふわの白い雲が低く垂れこめ、ビルの上のほうは隠れて見えなくなっている。子供なら、これこそがクリスマスだと言うところだろう。大きな雪のかたまりがふわっと静かに舞い落ちる。急ぐことなんてないんだ、と思っているようだ。

雪が降るとぶっそうなこのあたりもきれいに見える。道にできたでこぼこや穴も覆い隠される。風雨にさらされ、うらぶれたようなビルのみすぼらしさが和《やわ》らぐ。見捨てられ荒っぽいことも多いこの付近に、やさしく覆いをかぶせてくれるような気がする。

町の中心部の明かりが、低い雲を突き抜けて夜空に反射するように輝いていた。雲にちらちらと光がよぎり、雪が舞う光景をスザンヌはしばらく見つめていた。見ていると、なんとなく安らぎを得られるような気がした。

たとえば、眠るとか。しかし、それは無理そうだ。

気持ちがぴりぴりして、落ち着かない。そんなつもりはなかったのに、立ち入り禁止区域に入ってしまったような気分。そんなことはしたくもなかったのに。人生の新たな一ページが始まったのに、そこにはどんなルールがあるかもわからなかった。

トッドの言葉が何度も思い出された。彼の言うことは真実だ。スザンヌはいつも、自分の思い通りになるような男性と付き合ってきた。ジョンを思い通りにすることなどできないのは、あきらかだ。ジョンは文字通り、どんな意味においても支配力の強い男なのだ。

もちろん、二人は正確に言えば付き合っているというのではない。一度一緒に食事に出ただけで、一回セックスした……あの行為は何と呼べばいいのだろう。デート？スザンヌには、わからなかった。自分が知っているこぎれいな付き合いの範疇《はんちゅう》に収まるものではなかった。しかも、二人は一緒に住んでいる。一緒に住むというのは正しい表現ではない。同じビルに住んでいる。二人っきりで。

ジョンは虎《とら》のような男性だ。華やかな魅力にあふれる野生動物。美しい野生動物。そっと近づかなければ、あっという間にハートを引き裂かれてしまう。美しい野生動物には、近づいてはいけないのだ。これから毎日顔を会わさねばならないとなると、どうすればいいのだろう。

夜の静寂《しじま》は、何も答えてはくれない。ただやさしく舞う雪が、光を反射してきらきら光る雲から降り落ちるだけ。光が低い植え込みに不規則に輝いている。低い灌木《かんぼく》がビルの側面のひとつに沿うように、生垣として植えてあるのだ。スザンヌが見ていると、影になった木の葉の間から、光がちらついていた。

スザンヌはその光に目をこらしてみた。

どうしてああいうふうに光が輝くのだろう？　光はどこから出ているの？　町の中心部の明かりが反射しているのでないのは、確かだ。この低い生垣に反射することなどあり得ない。

それに、光はちらちら瞬くのではなく、一点を照らし出しているように輝いている。

車だろうか？　いや、ヘッドライトにしては小さすぎるし、光の位置があちこちに動く。それに外の通りからではなく、生垣の中に光が見える。あの角度ということは、光源は……ビルの中だ！　オフィス部分で何かが光を出しているのだ。

火事！

スザンヌはどきっとして、寝室を飛び出し、居間からキッチンへと電灯をつける暇も惜しんで走った。部屋にはすべて大きな窓がついているので、部屋を移動している間も、明かりが生垣に反射して揺れるところが見えた。

丸い光が見え隠れする。やっと頭が行動に追いついてきたのだ。スザンヌはオフィスにつながるドアに手をかけた瞬間、立ち止まった。

考えてみなさい、頭がどうかしてるわ。

火事なら、あんなふうに明かりが見えることはない。燃えているなら、見えたり消えたりしないし、それにもっと大きな炎になるはず。すると、あの光が何かという答はひとつしかない。懐中電灯だ。

さらに懐中電灯の明かりがあるということは……誰かがオフィスに入っているということだ。

はだしのままでよかった。音は立てていない。オフィスにいるのが誰にせよ、足音は聞こえなかったはずだ。

オフィスに通じるドアが少し開いていたので、スザンヌは顔にかかった髪をかきあげながら、そっと向こうをのぞいてみた。

最初は何も見えなかった。部屋の暗さしかわからない。そのとき、何かがぶつかる音がした。誰かが家具に足をぶつけたような音だ。そして、低く罵《ののし》る声。スザンヌもその場所にいなければ、聞こえなかったぐらいの音だった。

誰かが私の家に侵入している。

男性だ。罵る声の太さで、はっきりわかった。すると影が窓のところを横切った。明るい夜空にくっきりとシルエットが浮かび上がり、スザンヌの心臓は止まりそうになった。そして、すごいスピードで脈を打ち始めた。悲鳴が出そうで、歯を食いしばらねばならなかった。

侵入者はひょろっと背の高い男で、肩まで届きそうな長い髪をしていた。片手にペン型の懐中電灯を持っている。この光が窓の向こうから見えていたのだ。

そしてもう一方の手には、大きな黒い銃を持っていた。

助けて、どうしよう、そう思いながら、スザンヌは思わず一歩ドアから退いた。また罵る声が聞こえる。低い声だが、激しい言葉だ。男がまた家具につまずいたのだ。

スザンヌのオフィスは複雑なレイアウトになっていて、装飾過多とも言えるかもしれないが、それは宣伝という意味合いもあった。仕事のモデルルームでもある。だから、見えないとどこに何があるのか想像もつかないはずで、男は家具の位置を手で確認しながら進んでいるのだ。すると、むこうずねをぶつけ続けることになる。

男は銃を持っている。銃を持った泥棒。夜間に侵入する泥棒や空き巣は銃を持っていることはないと、どこかで読んだ気がするのだが。家宅侵入だけならそれほど罪は重くないが、武装して強盗に入ったということになれば重罪になり、空き巣はそのことがわかっているからだという話だった。単なる物取りというのは、他の犯罪者とかなり心理が違っていて、基本的には暴力に訴えることはないと。

物取りの狙《ねら》いはただひとつ。忍び込み、できるだけ高価なものを盗み、さっさとその家から逃げ出すこと。記事にはそう書いてあった。

ところが、この男はそうではないらしい。懐中電灯が、買ったばかりのバング&オルフセンのオーディオ機材を照らし出した。非常に高価なもので、実際はスザンヌには分不相応と言えるほどの値段だったのだが、まるで注意も払わずそのまま他の場所を照らし出した。明かりがバロン家三代にわたるアンティークの銀のコレクションを、さっとなめていく。前に鑑定家の男性と付き合ったとき、これなら新車が買えそうな値段がつくよ、と言われたことがある。それから、ひいおばあちゃんのボーダインがウィンスロウ・ホーマー自身から直接購入したという絵にも、光があたった。この絵は改装費のローンの抵当にも使ったぐらいだ。

こういうものを照らし出しても、躊躇《ちゅうちょ》することさえない。ただ、壁を照らしていくだけで、何かを探しているようだ。

何を探しているのだろう？　このあたりは貧しい地域だ。たった今、こんなものにはまるで興味がないというように、無視した高価なものがあるビルなどこの近辺にはない。他に何を探しているというのだろう？

スザンヌは、はっと思い当たった。

侵入者は高価なオーディオや銀のコレクションや絵画を盗むために来たのではない。スザンヌを探しに来たのだ。

武装して狩りに来た。スザンヌを狩りに。どういう理由があって、この銃を持った男がスザンヌを殺したいのかは、わからない。わざわざこの家に侵入し、簡単に盗んでいける高価な品物を無視した理由は、スザンヌを殺すためなのだ。金品など男は求めてはいない。男が探し続ければ、スザンヌはいつかは必ず見つかってしまう。ビルの外に出るには、男の横を通り過ぎるしかないからだ。

スザンヌが使っている部分は大きな部屋が四つあって、それぞれが隣り合っている。そのうち、オフィスにしている部屋にしか廊下に出るドアがついていない。他の部屋は内部でつながっているだけなので、侵入者は順番に部屋を探してくれば、最後に必ずスザンヌをつかまえられる。

窓には警報装置がついていて、防弾ガラスが入っている。窓を開ければ警報が鳴り響き、音は玄関を入ったところにあるパネルまで行かないと消すことができない。窓ガラスを壊して抜け出ることは不可能だ。この窓を販売する会社の地下の実験室で、実演まで見せてもらったのだ。窓に向かって銃を発射しても、ひびは入ったが割れはしなかった。

窓から抜け出すことは無理だ。

ここからいちばん近い警察署といえば、町の中心部にあるもので、警察を呼んでも到着するまでに最低十五分はかかる。それだけの時間があれば、この侵入者はすべての部屋を探し、最後に見つける……。

ジョンだ！　ジョンが近くにいれば——タフで危険な彼なら、助けてくれるはず。彼がここにいれば。

戻ってきて、お願い。スザンヌは祈りながら急いで、しかし音を立てないようにその場から離れ、キッチン、居間を走り抜けると寝室に戻った。その際、すべてのドアを閉めて、静かに鍵《かぎ》をかけ、そして次の部屋へと走るのだった。

ビルへの警備システムを破った侵入者なら、ドアの鍵を開けることなど何でもないだろうから、鍵は長い時間持ちこたえそうもない。それでも、気づかれないように静かに鍵を開けようとするのなら、ひとつの鍵に二、三分はかかるだろう。その数分で、ジョンに助けを求める電話をかければいいのだ。出かけているのでなければ、ジョンは廊下の向こうにいるのだから。

では、まだ戻っていなければどうなるの？

戻るのは遅くなってからだ、と言っていた。遅くって、どれぐらい？　私が寝ようとしている間に帰ってきたの？　ほんの数メートル先で、ジョンも眠っているの？　それともまだ町にも戻っていなくて、電話を受けることさえできない場所にいるの？

お願い、近くにいて！

スザンヌは半分泣きながら、最後のドアに鍵をかけた。寝室のドアだ。もはや袋のネズミといっていい。侵入者が寝室まで来てしまえば、逃れる術《すべ》はなく、隠れるところもない。

泣きながら、もつれる手でバッグをつかむと、スザンヌは携帯電話を取り出した。指が思うように動かない。手が震え、役に立たなくなっている。しっかりしなさい、と自分に言い聞かせて、スザンヌはバッグを開け必死に中を探った。すすり泣きが安《あん》堵《ど》の声になる。携帯電話が見つかったのだ。スザンヌはすぐに電源を入れた。

パニックでぜいぜいしたため、喉《のど》がひりひりする。ごくんと唾《つば》を飲み込む。電話を手に、もう片方の手でバッグの中の紙切れを探す。何千枚と紙が入っているようだ。

何なのよ、もう、とスザンヌは思った。本来はきっちりしているのだが、最近忙しくてバッグを整頓《せいとん》しておく暇がなかったのだ。ありとあらゆる電話番号が紙に書いてバッグに入れてあるように思える。やった、あったわ！　違う、これは税理士の番号。こっちは高校のときの友だちの。このあいだ、高級デパートのアンティーク売り場で偶然会ったのだ。それにこれは新しい美容院の。こういった電話番号が紙切れに書きなぐってある。

考えて、スザンヌ！　スザンヌは心で叫んだ。目を閉じ、唇をしっかり結んで、飛び跳ねそうな心臓と切れそうになっている神経を抑えようとした。頭を働かすのだ。ジョンが携帯電話の番号を書いて渡してくれたとき、どうした？

侵入者はキッチンのドアを見つけ、ピッキングに成功したのだろうか？　だとすればもうキッチンは通り抜けているはず。キッチンは、仕切りのないように作ってあって、邪魔になるものは何も置いていない。では、もう居間に入ってきているのかもしれない。ひょっとしたらもう寝室のドアを開けようとしているのかも。

スザンヌの体がびくっと動いた。考えるのよ！

寒かった。外にいるときだった。ジョンがそびえるように立っていて、怒っていた。私がタクシーを呼んだから。そして番号を書いて――そう、ジョンの字が頭に浮かぶ――しっかりした力強い癖のある筆跡で――私がその紙を中に……。

スケジュール帳の中だ！

スザンヌは半狂乱の状態でスケジュール帳を取り出し、ページを繰っていった……あった！

震える手で番号を押す。ボタンが小さくて、きちんと押せているのか自信がない。震える手が正しい番号を押してくれていますように。どうして携帯電話のボタンはこんなにちっちゃいの？　番号を押し間違えていたらどうしよう？　あ、呼び出している。正しい番号でありますように。

呼び出し音が、一回……。

どさっという音が聞こえてきたのは、隣の部屋から？　助けて。

二回……。

お願い、早く。

三回……。

「スザンヌ、どうしたんだ？」

太い張りのある声を聞くと、ほっとした気持ちが押し寄せて、スザンヌは電話を落としてしまうところだった。落ち着いて、実務をこなしているという感じ。スザンヌの心のどこかで、ジョンが物事の先を読んで対処することに感謝したい気分がわきあがっていた。ジョンは番号表示でスザンヌからの電話だと知り、真夜中を過ぎて電話してくるからには、何か問題が起こったのだと悟ったのだ。

「ジョン」ささやくような声で、スザンヌが言った。「今どこ？」

「家から三ブロックほど先のとこまできてる」深い張りのある声が電話から振動を伝えてくる。ただその声を聞くだけで、スザンヌの気持ちが落ち着いてきた。パニックが静まっていく。「なんでだ？」

「お願い、早く帰ってきて。家の中に男が入ってきてるの。さっきは私のオフィスにいたわ。ただの物取りじゃないみたいなの。何も盗んでいこうとはしないし、それに――銃を持ってるわ」

「君は今、どこにいる？」ジョンの声はまだ平静を保っていたが、電話の向こうで、思いっきり踏み込まれたエンジンがうなりを上げ、タイヤが軋《きし》る音が聞こえてきた。

「寝室よ」スザンヌはひそひそ声で応対しながらも、たったひとつの命綱とでもいうように、電話を握りしめていた。握る手が汗で濡《ぬ》れてくる。「いちばん奥の部屋。ドアに鍵をかけたの」

「よし。これから俺《おれ》の言うことをよく聞くんだ。ドアの取っ手の下に椅子《いす》を置け。大きな家具は動かすな。音がするからな。電灯から電球をとっておけ。その部屋には、ウォークイン・クローゼットはあるか？」

「え、ええ」歯が、がちがち鳴るので、まともに返事もできない。

「そこに入って、中から鍵をかけろ。いちばん奥の隅でじっとして、俺が戻るのを待ってろ。今行くから。わかったか、スザンヌ？」

「ええ」声が震えてしまった。スザンヌはできるだけ気持ちをしっかり持とうとした。「急いで」そっとそれだけ言って、電話を切った。

部屋にあった椅子は一脚だけだったが、それをドアのところに置いた。きれいな椅子だが、頑丈なものではない。侵入者は寝室まで来れば、物音が聞こえることを心配しないだろうし、スザンヌを見つけようと心に決めているのだから、こんな椅子では数秒稼げるかどうかというものだ。それからスザンヌは三つあった電灯から電球をすべて外し、クローゼットへと向かった。

自分の几帳面《きちようめん》さを恨めしく思ったのは、初めてだった。クローゼットのドアに鍵をかけると、完璧《かんぺき》に整頓されたクローゼットの中に、何もない床が見えるだけだ。古いジーンズやぼろぼろのTシャツ、捨てるつもりで放ってあるバスローブなどがごちゃごちゃに積み重ねてあるのなら、身を隠すのも楽だっただろうが、靴が二列に並んで置かれているだけでは隠れるところなどどこにもない。衝動的に買ってしまって一度も履いたことのない、マノロ・ブラニクのハイヒールで応戦するぐらいしか手はないだろう。

スザンヌは腰を下ろして、待った。護身術のレッスンを受けておけばよかった、とつくづく後悔したが、銃を持った男にどうやってそういう術が役立つのかはわからなかった。

ワンダー・ウーマンならどうするのかしら。TVドラマの『戦うプリンセス』のジーナ姫でもいいわ。そうだ、チャーリーズ・エンジェルがいい。強い女性ヒーローになって、悪い男から武器を奪い、そいつを蹴《け》飛《と》ばしてやるのよ。でもエンジェルは三人いるけど、私はひとりだし。

少し体を動かすと、ラベンダーの入った匂い袋が顔にあたった。サテンのリボンでクローゼットに吊《つ》るしておいたのだ。暗闇に目を閉じて、その香りを吸い込む。この匂い袋は、退職した両親が暮らすメキシコのバハ・カリフォルニアにある家に生えているラベンダーを自分で摘んで作ったものだった。夏の庭と太陽と大地の匂いがした。手を伸ばすとカシミアのショールに触れた。トッドと一緒にオペラ『ミカド』の制作発表会パーティに行ったときに、まとったものだ。指で布地を探ると、その柔らかさと暖かさに、心が休まる気がした。

まだ死にたくない。

両親とまた何度も夏を過ごしたい。トッドと共に劇場に行きたい。夏のピクニックや、スキーもまだまだ遊びたい。夜出かけて、楽しい時間を過ごしたい。

まだ、もっと。

人生は楽しく、さまざまな出来事に満ちている。楽しいときもあれば、辛いときもある。両親を愛しているし、この家も気に入っている。友人も大好き。仕事はこれから軌道に乗ろうかというときだ。最高にセクシーな男性と同じ屋根の下で暮らすことになっている。この前のセックスにはショックを受けたが、体中の細胞が生きている実感を覚えた。もっと欲しいのだ。

まだ死にたくない。神様、生きていたいんです。

ジョンは家からどれぐらいのところにいると言ったっけ？　三ブロックだ。車で急いだとして、戻ってくるのにどれぐらいかかるのだろう？　もう車を停めている頃だろうか？　家に向かって走っているところ？

ふと確信のようなものを覚えて、スザンヌは自分でも不思議な気がした。ジョンはスザンヌを助けにやってくる。それ以上は人間には不可能というぐらいの速さで、ジョンは戻ってくる。武器を持った侵入者からスザンヌを守るためにいかなることでもする。ジョンなら、そうしてくれる。

この地上でただひとり待ち望む人。ジョン・ハンティントンこそ、私を助けてくれる人。

侵入者は、どこまで来たのだろう？　居間にも、さまざまな装飾品がある。ソファが二脚、肘掛《ひじか》け椅子、折りたたみ式のテーブル、足置き台、床にはあちこちに花瓶が置いてある。音を立てないようにしようと思えば、動きもかなり遅くならざるを得ない。

　しかし、もう音を立てる心配などしていないのなら、早く動ける。電気をつけたのだろうか？　暗闇で物につまずくのには、もううんざりしたのだろうか？　スザンヌが家にいることを知っているなら、今どこにいるかということもわかっているはずだ。その気になれば寝室のドアを壊し、クローゼットをハンマーで叩《たた》き割ってすぐ撃ち殺すこともできるだろう。

　あの音は何？　そう思ったスザンヌの体にさっと緊張が走り、はっと息が止まった。口の中はからからになっている。

　こんな暗闇でじっとしている気分は最悪だ。狐《きつね》狩《が》りで犬に居場所をつきとめられるのを怖がる狐のようだ。心臓が大きな音を立て、外にも聞こえてしまいそうになる。自分でも大きく聞こえるのだから、隣の部屋にだって聞こえているのではないかと思う。

　スザンヌは袖《そで》で顔を拭《ぬぐ》った。どんな事態になっているにせよ、しっかり見ておかなければ。見えるものが、自分の命を奪う銃弾だったとしても、見ておきたい。目元をごしごしこすって唇を噛《か》みしめ、泣くのをやめなさいと自分に向かって言う。震えるのも、終わりにしなさい。膝《ひざ》の間に手をはさんでみた。そうすれば、手が震えるのがわからなくて済む。

自分がこれほど意気地なしだとは思わなかった。そんなことがわかるはずもなかった。危機に直面したことなど今までなかったのだ。ひとり暮らしの女性が通常経験するような、ちょっとした危ない思いをするということではなく、本物の危険だ。

死にたくない、膝に頭をあずけながら、またスザンヌは思った。涙が膝からふくらはぎへと伝い落ちた。

スザンヌは暗闇の中で、ひたすら待ち続けた。

時計はベッド脇《わき》のスタンドに置いてある。侵入者がいるとわかってから、どのぐらい時間が経過したのか、まるでわからない。ジョンと電話で話してからも、どれぐらい経ったのだろう。十分ぐらいだろうか。二分だろうか。三十分過ぎたのかも。この暗闇の中、クローゼットでこもったような匂いに囲まれたままでは、時間の経過を知ろうとしても何の方法もない。ただ、どくん、どくん、という自分の心臓の音を数えるぐらいだ。

自分のせいで、ジョンは殺されるようなことになってしまったのかもしれない。ジョンはためらうことなく、これから行くから、とだけ言った。しかし、警察を呼べばよかった。スザンヌは死ぬことになるのだろうが、関係のないジョンまで死なせてしまうことにもなったのかもしれない。りっぱな男性を。スザンヌを危機から救うためなら、喜んで身を投げ出してくれるような人を。

今この瞬間にも、ジョンは別の部屋で血にまみれて死にかけているのかも……。それが、最悪のことだ。どうしてかはわからないが、それより悪いことなどない気がする。

スザンヌは、はっと体を起こした。何か音がしたのだ。何か重いものが落ちる音。どこかの家具が倒れたのか。それとも人の……体？　音は居間から聞こえてきた。寝室のドアのすぐ向こうだ。しばらく何の音もしないので、スザンヌはじっと耳をそばだてた。

するとまた別の音がした。こんどは金属のぶつかる音だ。

誰かが、ドアの鍵を開けようとしている。

スザンヌは涙を拭った。これからの瞬間、何が起こるにせよ涙を浮かべていたくない。しっかり見届けなければ。

何かをこする音……椅子がドアから押しやられているのだ。急に寝室に電気がついたのが、クローゼットのよろい板の隙間から見えた。クローゼットのドアに影が近づく。

スザンヌは拭った目を開いて、ゆっくり呼吸しながら待った。銃弾が来ることに備え、死に物狂いで腕に体を巻きつける。奥の壁ににじりよって、これ以上は後ろにいけないところまで来ると、木の羽目板に肩を押しつけ、このまま反対側に出られないのかと思った。

クローゼットのドアが開いた。ドアいっぱいに男が立つ。厚みのある広い肩が枠につかえそうになっている。殺し屋の顔だ――とがった頬骨《ほおぼね》、冷たく光る銃のような金属の色をした瞳、厳しく結ばれた口元。目を細めてスザンヌを見る。男は大きな黒い銃を手にしていた。

喜びの叫び声を上げ、スザンヌはその腕に飛び込んだ。

7

　ジョンは激しくスザンヌの体を抱きしめた。

　スザンヌは震えていた。泣きそうになるのをなんとかこらえている。ぶるぶる体を震わせながら、あえぐように息をしている。柔らかくて暖かな体――神様、ありがとうございます――スザンヌは生きている。

　ジョンは右手でスザンヌの頭を覆い、左側の腕で腰のあたりをきつく抱き寄せた。自分の体で、動物としての本質的な慰めを与えてやりたかった。恐怖に震える体を落ち着かせてやろうとした。

　スザンヌは死ぬほど怖かったのだ。実はジョンも同じように恐怖を感じていた。今までこれほどの恐怖を味わったことなど一度もなかった。激しい戦場の中、炎に包まれていてもこんな気持ちになったことはない。

　自分のことで恐怖を感じたりはしなかった。侵入者をやっつけるのは、SEAL《シール》の訓練でよくやる、教科書どおりの手順でいけた。男は、ジョンがいることには、最後まで気づかなかった。自分の喉《のど》を切り裂いていくナイフに抵抗しようとしたが、すでに無駄だった。しかし、この瞬間、スザンヌの華奢《きゃしゃ》な体をしっかり腕に抱くまでは、ジョンは間に合ったのかどうか確信が持てなかった。ひょっとしたら、スザンヌは血まみれになって倒れているのかもしれないと……。

ジョンは近くの町、ユージーンに出かけていた。そこの銀行で警備を請け負う五年契約が成立し、その結果に満足して家路についた。仕事がこの調子でいけば、さらに会社を大きくしなければならない。この半年で三度目だ。元のチームのメンバーを会社に参加させてもいいかもしれない。退役しようとしているやつを何人か誘おう。

ジョン自身は膝《ひざ》の怪我《けが》がもとで、早期に退役することを余儀なくされた。しかし、あのまま続けたとしても、あと七年、せいぜい八年実際の仕事に関われたかどうかというところだった。仕事の性質上、ＳＥＡＬでは任務中に死ぬか、早期に退役するかのどちらかなのだ。年をとっても続けられるような仕事ではない。

チームには、男としてのすべてを捧げなければならなかった。すべてを捧げたつもりなのに、それからさらに吸い取られるような気分がした。

会社をまた大きくするのなら、誰を誘うかはもう決めてある。副部隊長のコワルスキは、そろそろ退役してもいい頃だし、会社にはうってつけだ。そのうち、共同経営者になってもらってもいい。おそろしく頭が切れるし、技術もあり、誠実で――ホラー映画からそのまま抜け出たような外見をしている。コワルスキをスザンヌに紹介したら、どんな顔をするかな、と思うとジョンの顔に笑みがこぼれた。しかし、スザンヌはジャッコに会っても、かわいらしいおつむをぴくりとも動かさなかったな。

繊細な外見にかかわらず、ミズ・スザンヌ・バロンは芯《しん》のしっかりした女性らしい。それに頭がよくて、美人で、なおかつあの体。そうだ、彼女なら大丈夫。そんないろいろを考えると、車で家路につくのも楽しい。

家。

家、などという感覚を持ったのは、いつのこと以来だろう？　ただ寝る場所、というのとは違う。けれど、ローズ通り四三七番地は、ジョンにとって、いきなり家というものになってしまったのだ。おまけに、優秀なインテリア・デザイナーであるミズ・バロンが、仕事場も居住部分も装飾してくれるのだ。

デザイン画のようになるのが本当に楽しみだ。今まで周囲がどうなっていようと気にも留めなかったのに、不思議なものだ。これまで、主に使う色といえば、深いオリーブ色、つまり軍服の色だった。今はスザンヌのデザイン画のような場所に住むことを心待ちにしている。あの深い落ち着いた色。上品でなめらかな線。ああ、楽しみだ。あんなところがオフィスになるなんて。他の場所じゃ仕事したくなくなるだろうな。待ち遠しい、スザンヌが早く取りかかってくれるといいんだが。

雨降りの帰り道、車の中で、ジョンは出かけるときよりうんと元気になっていた。なんといっても、今まで出会った中でいちばん美しく、最高に気持ちをそそられる女性と同じビルに住んでいるのだ。火花の飛び散るようなセックスを一度経験した。彼女のベッドに入り込むのは、いや正確にはベッドに入る必要はない、彼女の中に入ればそれでいいのだが、そうなるのも時間の問題だ。その上さらに、成功したビジネスマンとして、金持ちになりつつある。人生はすばらしい。文句のつけようもない。

そう思ったとき、スザンヌからの電話を受けた。その瞬間、ジョンの警戒レベルは最大に引き上げられた――戦闘態勢をとれ、だ。

画面に電話が誰からかかってきたかが表示された瞬間、よくないことが起きたのがわかった。真夜中にスザンヌが電話してくるのは――よほどのことがあったに違いない。実際、よほどのことが起きていた。

スザンヌのビルに男がいる。しかも武装している。それがどういうことかは、SEALのトレーニングを受けていなくても、理解できただろう。物取りなら武器は持っていない。物取りは暴力を嫌う犯罪者だ。彼らはただ、家に忍び込み、世間的に高そうと思われるものを失敬して、できるだけ早くその家から出て行こうとする。銃などとんでもない。暴力もなしだ。物取りでなければ、薬物中毒者がたまたまスザンヌの家に押し入り、クスリを手に入れる金を手にするために、オーディオ機器やテレビを近くの盗品売買所に持っていこうとしている、という可能性はある。しかし、薬物依存の人間は、物事を筋道立てて考えることができなくなるものだ。薬物で頭がおかしくなっていると、物音を立てないように、忍び足で歩き回ったりはしなくなる。

違う。スザンヌの家に入り込んだ悪党の目的は、ただひとつ。スザンヌを始末することだ。あのオフィスにある高価な銀器、絵画、最新の電化製品などに、男が目もくれないとすれば、侵入の目的はもっと大きなもの――スザンヌの血だ。

俺《おれ》の息があるうちは、そんな真似はさせないぞ。

ジョンはハンドルをぎゅっとつかむと、スザンヌのビルから一ブロック先で急ブレーキをかけ、角を曲がって、家から見えない場所に車を停めた。悪党は武装しているらしいが、ジョンだって備えはある。シグ・ソーヤーとナイフ、それに決意だ。この三つの武器を持つ男が、この世の中でもっとも怖い存在となるのだ。

侵入者はオフィスにいる、とスザンヌは言っていた。しかしそれも、数分前のことだ。

ビルの玄関ドアを見たとき、ジョンの警戒レベルはさらに上がった。侵入者は警備システムをすり抜けただけでなく、完全に破壊していた。さらに侵入の前に電話線も切断している。スザンヌが家庭電話ではなくて、携帯を使うことを思いついてくれたことに、感謝したい気分になった。

侵入者は素人ではない。インターロック社製の警備システムを切って、電話を使えなくするというのには、いくらかの知識が必要だ。しかしジョンにとってはたいした敵ではないこともわかっていた。中に入るとすぐ、スザンヌが居間として使っている部屋から男が音を立てるのが聞こえた。二部屋向こうからでも、物にぶつかるのが聞こえるのだ。熊《くま》が森の中をうろついているような様子だ。

銃を使うのはやめた。男が防弾チョッキを着ているかもしれないと思ったからだ。防弾チョッキを着ているのなら、頭を狙《ねら》うしかないが、シグで撃てば、顔はすっかり吹っ飛んでしまう。ジョンは男の身元を確認したかった。自分の女の命を脅かそうとする輩《やから》が、何者なのかを知っておかねばならない。

つまり、戦闘ナイフしか残っていない。

ジョンは暗視視力が優れているので、部屋を音も立てずに移動していった。キッチン。誰もいない。スザンヌの居住区域に入ると、ジョンの中に強い感情がこみ上げてきた。ジョン用の居住空間と同じスタイルになっていて、四部屋に仕切られている。寝室はいちばん奥よ、とスザンヌは言っていた。あともう一部屋だ。

もしかすると、男はもう出て行ったあとなのかもしれない。スザンヌの命を奪ってここにはいないことも考えられる。ジョンはさらに動きを早め、静かに次の部屋へと移動して……いた！　男は銃を構えて寝室のドアの前に立ち、ドアの取っ手に手をかけていた。

男は他に人がいることなど、最後まで気づかなかった。訳がわからないまま、死んでいった。首をジョンのK－バー戦闘ナイフで切り裂かれ、うつ伏せに床に倒れていった。

ジョンは部屋の反対側にある電灯のスイッチを入れた。男は二、三秒ばたばたと手足を動かした。噴き出した血が、あちこちに飛び散っている。ジョンは冷酷な目つきで男をながめていた。血はみるみるうちにフローリングの床にあふれていき、やがて男の脚からがくっと力が抜けた。死だ。ジョンはしばらくの間、男を見下ろして考え込んだ。

ソファの横にあった電話帳を手にした。「モリソン」という苗字《みょうじ》は二ページもあったが、タイラー・モリソンという名前はひとつしかなく、ジョンはその番号に自分の携帯から電話した。

「モリソンです」真夜中を過ぎていたが、バドはしっかり目を覚まして緊張した声だった。熟睡しているところを起こしたのだとしても、バドはこういうふうに電話に出ることは、ジョンにはよくわかっていた。

「バドか、俺だ、ジョン・ハンティントンだ」ジョンは低い声で話し始めた。

バドはくだらないおしゃべりを飛ばし、単刀直入に言った。「何があった、ジョン？　困ったことになってるのか？」

「そういう言い方をしてもいいんだろうな。たった今、人を殺した」シーツのこすれる音と、何かもごもご言うやさしそうな女性の声が電話の向こうに聞こえた。「こんな時間に起こして申し訳ない。おまえに連絡しなきゃならなかったんだ。俺は今、スザンヌ・バロンの家にいる。ローズ通りのビルだ。今晩、ビルに侵入してきた男がいた。武装してだ。俺が男の始末をした。おまえんとこのチームを連れて、来てくれないか？　かなりひどいことになってるから」

バドが受話器を手で覆う音がして、かすかにくぐもった声が漏れてくる。バドが慰めるような言葉を女性にかけているようだ。そしてまた、バドが話し出した。「すぐ行く」ベッドのスプリングが軋《きし》む音がしている。「署に連絡を入れて、俺は直接スザンヌの家に向かう。チームが到着するのには、十五分ぐらいかかるだろう」

「ドアは開いてるぞ。広々とな。警備システムが壊されてるんだ。派手にサイレンを鳴らしてきてくれてもいいぞ。男はどこにも逃げそうにないからな。後は……ちょっと待ってくれ」

ジョンはかがみ込んで、死んだ男を調べ始めた。

鑑識課がすぐにやってくるし、現場をいじってはいけないことぐらいはわかっていたが、悪いニュースがあるのならどうしても先に確認しておかねばならない。侵入者の首の傷のすぐ横に、懐中電灯と銃が落ちていた。銃は二十二口径のコルト・ウッズマンで消音器つきだった。プロの殺し屋の標準装備だ。側面についた四角い新しい疵《きず》で、この銃がどういういきさつをたどってきたかがわかる。ジョンは思わず歯を食いしばった。

二十二口径の銃弾がスザンヌを貫いていたのかもしれないと思うと、こぶしを握りしめてしまう。丸くて音速を超えずに飛ぶ二十二口径の銃弾は、消音器つきの銃には最適なのだ。この銃弾を装備すれば、至近距離まで近づける。相手の体内に入って、貫通することなく、間違いなく中で跳ね返るので内臓に大きな損傷を与えることができる。スザンヌの頭にそんな銃弾が入ったときのことを考えないようにしながら、ジョンはまた電話に話しかけた。

「バド、こいつは雇われたプロらしいな」

「何だと？　どうしてわかる？」

「製造番号を削り取った、コルト・ウッズマンを持ってるんだ。消音器つきだ。銀の食器を盗むために、こんなぶっそうなものを持つやつがいると思うか？」ジョンは男の肩を叩《たた》いてみた。こん、こん、こん、と反響するような音がした。思ったとおりだった。

「それに、防弾チョッキを着ている。しかも標準装備のものじゃない高級品だ」ジョンは、うなじの毛が逆立つような気がした。この感覚がどういうものかはわかっている。自分の勘を信じてもいる。悪い予感がする。「急いでくれ、バド」

「もう向かってるからな、兄貴」

ジョンは電話を切り、寝室のドアの鍵《かぎ》をピッキングして開けた。重しにしてあった椅子《いす》は簡単にどけることができた。ドアの近くにあった電灯に電球を差し込む。

よくやったね。部屋の反対側のクローゼットのドアが閉まっているのを見て、ジョンはそう言ってやりたかった。ジョンの言ったことを、スザンヌはそのままちゃんと守ったのだ。

クローゼットのドアも開けて、中をのぞき込んだ。大きな薄い水色の瞳《ひとみ》が二つ、真っ白の顔に浮かんだ。ジョンの胸の中に、何か強く締めつけられるような感覚がわいてきた。二人はそのまま、お互いを見つめ合った。そして、スザンヌがわっと体ごとジョンの腕に飛び込んできた。ジョンはしっかりスザンヌを抱いた。そして、もっと強く抱きしめた。

スザンヌは無事だった。

彼女はこれからも、無事でいるのだ。

スザンヌは体の震えを止めることができなかった。ジョンがしっかりと抱きしめて、スザンヌのショックを体全体で受け止めてくれて、やっと落ち着いてきた。もう何時間も息ができなかったように思ったが、やっと深呼吸することができた。

「落ち着いたか？」耳にジョンの強い声が響く。スザンヌはこくん、とうなずいた。

「ええ」ささやき声にしかならない。恥ずかしくなって、スザンヌは体を離した。

「よし」ジョンはぶっきらぼうに言った。両手を伸ばしてスザンヌの体をつかむと、ジョンは注意深くスザンヌの様子をうかがった。見つめる視線に、愛や性的な感情は一切ない。冷淡で、気持ちを切り離した、そして遠慮のないもので、徹底的に調べているという目つきだった。相手がどういう状態かを確認しようとしているのだということは、スザンヌにもわかった。

ともかく、生きてはいる、ジョンのおかげだ。よかった。この数分前には、自分の運命も覚悟していたのだから、それよりは、あきらかにましだとは言える。パニックも収まってきて、もうすぐ体の震えも止まるだろう。スザンヌが無理に笑顔を作ると、ジョンはうなずいて腕を下ろした。

笑顔と呼べるようなものではなかったのだが、それでもジョンは納得したらしく体を離し、寝室へとスザンヌをクローゼットから出した。慎重に様子をうかがいながら、進んでいく。侵入者がまだ別にいると思っているのか、ジョンは銃を手にしたままだ。持ち方に緊張感はなく、銃口を下にしているが、まるで腕の一部であるように何気なく手の先に銃があるのだ。軽やかに、バレリーナがすっと歩き出すときのように、ほとんどつま先だつような姿勢をとっている。あらゆる事態に備えているのだということが、伝わってくる。どんな些細《ささい》なことも、この体勢のジョンなら見逃すはずはない。

ジョンは、銃を耳の横に持ってきて銃口を天井に向けると、バスルームのドアを開けた。中をささっと見渡してから、ドアを閉めた。静かに動きながら、すべての場所を調べていく。危険が潜《ひそ》んでいる可能性のあるところをすべて確認し終わると、スザンヌのところに戻ってきた。また様子をうかがい、スザンヌが寝巻き姿で裸足であることに気づいた。

「もう警察には連絡した。すぐに来るはずだ。何か服を着たほうがいい。寒いところでも大丈夫なように、暖かい格好をするんだ。スラックスと、セーターとブーツだな。それから、そのついでに、かばんに荷物を詰めておけ。二、三日分の着替えを用意するんだ」

かばん？　着替え——どうして？　と、質問しかけたスザンヌは、ジョンがあまりに真剣な顔をしているのに気づいてやめた。

い、いいわよ。

私を助けに来てくれたんだもの。借りは大きいわ。荷物ぐらい詰めたって、どうってことじゃない。

「わかったわ」静かに返事すると、ジョンはうなずいた。黙って言うことを聞いたので、満足しているようだ。しかしジョンは何だか……気もそぞろというのか、遠くの音に耳を澄ましているような感じがする。

　スザンヌにも聞こえてきた。サイレンだ。最初はかすかに一台だけの音だったが二台になり、どんどん音が大きくなって、耳をふさぎたくなるほどうるさくなったかと思ったら、突然音が切れた。パトカーが二台、ライトをちかちかさせながら、ビルの前に止まり、ぼん、とドアが閉じられる音が夜の静寂《しじま》に響いた。もう一台車がパトカーのすぐ後ろに止まり、見慣れた背の高い男性が降りてきた。

　警察部隊の到着だ。

「俺は外で待ってるから。急いで支度しろ」そう言うと、ジョンはドアの向こうに消えていった。

　スザンヌは急いで服を着た。ジョンに言われたとおりにしたのだ。分厚いセーター、暖かいウールのスラックスに、雪用のブーツ。そして小さなスーツケースをクローゼットから引っ張り出した。またもや、ジョンの言いつけどおり。スラックスを二枚、セーターを三枚、ブーツをもう一足、下着と寝巻きを二組。化粧バッグを入れると、準備は整った。

　隣の部屋から低い声が聞こえてきていたが、スザンヌがドアを開けると全員が話をやめた。スザンヌはスーツケースを引っ張りながら居間に入っていって、足を止めた。

ぱたっと足を止め、目を見張った。

男はドアの右側に倒れていた。もう少し左に倒れていたのなら、その体につまずいてしまうところだった。

スザンヌが今までに見た死体といえば、ひいおばあちゃんのボーダインだけだった。おばあちゃんは、九十三歳で眠るように安らかに息を引き取った。手厚く心配りされた棺《ひつぎ》に眠るところを見ただけだった。この男が安らかに息を引き取ったのではないことは、あきらかだった。

脚を大の字に広げてうつ伏せに床に倒れ、手が苦しみでねじられたように曲がっている。黒くて大きなナイフが喉に突き刺さり、片手がその刃をつかんでいる。ナイフは頸動脈《けいどうみゃく》を切断したのだろう、男の体の周りは血の海になっていた。

スザンヌは深呼吸をした。もう一度。なんとか、吐きそうになるのをこらえようとした。死んだ男が、起き上がって襲いかかってきそうな気がして、何度かまばたきをしてみた。ぶーんと耳鳴りがする。

力強い手が頭を支えて、うつむかせてくれた。「息をして」

見なくてもそれがジョンの声だということはわかる。触れられたのが彼の手だということも。その助言に従って、スザンヌは首を垂れ、深く息を吸ってふらふらする感覚を振り払おうとした。消えかけていた視界が、徐々に戻ってきた。部屋に人がいる。

何か話したり、動き回ったりしているのだが、スザンヌはジョンの存在しか感じ取ることができなかった。大きくて頼もしい体がそばについていてくれる。「さあ、もう一度。深く吸って」

スザンヌはふうっと吸い込みながら、下を向いて死体から視線をそらした。ふうっ。吐いて。吸って。呼吸に集中し、せり上がってくるむかつきのことを忘れようとした。

「スザンヌ?」別の男性の声がした。ジョンではない。おそるおそる顔を上げたスザンヌは、そのとたん、しまったと思った。体を動かすと、うっと吐き気が襲ってくるのだ。

タイラー・モリソンだ。スザンヌの親友であるクレア以外は、彼をバドと呼んでいる。バドという呼び名がふさわしいような男なのだ。背が高く、がっしりした体つきで、淡い茶色の髪と淡い茶色の瞳を持ち、クレアのことを見るときには、いつもやさしい目つきになる。しかし、今バドの目つきは厳しく、真剣だった。

「ハイ、バド」

「大丈夫か?」

「元気はつらつ」あえぐように言ってから、スザンヌはまたうっとこみ上げてきたものをのみ込んだ。胃が胸の真ん中あたり、おかしな位置で留まったような感じだが、少なくともそこからはせり上がってこないようだ。ほっとしたスザンヌの手に、すぐにジョンがコップを手渡し、上から包み込むようにして支えてくれた。「ほら、これを飲むといい」

スザンヌは冷たい水をごくりと飲んだ。ありがたかった。冷たい水が喉から体の中に落ちていく感じがわかり、同時に気が遠くなりそうな感覚も押しさってくれた。

「ありがと」つぶやくように言って、ジョンにほほえみかけたのだが、ジョンは笑顔で応えてはくれなかった。「気分がよくなったわ」それからバドに顔を向けた。「早かったのね」

「市の新しい政策でね。市民に喜んでいただけるサービスを、皆さんのための公僕です、ってやつさ」バドは気安くほほえんできたが、ここには「警察」の一員として来たということは、はっきりしていた。親友クレアのボーイフレンドで、いつも一緒に飲みに行ったり食事をしたりするバドではない。真剣な表情だし、態度も堅苦しい。

「さて、いいかな。いくつか聞いておかなきゃならないことがあるんだ。でもその前に、してもらわなきゃならないこともある。こっちに来てくれるかな?」

バドに促されるまま、スザンヌはうつ伏せに横たわる死体のところまで行った。おびただしい血をよけて歩かねばならず、また吐き気がした。必死になって、胃を落ち着かせる。ジョンの腕が腰に回されていた。スザンヌはジョンの体にもたれかかった。彼の力強さと温かさが頼りだった。その瞬間、バドに二人がどう映っているのかなど、どうでもよくなった。鉄のような腕が自分を支えてくれることだけを、ありがたく受け入れた。膝ががくがくしているが、ジョンは必要とあらば、このまま永遠にでも倒れないように支えてくれることを確信した。

死体の周りに男性が三人膝をついていた。全員、飛び散った血を踏まないように注意深く動いている。ひとりは曲線のついた指紋採取道具を指にあてている。テレビドラマの『CSI：科学捜査班』で見たことのある器具だ。別のひとりは綿棒で何かを採取しているところ、三人目は繊維をピンセットでつまんで、透明の採取袋に入れている。

ばしゃっとフラッシュがすぐ後ろでたかれ、スザンヌはびくっと飛び上がった。

「大丈夫だから」ジョンが低い声で言った。つぶやくようにスザンヌにしか聞こえないぐらいの大きさで、すぐ耳元でささやいた。

スザンヌはすうっと息を吸ってうなずいた。ジョンの腕が、さらにしっかりと支えてくれる。二人は腰をぴったり合わせて立っていたが、ジョンは体のことには注意を払っていなかった。顔には感情がない。視線が冷ややかに警戒の色を浮かべて、絶え間なく部屋じゅうを見渡している。体を支える強い腕がなければ、ジョンはスザンヌの存在にすら気づいていないのではないかと思うほどだ。しかし、スザンヌのちょっとした動きすべてをジョンは感じ取っているのだ。

またフラッシュがたかれた。さらに、もう一度。背が低くて、褪《あ》せたような金髪に、ぴんと揃《そろ》ったブロンドの口ひげをたくわえた写真担当官が、死体の周りを歩きながら写真を撮っていく。何度もフラッシュがたかれ、やがて皮ひもにぶら下げられたカメラが担当官の胸元に落ち着いた。

「これで必要な写真は全部ですかね、警部」担当官はそう言って、後ろに退いた。

「わかった、ルー。ちょっと待っててくれ。この男が何者か、見てみるから」とバドが応えた。

バドはラテックスの手袋をはめて、床の何もないところにしゃがみ込んだ。男の後ろ側を丹念に調べている。それから左肩をぐいっと引っ張って、男の体を仰向けにした。「さて、と」つま先だけでしゃがんだバドが言った。「こいつは誰だ?」スザンヌを見上げてから、ジョンに視線を移す。

スザンヌは体を硬くして見下ろした。

男は細長い顔をしていて、陽に焼けているが、これといった特徴はない。苦痛に口を歪《ゆが》めてはいるものの、それさえなければ、まあまあハンサムといってもいいかもしれない。ただ、想像するのは難しい。大きく見開かれた瞳は濁った茶色で、大きなしわが目立つが、おそらく年のせいではなく、戸外で過ごすことが多いため陽や風によってついたものなのだろう。歯並びは悪く、黄ばんだ色をしていて、犬歯の一本が前歯に重なっている。髪はこげ茶でまっすぐ、ところどころ白いものが混じっている。

バドがスザンヌをじっと見た。「どうだ、スザンヌ？」

スザンヌはもうしばらく見つめていたが、めまいがしてきた。首を横に振る。「こんな人、一度も見たことはないわ」確信を持って答えた。

「ジョンは？」

ジョンは男に一瞥《いちべつ》を投げただけで、周囲の様子に注意を戻した。首を振って言う。

「知らない男だ」

バドは手をぱんぱんと払いながら立ち上がった。「なるほど、君らはこいつを知らない。でもな、こいつは君の事を知ってたんだ、スザンヌ。だから、もう少し質問しないといけない」そして視線を上げた。「おまえもだ、ジョン」かすかに皮肉っぽい調子が、その声に混じっていた。

バドがジョンに何を聞こうとしているのかは、言われるまでもなくスザンヌにもわかっていた。死んだ男の首にジョンのナイフがささっているのだから、明白だ。

「ソファに座って話そう」ジョンはスザンヌの体を支えたまま、そう言った。守ってくれるつもりなのだ、ということがスザンヌに伝わった。ソファからは、ジョンの体が盾《たて》になって、死体が見えなくなる。

ジョンは小さいほうのソファにスザンヌを座らせ、自分もその横に落ち着いた。ソファの三分の二ぐらいの場所を取り、左手をスザンヌの背に回すと、ジョンの体の左側がスザンヌの右側にぴったりくっつく形になった。まるで、ジョンの体にすっぽり覆われるようになってしまったのだが、スザンヌはそれでも構わないと思っていた。いや、本当のところは、腕を巻きつけて、もっとしっかり抱きかかえてもらいたくてたまらなかった。ジョンの力強さに守られていたいという気持ちを抑えるのに、手を握りしめていなければならなかった。

ジョンは決意に満ちた厳しい表情を見せていた。大きな黒い銃をテーブルの上に置いたが、すぐ手の届くところ、しかも持ち手を手前にしてあるので、必要とあればすぐに手を伸ばして使える状態だ。腰を下ろしても、その大きな体には張り詰めた緊張感があり、それがスザンヌにも伝わってくる。部屋のあちこちを、懐中電灯で照らすように、ぎろっ、ぎろっと定期的な警戒の視線を配るのを怠らない。黒い光だ。部屋には、鑑識の人間がもう二人加わって調べ回っているが、そういった人たちも含めた部屋にいる全員、部屋にあるすべての物について、ジョンは頭の中でチェックしてみているのだ。全員の居場所、あらゆる物の置かれている位置を、きちんと把握している。どうしてそんなことができるのかはわからないが、そうなのだ。そして、スザンヌがどういう姿勢でいるかも、わかっている。

ジョンはスザンヌを守ってくれるかもしれないが、慰めようとしているのではない。

今はまるで感情などないようで、近寄りがたく、月面ぐらい離れた場所にいるのも同然だ。ただし物理的にはとても近い位置にいて、手を伸ばせばいつでも触れられるようにしている。

バドがスザンヌの向かい側に座った。憂うつな表情でスザンヌを見て、それからジョンと顔を合わせた。手帳を取り出す。

「さて、何が起きたのか、話してくれるかな?」

ジョンがスザンヌの顔を見た。君から話しなさい、表情がそう言っている。

わかったわ。

スザンヌは髪に手を這《は》わせた。バスルームで大急ぎでブラシをかけたが、まだ少しもつれている。何とか顔を洗って歯を磨く時間はあったので、いくぶんましな気分にはなった。ジョンの太腿《ふともも》だ。しゃんとしようと、手を下ろすと鋼《はがね》のような男性の筋肉に触れてしまった。ジョンの太腿だ。さっと手を引っ込めたが、その手をすぐジョンにつかまれた。

まめのできた硬いジョンの手のひらが、ぎゅっとスザンヌの手を握った。ただ触れられただけで気持ちが落ち着くことに驚いて、スザンヌは手をそのままにした。

バドはジョンがスザンヌの手を握るのを見ていたが、何も言わなかった。さあ、というような表情でスザンヌを見つめる。「どこから話せばいいのかしら?」スザンヌが言った。

「じゃあ、昨夜家に帰ったところから始めたらどうだ？　家について、何をした？」バドが好奇心に満ちた顔でたずねてくるので、スザンヌは一気にパニックに陥った。昨夜のことを知りたいっていうの？

「昨夜？」ショックを受けて、息をのみ込む。

どうしよう、あんなこと話せない。燃え上がるようなセックスのこと。バドに対して。そもそも、どうしてバドはあのことを知っているの？　私とジョンが——。

そうか。

もう次の日になってるんだわ。昨夜というのは、二、三時間前ということなのね。君とジョンが壁を背に何をしたか、話してくれ、そういうことを聞いてるんじゃなくて。君と死んだ男のことについて、話してくれ、そういうことね。セックスのことより、話しやすいわ。そのはずよ。

「昨日はどうしてたかを話してくれ。誰かに後をつけられた感じはあったか？　何かいつもと違うことに気づいた？」

「いいえ、あるはずないでしょう」誰かに後をつけられたか、なんて。そんなばかげたことあるはずがない。そう思ったスザンヌは首を振ったが、考えてみた。ここは今まで住んでいたようなところとは違う。ここでのルールにはなじみがないし、生存本能みたいなものも働かない。ここでは、どんなことでも起こり得るのだ。「つまりいけど、私は気づかなかった。でも私の後をつけてた人がいたとしたら、ずいぶん退屈な思いをしたはずよ。布地の輸入業者のキャシー・ロレンゼッティと九時に会ったわ。グライサン通りにある、彼女のオフィスで。十時に仕事仲間のトッド・アームストロングの家を訪ねた。お茶を飲みながら仕事の話をしたの。午後はずっと新しいクライアントのところに行って、そのマンションの改装計画について話をしていたわ。サスペンスドラマにふさわしいような内容じゃないでしょ」

バドはその話を手帳に書きとめていた。「今言った人たちの住所や電話番号を教えてもらえるかな」スザンヌは、連絡先を教えた。「それから家に帰ってきたのは何時ごろだ？」

「八時よ。午後の仕事が長くかかって」本当に長かったわ、とまたスザンヌは思った。それに疲れた。「疲れていたの。お風呂に入って、簡単な食事をとって、ベッドに入った」

「それは何時ごろのことだ？」バドはいろいろなことを手帳に書き込んでいるが、スザンヌは自分がそれほど重要なことを言っているとは、思えなかった。

「十時よ。ベッドに入るとき時計を見たの。それに大時計が、ほらあの隅にあるやつね、あれが十回鳴ったのを覚えてる」バドはスザンヌが示した方向に振り向いてうなずいた。「それから二十分ほど本を読んだの。本を手にしては置いてを繰り返して。何だか落ち着かない気分だったから」横のジョンがじっと見つめているのを感じ、スザンヌはその視線に体を刺されるような気がした。何ひとつ聞き逃すまいと全神経を集中させているらしいが、スザンヌが寝つけなかった理由が自分にあることぐらい、ジョンは間違いなく知っているはずだ。「そのうち、大時計が十二回鳴って、眠れないなと思ったから、温かいミルクでも飲もうとしたの」

「キッチンに行くには、この部屋を通らないといけないんだよな?」バドは頭を斜めにして、今いる部屋を示した。

「ええ。この家のレイアウトは少し変わっているの。もともと工場だったから。住居部分は、仕事をする部分とは異なる作りになっているのよ。普通、居住空間というのは、昼間の部分と夜の部分に分けられるものだけど、ここはそうじゃない。私が使っているのは、基本的には、四つの大きな部屋からできていて、それぞれが順につながる形になるわ。最初の部屋が仕事用のオフィスで、お客さまにも入っていただける部分。それ以外はプライベートな部分で、キッチンと、居間と寝室になるの。寝室はそこから入るのよ」説明すると、クローゼットの中で恐怖に身を縮めていたことが頭に浮かび、ぶるっと震えてしまった。ジョンがぎゅっと手を握りしめる。

大きくて硬くてたこがいっぱいできた手。その指のたこが、胸に触れ、そしてさらに下のほうへと動いていった感触が、突然あざやかにスザンヌの頭によみがえった。ジョンにいきなり体を開かれた。そして彼が強引に入ってきた。手のたこが敏感な肌に触れると、ざらっとした感覚が……。

　スザンヌはジョンのほうを向いて、視線を合わせた。金属的な暗い色の瞳が熱を帯びて、スザンヌをとらえた。息が止まる。ジョンも、あのときのことを思い出しているのだ。

「つまりだ」バドが手帳を見たまま先を促した。「こういうことだな。眠れなかったから、起きてキッチンに向かって――」

　ジョンの視線を振りほどくのは、やっとの思いだった。集中できなくなっている。

「ええ、いいえ、違うわ。最初、寝室の窓辺に立ったの。少しの間よ。ちょうど雪が降り始めていて。ふわっとした雪が、舞い始める瞬間が好きなの。オーロラの北風の夜っていう光景、あれよ。雲が低く立ち込めると街の明かりが反射するの」

　バドはうなずいたが、ジョンは訳がわからないという顔をしていた。ジョンはポートランドの出身ではないから、理解できないのだろう。どこの出身というのでもないらしいが、南部で育ったことはあるようだ。言葉にわずかだが、南部風のアクセントが混じることがある。激しく体を突くときに、耳元でささやいていた言葉がそうだった。だめだ、そんなことは頭から追い払わないと、とスザンヌは自分に言い聞かせた。

「スザンヌ?」バドが不思議そうにスザンヌを見ていた。バドが心の中を読める人なら、大変だった。「話を続けて」

ジョンのことを考えながら話をすることはできない。スザンヌは顔をバドに向け、ダンスを踊るときのようにバドにだけ集中することにした。「それで、雲に反射する明かりを見ていたの。すると他のところにも明かりがあるのに気がついた。光っているものというほうが、正しいかしら。一点だけを照らす光が、ちらちらと動いているの。しばらくそれを見ていたんだけど、何の光だかわからなかった」

バドは立ち上がって窓まで行き、距離を推し測っているようだった。それから振り向いてジョンと目を合わせ、また座り、「懐中電灯だな」と言った。

「オフィスで光ってるのが見えたんだ」ジョンが言った。

スザンヌは見比べるように二人を見た。「ええ、そのとおりよ」二人がすぐに状況を理解したことに、自分が情けなくなった。窓からのぞいても、なかなかわからず、十分ほども悩んでからやっとその結論に達したというのに。「それで、近くまで行って確かめようと――」

「何てことするんだよ、スザンヌ」バドが椅子から立ち上がりそうな勢いで言った。

「何、ばかなことしてやがる?」ジョンは、怒り狂ってほえるように言った。握った手をさらにぎゅっと締めつけるので、スザンヌの手はつぶれてしまいそうだった。

「侵入してきたやつの懐中電灯を目にして、確認に出た？　おまえって女は、いったい何考えてんだ？」

スザンヌはたじろいだ。ジョンがスザンヌの前で、柄《がら》の悪い口の聞き方をするのは、初めてだった。スザンヌがそんな口の聞き方をされることは、めったにない。握られた手を振りほどこうとしたが、しっかりつかまれたままだった。振りほどこうにも、これでは逃れる術《すべ》はない。

スザンヌは、憤慨して冷たい対応をしようと思った。バドにも、特にジョンに対して。しかし、二人の言うことは正しい。よく考えずに行動してしまっていた。昨夜、いやおとといの夜と同じだ。あのときは、ジョンにビルの警備をきちんとしなければいけないと言われた。

こういう方面には、スザンヌの頭はまるで働かないらしい。

バドは、すっかり怖い顔をして、スザンヌをにらみつけていた。「俺は仕事柄、ばかなことをするやつを大勢見てきたけどな、これほどばかなことをする人間に会ったのも初めてだ。家の中に侵入者がいると知って、そいつが何をしてるか見に、のこのこ出て行くなんて」手帳に何かを書きながら、叱《しか》りつけるような口調で言った。「それがどれほど無謀なことか、わかってるか？」

スザンヌは、いいかげんにしてよ、とふくれっ面をしたくなるのをこらえた。「まあ、そこまでしたわけじゃないわよ。だから、そんなに怒らなくてもいいじゃないの。私は、明かりはどこから出ているのかを確認しようと思っただけよ。そのときは、家の中に侵入者がいるとはわからなかったし、後先を考えずにすぐに行動に移すような人間じゃないのよ」

バドとジョンには皮肉を言っても通じないようだ。バドはせっせと何かを書き続け、ジョンはスザンヌの手を放してソファから立ち上がった。手には銃を持ち窓の外を見た。それからいちばん近くの窓まで行ってカーテンを開け、じっと様子をうかがい、次の窓へと移っていった。広い肩が窓全体を隠してしまう。立ったまましばらく、動かずに黙って外を見て、それからキッチンにつながるドアを調べ、バスルームへのドアも確かめた。移動するたびに、ちらりとスザンヌの様子をチェックしている。そのほんの数秒の間にも、スザンヌが消えてしまうのではないか、誰かがソファの後ろから襲いかかって彼女をこっそり拉致《らち》していくのではないかと思っているようだ。ジョンの動きはきびきびしていて、ほとんど音も立てず、ピューマが檻《おり》の中を苛々《いらいら》と歩き回っているようだった。やがてソファに戻ってくると、テーブルに静かに銃を置いたが、手を伸ばせばすぐに届く位置だった。左手をまたソファの背に回したが、今度はその手でスザンヌの肩をつかんだ。

「電灯のスイッチは入れたかい？」バドが質問した。

「いいえ」返事したスザンヌは、そのおかげで死なずに済んだのかもしれない、とふと気づいた。電気をつけていれば、すぐに侵入者につかまっていただろう。「ああ、神様、もし電気をつけてれば――」最後まで口にすることもできなかった。

「今、鑑識課が調べているのは、こいつのじゃなくて、君の血だったはずだな」スザンヌが口にできなかったことをジョンが言った。肩をぎゅっとつかまれて、痛いほどだった。ジョンの口元にうっすらとしわが見える。強い感情を抑えようとしているのだ。怒りだろうか。

　スザンヌはショックに息をのんだ。どれほど危ういところだったかを悟って、動揺する。クローゼットの中での張り詰めた感覚、どれほど強く生きたいと願ったかを思い出した。

　もう少しのところだったのだ。あとちょっとで死ぬところだった。指を動かして電灯のスイッチを入れていれば、すべては終わっていたのだ。侵入者の銃が自分に向けられていたかもしれないことを思うと、スザンヌの顔からさっと血が引いていった。

　バドとジョンが心配そうにスザンヌを見ていた。鑑識の人たちが、死体を持ち上げる音が背後に聞こえる。スザンヌは自分がばかみたいに思えた。疲れて、何が何だかもうわからなくなっていた。

「話を続けて」バドが促した。

「そうね」スザンヌは、恐怖を抑えた。「えっと、そうね、居間を歩いて、この部屋よ、キッチンに行ったの。そしたら音が聞こえて。どかっ、とかいう音。誰かが家具にぶつかったみたいな。それで誰かが家にいて、あちこちにぶつかってるんだってわかったの。オフィスで音がしたわ。ドアが少し開いていたから、入り口からのぞいてみたら、男がいたの」

「床に倒れている、この男だね?」

「さあ、はっきりとは……法廷で証言できるほど確かではないわ」そのとき初めてスザンヌは、法廷で証言することになるんだ、ということに思い至った。自分の家で殺人が起きたのだ。正当防衛であることは確かだが、殺人には違いない。いや、故殺というべきなのだろうか?

ジョンが助けに来てくれた。そして男を殺してしまった。ジョンは罪に問われることになるのだろうか? 会社を興したばかりだというのに。スザンヌのために、彼の人生は台無しになってしまったのだろうか?

「男が革のジャケットを着て、なめし皮のズボンをはいていた、ということは証言できるわ。この死体の男が着ているのとまったく同じよ。男は大きな銃を持っていて、銃身もはっきり見えた。映画なんかで見るような、消音器がついてるみたいだった。窓の前を何度も歩いていて、姿も銃もシルエットになってよく見えたの。でも、顔ははっきり見えなかった。男はしょっちゅうつまずいて、足元を見ていたから。部屋の中で、どっちに進めばいいか困っているみたいだった。前にも言ったけど、ここのレイアウトは変わっているから。風水を取り入れているのよ」

手帳を走っていたバドのペンが、ぴたりと止まった。油断なく部屋を見渡していたジョンが、振り向いてスザンヌを見つめた。ひざまずいていた鑑識の人が二人、顔を上げた。

「何……どうなってるって？」バドが聞いた。

「フェン・シュイよ」全員がぽかんとした顔をしているのを見て、スザンヌはほほえんだ。スザンヌは風水師のリ・ユンに直接教えを受けたのだ。リは中国人で、風水を〝ファン・チョイ〟と発音する。「フェン・シュイっていう呼び方は聞いたことがあるでしょう？」スザンヌはアメリカ風の発音をしてやった。

バドはペンを置いて、目頭をぐっと押さえた。「あのな、ちょっとわかりやすく説明してくれないか？　どういうことなんだ、その、え、何て言葉だっけ？」

「二語よ。フェン・シュイ。『風と水』っていう意味なの」

バドとジョンは顔を見合わせた。

「この家は風と水ってことか？」バドが言葉に気を遣いながらたずねた。

スザンヌはにっこりした。笑えることがあるのはいい。「空間でのエネルギーの流れを最大限に活かそうとする、古代中国の術よ。気というのは、一定の方向に流れるもので、家具や家の中の物は、それを活かすように配置すべきだって、中国の人は信じているの。でもそうすると、西洋でやっているように家具やなんかを箱の中央にまとめるような形では配置できないの。だから侵入者は椅子があると思ったところに踏み台があったり、何もないはずだと思ったところにテーブルがあったりして、まごついたのよ」

スザンヌが中国語で話し出したとでもいうように、バドは鑑識課員を見やった。そしてジョンを見てから肩をすくめた。「わかった。で、この男がオフィスの暗闇《くらやみ》であちこちぶつかっているのがわかったってことだな。オフィスのレイアウトは——」そこでバドは言いよどんだ。「ま、何でもいいさ。それからどうしたんだい？」

「元の部屋にできるだけ音を立てないように戻って、ジョンに電話したの」

「何でジョンに？　警察を呼べばいいだろう。俺でもよかったはずだ」

スザンヌはわざとらしく肩をすくめた。「何でジョン」という理由は、あらゆる意味で明白だ。その大きな体もそうだし、どんな動きもおそろしく静かにやってのけるのだから。さらに銃の扱い方、いかなるときも警戒を怠らず、不意のときに備えている。ジョンである理由は言わなくてもわかるだろう。

ジョンは目を細めてスザンヌを見ていた。こんなにじっと見つめられると息もできないような気がする。決意に満ちたジョンの頰《ほお》の線には黒くひげが生えてきている。昨夜夕食を共にしたときには、きれいにひげは剃《そ》っていた。セックスしたときもそうだった。ジョンはきっと、一日に二回ひげ剃りの必要なタイプの男性なのだろう。ひげをたくわえたジョンは、さらにぶっそうで危険に見える。怒らせてはいけない種類の男だ。

「ジョンなら近くにいるかもしれないと思ったの」小さな声でスザンヌは答えた。ジョンは、今までしていた定期的な部屋のチェックをやめ、スザンヌの言葉に耳をこらしていた。あの感覚が、またスザンヌに戻ってきた。自然にわきおこる力の存在に圧倒されるのだ。ジョンにじっと見られると、その感覚がよみがえってきた。ジョンに寄り添って歩くと、どれほど生きているという実感がわいてくるかを思い出す。レストランの他の客の存在など消えていき、目に入るのはジョンの姿だけになってしまうという感覚だ。彼のキスの激しさを、体に触れるその手の力を思い、熱く激しく体を貫いたジョン自身の力強さを思い出した。

そしてあのクローゼットの中の恐怖のとき。人生の中で自分の本性と向き合った瞬間。飛行機が落ちていくとき、車が横転し始めるとき、地面が大きく揺れるとき、そういう瞬間だ。死を覚悟して、冷静に自分の人生を考える瞬間なのだ。

その瞬間、スザンヌが求めたのは、ジョン・ハンティントンだった。体中の細胞が、彼のそばにいることを求めていた。

その瞬間、スザンヌが理解したのは、ジョンなら躊躇《ちゅうちょ》なく、命を懸けても自分を守りに来てくれるはずだということだった。

そしてあの瞬間、なにか動物的な感覚が訴えた。頭や心が働いたのではなく、血と骨が、自分はジョンのものだと告げてきたのだ。

「あなたに教えられたとおり、防犯システムにはちゃんと番号を打ち込んだのよ」スザンヌはジョンに話しかけた。「本当よ。家に帰ってすぐしたのを覚えている。男がどうやって侵入してきたのかわからないわ」

「ええっ？」バドがジョンに目をやって、首を振った。「信じられないな。おまえの作ったセキュリティが、こいつに破られたのか？ 嘘《うそ》だって言ってくれよ。おまえも、ずいぶん腕が落ちたんだな、ミッドナイト・マン」

「俺の作ったセキュリティじゃない」緊張した声でジョンが言った。「明日、俺のシステムを入れようと思ってたんだ。入ってたのは、インターロック社のだ」

「そうか、やれやれだ。一瞬、お前もヤキが回ったのかと思ったぞ」バドは何かを書き込んでから、顔を上げた。「それからどうしたんだい？」

スザンヌは疲れた様子で目にかかった髪を払いのけた。本当に疲れていたのだ。二晩続けて、ろくに眠っていないのだから。「ジョンに連絡したの。携帯電話で。そしたら、ジョンはあと二ブロックのところまで来てるって、ドアに鍵をかけて、クローゼットに隠れて待ってろって、言われた」目を閉じて、そのときのことを思い出すと、スザンヌは恐怖でパニックになりそうだった。「それで、そのとおりしたの」

バドがジョンのほうを向く。「ジョン？」

ジョンの瞳は影を帯び、冷たく光っていた。声には感情が込められていない。「スザンヌから電話を受けたのは、十二時十七分だった。家に侵入者がいる、しかも銃を持っていると言われた。そのとき、ここからは二、三ブロックほどのところにいた。このビルからは見えないところに車を停め、正面の入り口のところまで来た。防犯システムと電話線が切られているのがわかった。それから俺はビルに入って――」

「そのとき、武器は持っていたのか？」厳しい口調でバドが口をはさんだ。

ジョンの瞳が氷のような冷たさできらりとした。バドをにらんだまま、何も言わなかった。

「わかった、わかったよ」とバドがなだめる。「武器は何だ？」

「シグ・ソーヤー」

「その銃を使わなかった理由は？」

「考えて、使わないことにした」ジョンが大きな肩をすくめた。「防弾チョッキを身に着けているかもしれないと思ったんだ。実際、そのとおりだった。シグだと、顔をすっかり吹き飛ばしてしまう。こいつの指紋が犯罪者のリストになければ、正体はわからずじまいになるだろう。それでK－バーを使った」

そのときの状況が、スザンヌの頭にはっきりと浮かんできた。暗く静かな部屋。ジョンが幽霊のように近づき、大きなナイフを振り上げる。ナイフが喉元をとらえ、侵入者は床に崩れ落ちる。喉が酸素を求めてひゅうひゅう音を立て、血がどくん、どくんと噴き上げ……。

バドがため息を吐いた。いかにもという男性のポーズ、両脚を大きく広げ、手を膝に置いて座り、片手からペンと手帳がぶらりと揺れている。もう一度ふうっと息を吐いてから、腿をぴしゃりと叩いて立ち上がった。

「わかったよ。あとは、署のほうで聞くことにしよう」そう言って、鑑識課員に合図した。二人はストレッチャーを広げて死体をその上に載せた。「必要な証拠は揃ったか？」二人がうなずいた。

ジョンがスザンヌの腕に手をかけ、ソファから立ち上がらせた。スザンヌの綿の入った分厚いジャケットを手に取ったので、スザンヌはそれに腕を通した。ジョンがジャケットの中に入ってしまった髪を、外に出した。スザンヌが前のファスナーを閉める間も、頼もしくて温かい大きなジョンの手が、スザンヌの肩に置かれていた。一瞬スザンヌは、ジョンの腕の中にもたれかかってみたくなった。彼の力強さとたくましさに、身をあずけてみたくなったのだ。

ジョンは、スザンヌの肩に置いた手に力を入れてそっとつかんでから放し、静かに言った。「荷物を持っておいで」

できるだけ血の痕《あと》に近づかないようにしながら、スザンヌはカートのついた小さなスーツケースを引っ張って出てきた。バドが、へえ、と言いたげに眉《まゆ》を上げてみせたが、ジョンはさっと首を横に振った。何も言うな、いいな？　ジョンの表情が、そう告げていた。

ジョンがスーツケースを運んでくれようとしないので、スザンヌはいぶかしく思った。カートがついているので、スザンヌでも簡単に運べる。しかし、ジョンは女性に荷物を運ばせるようなタイプの男性ではないからだ。

するとジョンの左腕がスザンヌのウエストに回った。右手でテーブルの銃を持つ。荷物を持たなかった理由がわかった。ジョンは一方の手をスザンヌに、残りの手は武器に置いておきたいのだ。

奇妙な一行だこと、揃って外に歩き出すと、スザンヌは思った。バドが先頭、スザンヌとジョンがそのあとに並び、鑑識課員が続く。鑑識課員のうち、二人はストレッチャーに載せた死体を運び、あと二人がその横についている。スザンヌは玄関を出たところで、驚いた。パトカーがさらに二台、目の前の道路に停まっていた。ちかちかするライトがまぶしかった。警察無線の声が絶え間なく聞こえてくる。警官がそこらじゅうにいて、くぐもった低い声が静まり返った夜に響いている。家の前には、すでに立ち入り禁止の黄色いテープが張られていた。

少し降った雪のせいで、地面が白くなっているところもあった。もう雪はやんでいたが、大気は湿気を含んで重たかった。また雪になるのだろう。おそらく夜明けごろ、あと数時間もすれば。スザンヌは顔を上げて、深く息を吸い込んだ。荒々しい死の臭いがこびりついていたので、少しでも体の中から振り払っておきたかったのだ。新鮮な空気のせいで、頭がすっきりしてきた。テレビでは何千回も見たことのある現場、そんな犯罪現場の中心に自分がいるということが信じられず、現実感がわいてこなかった。

見ていると、鑑識課員の二人が、ストレッチャーを階段から降ろそうと苦労していた。黒のビニールバッグに入れられ、封をされた死体が動いた。警官がひとり駆け寄って、下に落ちないよう手を添えた。

スザンヌにとって、こんなふうに死体を見るのも初めてだった。まるで見ず知らずの人間が自分の死を願っていたのだと思うと、不思議な気がした。男は、自分を殺しにやってきたのだ。ただし、男のほうが死体袋に詰められて、家から出て行くことになり、スザンヌのほうは、男の命を奪った男性のすぐ横に立ちつくしている。

見上げるとジョンの顔があった。ジョンの腕はしっかりとスザンヌのウエストに回されているが、彼のほうはスザンヌを見てはいない。実際のところ、何も見てはいないようだった。視線を通りの、向こうからこちらへと走らせているが、何かに焦点を合わせるということはない。それでもジョンが周囲の状況を警戒し、通りにあるすべての物、すべての人にしっかりと注意を払っていることは、スザンヌにはわかっていた。するとジョンがスザンヌに顔を向けた。スザンヌは、その探るような視線の鋭さに、射すくめられた気がした。ジョンの頰の筋肉がぴくりと動く。スザンヌはさらに強くジョンのほうに引き寄せられ、ジョンの体の中に守られるような形になった。銃を持っているほうの手が前に来る。

スザンヌは顔を上げて、ジョンを見つめた。寒さに吐く息が白く、ジョンの息と混じり合っていく。

バドがそばまでやってきて、スザンヌの肩に手をかけた。「よし、先頭の車に乗って――」

「彼女は俺と一緒に行く」ジョンがスザンヌの頭越しに、バドに言った。議論の余地はない、という調子だった。「彼女は、街の中心部まで俺の車で行く。俺の目の届かないところには行かない。一瞬たりとも」

バドはジョンを見つめたが、ジョンがにらみ返した。バドが大げさに肩をすくめた。

「まあ、いいよ。誰の車で行こうが、たいした違いがあるわけじゃなし。それに、おまえからも、話を聞かなきゃならないからな。それはわかってると思うけど。市警本部の場所は、知ってるな？」

ジョンがうなずいた。

「待って」スザンヌが口を開いた。「私の家が」侵入者は防犯システムを壊してしまった。ビルは泥棒に入ってください、と言わんばかりの状態だ。「このままにして、ビルを離れることはできないわ」

ジョンが、スザンヌの言っていることを理解したという印に、ウエストをぎゅっとつかんだ。「警察が見張りを置いといてくれるよ。君の家に押し入る人間なんていないさ」そして、バドを鋭い目つきで見た。「そうだよな？」

バドが半分だけ唇を歪めて笑った。「はいはい、わかったよ。そうしよう。警官をひとり配置させとこう。それに警察の立ち入り禁止のテープも張ってあるから。戻ってきたときには、君の大事なものには誰も触れないままになってるよ。でなきゃ、クレアにひどい目に遭わされるからな。中は今までどおり、フォン――」

「フェン・シュイよ」スザンヌは悲しさをこらえてほほえもうとした。もう違うのだ。精魂込めて作り上げた、すばらしい我が家。夢に見た理想の家にしようと努力してきた。けれどもう風水ではなくなってしまった。調和は破られ、気は飛び散ってしまった。拠《よ》りどころとしてきた場所が、踏みにじられてしまった。この場所では、もう安心することなどできないのかもしれない。

「それぞれ、まあ、何でもいいけどな」バドは、歩道に乗り上げて停めてあったワゴン車に死体が積み込まれるのを見ていた。「署についてから話をしよう。今夜じゅうに話しておかなきゃならないことが、山ほどある」まだ暗い空を見上げてから、腕時計を見た。午前三時。「もう朝だな。俺がジョンの前を行くから、ついてきてくれ」

「車はこっちだ」門を出ると、ジョンが耳元で言った。左のほうに歩き出したジョンの後ろを、スザンヌはスーツケースを引っ張りながら歩いた。何だかばかみたい、とスザンヌは思った。カートがごろごろと音を立てているが、荷物を用意しなければならない理由をジョンは教えてはくれないし、スザンヌも聞くのが怖かった。ジョンがあまりに緊張した様子で周囲に気を配っているので、とてもそんなことを言い出せなかった。質問は後でいい。

ジョンはさっと空を見渡し、ひと気も明かりもないビルに目をやった。変わった様子は何もない。夜中をずいぶん過ぎているので、いつもの双子の売春婦でさえ姿が見えない。いや、セント・リージスで商売にいそしんでいるのかもしれない。

その荒廃したホテルの前を通りながら、スザンヌは、ジョンはどこに車を停めたのだろうと思った。見えないところに停めたと言っていた。どうしてスザンヌの車を使わないのだろう。ジョンのおかげで、見違えるように調子よく走るようになっているのに。

車。スザンヌは足を止めた。あの車が盗まれたら大変だ。今夜バッグを変えたので、免許証と二枚のクレジットカードがダッシュボードに置きっぱなしになっている。まずい。警備の警官を玄関に立たせておいてくれたとしても、身元がわかるものとクレジットカードが外からすぐ見えるところにあるのは、よくない。特に、警察署に行ったら、身分証明になるものを見せねばならないはずだ。スザンヌは、ぱっと振り向いて戻り始めた。

あっという間の出来事だった。

咳《せき》をするような音がしたと思ったら、首筋にちくっとするような痛みが走った。それから一秒も経たないうちに、ジョンに押しのけられ、近くの壁に激しくぶつけられた。胸が押しつぶされる感じだった。息をして、何のつもりか聞こうと思ったが、ジョンの背中にぎゅっと押されて声も出なかった。

ジョンの腕が上がり、大きな音が二回聞こえた。耳元すぐのところで音がしたので、それが二発の銃声だったことを理解するのに少し時間がかかり、さらにあまりに大きな音だったので、鼓膜が吹き飛んだかと思うほどだった。スザンヌはぼう然として壁から動けず、ジョンの向こうで何が起こっているのかも見えなかった。ジョンが、ビルに向かって発砲したのだとわかって、ショックを受けた。そっと首を回して、ジョンの腕が指すほうを見てみると、発砲したのは、セント・リージスだった。二発もホテルに向けて発砲するなんて、ああ、誰かを殺してしまったかもしれない。

「ジョン！」バドが猛スピードで二人のいるところまで駆け寄ってきた。走りながら、コートの中に手を入れ、銃を取り出している。「おい、何事だよ。気は確かか？　あれはホテルだぞ？」

ジョンはスザンヌの腕をつかむと、自分の体を盾にして壁にスザンヌの体を押しつけたまま前に引っ張った。ガラスの割れる音、木の折れる音がしたので、三人とも頭上を見た。セント・リージスの二階の、壊れた窓枠から、人の体がもたれかかるように落ちてきた。最初はゆっくり、そして加速がついて地面に墜落した。一瞬だが、その姿はシルエットになって街灯にくっきり浮かび上がり、銃身の長い暗殺用のライフルを手にしているのが、はっきり見えた。さらに、頭を撃ち抜かれ、血や脳が飛び散るところも。

スザンヌはショックを受けて立ちつくし、小さな悲鳴を上げた。

「来るんだ」ジョンが引っ張る。ぐいっと強く。ジョンは速く歩くので、スザンヌはついていくのに必死だった。道の凍っているところで滑ると、ジョンはほとんど引っ張り上げるような形で、手を貸してくれた。「今のが二番目の暗殺者だ、バド」首だけを後ろに向けて、ジョンが叫んだ。その間も走りながらスザンヌを引っ張っている。

「信用できないなら、壁に銃弾が埋まっているから掘り出してみろ。これはいったいどういうことか調べるんだ。おまえの仕事だからな、いいか！　何がどうなっているのかわかるまで、スザンヌは姿を隠す」

「待てよ！」バドが怒鳴《どな》ると、ひと気のない通りに声が反響した。「彼女をどこに連れて行くつもりだ？」

しかし、ジョンは走ったまま角を曲がった。スザンヌは、スーツケースを引きずりながら必死についていく。ショックで体が震え、足がもつれてしまった。ジョンは同じ速さで進みながらかがみ込んでスザンヌを抱き上げた。スーツケースや他のものもすべて一緒にその腕の中に収める。シンガー通りからひとブロック先に、ジョンの車があるのが見えた。ジョンは走りながらキーを取り出すと、キーレスエントリーを作動させた。数秒のうちに、ジョンはスザンヌを助手席に座らせ、エンジンをかけるとタイヤを軋らせて車を出した。

スザンヌの口から、ひくっという声が出た。自分を抑えようとするとぶるっと体が震えた。ヒステリーを起こした女性ほど、今のジョンに迷惑なものはないはずだ。ジョンは、すごい勢いで運転しているが、道はまだ暗い。ハンドルを握る手は頼もしいが、もし他の車が現れたら命取りになるようなスピードで走っているのだ。ジョンの視線は、ちらちら絶えずバックミラー、さらにサイドミラーを行き来している。

「シートベルトを締めるんだ」ジョンの声は落ち着いて、よそよそしかった。スザンヌは震える指で言われたとおりにした。そしてどしん、どしんと動き回るスーツケースを脚の間に納めた。

交差点を抜けるときに、ジョンはアクセルを踏み込んだ。

「しっかりつかまってろ」ジョンはたいしたことではない調子で言いながら、ブレーキを踏みハンドルをいっぱいに切った。スザンヌの体は窓際に激しく打ちつけられた。シートベルトをしていたため、なんとか放り出されずに済んだ。車が大きくスライドする間、悲鳴を上げそうになって唇を嚙《か》みしめた。もうぶつかる、と思って体を抱え込んだが、衝突することはなかった。タイヤのききーっという音が夜の静寂《しじま》に響き渡り、車内にもゴムの燃える臭いがした。それでも、車がジョンの思い通りに操られているのだということは、はっきりしていた。ジョンはハンドルを小刻みに切り、それに合わせたリズムに乗ってブレーキを踏んでいる。SUV車はくるりと回り、今来た道へと向いた。ジョンは一瞬のうちに百八十度車を回転させ、元の方へ向けてアクセルをふかせたのだ。

こんな運転をする人を見たのは、初めてだった。ドライバーが車の一部になっているのだ。ジョンは前の通りから、バックミラーへと視線を移した。そしてサイドミラーへ。いつもどおりのチェックが始まった。街を疾走しながら、急なターンを繰り返す車の中で、スザンヌはドアにつかまって体を支えていなければならなかった。

「誰かに後をつけられているの？」しっかりした口調で言えたことに、スザンヌは自分をほめてあげたい気分だった。

「いや、大丈夫だ」ジョンは返事しながらも、前方を探るように見ていた。張りのある声もよそよそしく、感情が込められていない。まるで天気のことを話しているようだ――もう雨は上がりましたよ、背後に暗殺者は迫ってきていません。

ジョンは少しスピードを緩め、そのままずっと郊外へと車を走らせ、やがて街を出た。ここまで来ると街灯もなく、ジョンの顔を照らすのはダッシュボードの光だけだ。そのおかげで、張り詰めたような厳しい顎《あご》の線や、とがった頬骨、太い眉がくっきり浮かび上がっていた。

今夜だけで、この人は二人殺したんだわ。私を守ろうとしてのこととはいえ、その手で二人の命を奪った。この人は戦士。戦うことはこの人の一部になっている。今までに、どれだけ多くの人をこの手にかけてきたのだろう。殺すか殺されるか、というオーラのようなものがこの人にはある。だからきっと、何人も殺したことがあるに違いない。

スザンヌは、簡単に人殺しのできる男と、二人きりで車に乗っていることを意識していた。実際、殺すところも目にしたばかり。そして、この警戒感から察するに、またいつでも、殺すことをいとわないだろう。ジョンの人となりは、おぼろげに知っているだけだが、スザンヌの普段の生活とは、あまりにかけ離れた人間だ。宇宙船から降り立ったばかりの火星人といってもいいぐらいだ。

しかし、それほど自分とは異なる存在ではあっても、困ったことになったら助けを求める相手だということは、スザンヌは本能的に察知していた。二人のセックスは激しく荒々しく、燃え上がるようなものだったが、結果として骨までしみつくような、強い絆《きずな》を作り上げてしまったようだ。

現代社会のセックスは、きちんと準備をしておけば気軽に楽しめるものだったはずだ。避妊具をつけなかったのだから、準備はできていなかったとは思うものの、それでも二十一世紀に、特定の相手のいない大人の男女なら、気軽にセックスを楽しめばいいのだ。深く考えることのない、楽しむためのセックス。

しかしジョンとのセックスは、まるでそんなものではなかった。足元が崩れ落ちるような、切羽詰った思い。絶頂を迎えるときには、気を失うのではないかと思った。あれ以来、ほとんど眠れなくなって、食欲もなくなった。現代のセックスとは、そういうものではないはずだ。現代のセックスは、ふざけ合ったりして、軽い感じで楽しむものだ。

あんな原始的なものではない。人類の始まりの頃には、男が女を自分の領地に囲い、歯や爪《つめ》をむき出して、奪おうとする敵から女を守ったのだろう。そんな時代のセックスとは違うはず。

ジョンに助けを求めたことで、目に見えない危険な一線を越えてしまったのだ。動物的な勘がそう告げていた。自分の身の安全を彼に任せてしまった。彼にすべてを委《ゆだ》ねてしまったのだ。

大切な何かが変わってしまった。人生のターニングポイントを越えてしまったのだ。あまりにショックが大きく、怯《おび》えきっていて、今まで起きたことについて、何がどうなってしまったのかということを、きちんと考えられなくなってはいる。しかし、ひとつはっきりしていることもある。今、スザンヌはジョン・ハンティントンの手にすべてを任せている。その本人のことについては、何も知らないのに。唯一彼についてわかっているのは、人殺しができるということ。いとも簡単に、何の感動もなく。

スザンヌはジョンを見た。厳然としたその姿に、身震いが出た。

すぐにジョンが路肩に車を寄せた。

すでに三十分ほど、この道なりに車を走らせてきた。ひと気も家の影もない、見知らぬ場所だった。五分以上、他の車ともすれ違っていない。ジョンは車から出て、前に回ってフェンダーをのぞき込んだ。そのあと、後部のフェンダーも見ている。しばらくしてから運転席に戻ってきたジョンは、スザンヌにベージュ色の毛布をかけた。

「これでもかけててくれ」よく通る声が低く響き、やさしい口調でさえあった。スザンヌはしばらく、ジョンの瞳をのぞき込んだ。はかり知れない色をたたえていた。ジョンは視線を合わせたまま、ポケットからきれいなハンカチを取り出し、スザンヌの頬を拭《ぬぐ》った。ハンカチにべっとり血がついていた。スザンヌははっとした。切れていたのだ。銃弾で壁の一部が飛び散り、頬にあたったのだ。そのときまで、衝撃が大きくて感覚がなかったのだが、頬が急に痛み出した。

すてきじゃないの。痛みを感じるということは、生きてる証拠だわ。

「ありがとう」スザンヌはそっとつぶやいたが、それは毛布やハンカチのことだけではなかった。ジョンはうなずいて、エンジンをかけた。ヒーターの熱気が勢いよく出てきたが、毛布にくるまれる感触がありがたかった。ショックと眠さで骨の髄まで冷えている気がした。二人を乗せた車は、そのままひたすら走り続けた。

スザンヌは何もしゃべらなかった。暗く誰もいない道路を車で揺られていると眠くなってきた。車は坂を登っているようだったが、スザンヌは暗闇でうとうとしていた。

「これからどこに行くの？」静かに問いかけた。

ジョンはちらとスザンヌを見てから、道路に注意を戻した。

「誰にも見つからないところ」ジョンがそう答えた。

8

スザンヌは、はっと目が覚めた。口が渇き、頭が重い。車は延々と続くヘアピンカーブの最後のコーナーを折れ、ききっと停止したところだった。体を起こしざまに、肘《ひじ》をドアに打ちつけてしまった。今どういう状態になっているのか、という感覚がない。目にかかった髪を払う。時計はバスルームに置いてきてしまった。落ち着いた静かな生活や、かつてスザンヌの生活の一部だったものも、壊されたまま置いてきた。何もかもなくなった。

まともなことを考えるには疲れすぎていたが、それでも今までの自分の存在すべてがずたずたにされたのだということぐらいは、考えなくてもわかった。安息の場、神聖な避難所であった我が家が、もう安全な場所ではなくなった。真夜中に押し入られて、殺されかけた。しかも押し入ったのはどういう男で、どんな理由からなのかも、さっぱりわからない。

その理由がわかり、得体の知れない、目に見えない脅威がなくなるまで、あの場所に帰ることはできないのだ。

自分の生活が、めちゃめちゃになってしまった。ほんの数分のことで、今まで築き上げたものが否定された。過去も未来もない。どんなにがんばっても、これから五分より先のことはわからない。今、ここにいること、それだけ。

スザンヌは車の中で、うつらうつらと眠ってしまった。眠かったからというより、いろんなことが起こりすぎて疲れきっていたためだ。頭のどこかで、意識が遠のいていくのに負けてはいけないという声がして、深い眠りに落ちられなかった。それで、眠りに落ちたと思うと、恐怖とショックに眠りから引きずり出されてふっと目が覚めるのだった。ジョンが見慣れぬ道に車を走らせる間、ずっとぼんやりした状態だった。

ここはどこ？　まるでわからない。ただ山の上の方だというだけ。何時間も上り坂が続いた。空は真珠色に光り、寒い朝が明けてきた。すぐそばの様子はわかるが、遠いところまで見渡せるほど、明るくなってはいなかった。

何メートルか先に、山小屋があった。シンプルな造りの木の建物で、四角張って、人の出入りを拒んでいるように見える。ジョンがエンジンを止めると、あたりは奇妙な静けさに包まれた。

ジョンは席に座ったまま体を向けてきた。幅の広い肩にさえぎられ、ウィンドウから見えていた空がなくなった。「着いたぞ」低く落ち着いた声で、ジョンが言った。

車の中にいると、ジョンの体はいっそう大きく見える。たくましい腕をハンドルに垂らし、その先で手がぶらぶら揺れている。ジョンのナイフが侵入者の喉《のど》を切り裂く場面が、どうしてもスザンヌの頭の中に浮かんでくる。床や壁に飛び散った血しぶき、金属的な血の臭いに、死体の放つ悪臭。それから、狙撃《そげき》されたときのこと。二発の銃弾を受けて、落ちていくスナイパーと割れるガラスの音。その体が地面にあたったときの、湿ったような音。いくらがんばって、そういったイメージを振り払おうとしても、その光景や音が頭の中央に陣取ったまま、ぎしぎしとスザンヌを責めつける。

ジョンが動いたので、スザンヌは身構えた。しかし、ジョンはドアを開けようと体を伸ばしただけだった。ぴょんと飛び降りたジョンは、スザンヌの側のドアを開けに車を回ってきた。ジョンが手を差し伸べてくれたので、スザンヌは楽に降りることができた。地面に足がついても、スザンヌはしばらくジョンの手につかまっていた。突然、世界は狂気に満ちたものになってしまった。ジョンの手だけが、スザンヌをまともな場所につなぎとめてくれる、確かなもののような気がした。

二人は見つめ合った。白い息が冷たい朝の空気に混じり合った。ジョンが山小屋のほうに顔を向けた。「おいで。外は寒い。君の居場所を作らないとな」ジョンはスーツケースを片手に持ち、もう一方の手でスザンヌの腕を取った。

すごい山奥だわ。大きさがまちまちの砂利を集めて、素人が作ったような道を進みながら、スザンヌは思った。大気は澄み渡り、ぴりっと張り詰めていて、何十キロも続くであろう松林の匂《にお》いを嗅《か》ぎとることができた。地面に数センチ積もった雪は氷のようになっている。二人は木で作ってある玄関ポーチまで歩いていった。ジョンが玄関を開け、中へとスザンヌを促した。

小さくて、必要最低限の家具しかない、飾り気のない家だった。ソファがひとつ、ソファとはまるで合わない肘掛け椅子《いす》が二つ、ダイニングテーブル、小さくて使われたことのない暖炉、小ぶりのキッチン。壁はむき出しの木材で、生活感のない、冷たい雰囲気がもの寂しい。こもったような臭いが立ち込めている。

「こっちだ」ジョンがドアを開けると、主寝室とは別の寝室があった。ベッドとロッキングチェアがあるだけの部屋。床にスーツケースを置いたジョンは、左側にあるドアに向かった。「ここがバスルームになってる。シャワーでも浴びて、寝間着に着替えたいんじゃないかと思って。疲れているだろうから、二、三時間ほどベッドに横になればいい。着替えたら出てきてくれ。ヒーターをつけて、紅茶を入れておくから」

ジョンが去っていくと、スザンヌはスーツケースをベッドに載せた。幸運にも、ふと思い立って厚手のネルのネグリジェを二枚、荷物に入れていた。暖かくて着心地がよく、そしてなんといっても露出が少ないのがありがたい。フリルのいっぱいついたセクシーなシルクのネグリジェが、本当は大好きなのだが、今は、フリルだのシルクだのと言っている場合ではない。いや、セックスを考えるときではない。
大きくて危険な男と二人で逃亡するという現在の状態そのものに、すっかり裸にされたような気分だった。得体の知れない目に見えぬ敵から逃げようとしているのだから。

ジョンに無理やりベッドを共にすることを強いられることはないのはわかっていた。しかし、先日の夜のことで、この男性に対してスザンヌはまるで抵抗するつもりがないということがわかってしまった。彼に求められれば、イエスと答えてしまうだろう。体の芯《しん》から凍えている気がするし、ジョンとセックスすれば間違いなく燃え上がることができる。そして、何もかも忘れさせてくれるだろう。あの夜も、熱いものが爆発するようなクライマックスを迎えた。ジョンとキスして、あの硬さを体全体で感じれば、どんな困ったことでも必ず頭から消えていくはずだ。しかし、これほど不安で、地に足のつかないような精神状態でセックスをすれば、どうにもならないような状況に陥ってしまう。

あの飛び散るような瞬間、ばらばらになってしまうような感覚に、体が自分のものではなくなったような気がした。今、人生そのものが粉々になって足元に落ちていく感じがするのだから、これであの感覚を味わえば、何百万もの破片になって消えていくに違いない。

くぐもったようなボン、という音が聞こえた。ジョンがヒーターを入れたのだろう。シャワーを浴びて、顔を洗い、歯を磨いて、ピンクのネグリジェに着替える頃には、部屋も暖かくなっているはずだ。よかった、温かみが必要だったのだ。

ジョンはテーブルについていた。その前には濃い色をした液体の入ったマグカップが二つ湯気を立てていた。ジョンは入ってきたスザンヌを見上げ、様子をうかがうと、満足したような表情になった。カップのひとつをスザンヌのほうに押しやった。「飲むんだ、それから話をしよう」

スザンヌはカップを手にするとその匂いに、顔をしかめた。ひと口飲むと、咳《せ》き込んで涙が出てきた。「これ、まるでウィスキーじゃない。紅茶なんてどこに入ってるの？」

ジョンが少しだけにやりとして白状した。「ほとんど入ってないな。紅茶なんて弱虫の飲むもんだ」

そうでしょうね、とスザンヌは思った。カップにはまるで紅茶は入っていないような気がしたのだ。もう一度すすってみる。すると、ふた口目で、紅茶のフレーバーのついた温かいウィスキーが寒気をすっかり払いとってくれるものだとわかった。体の中を魔法のように熱い液体が駆け抜けていき、渦を巻くようにして寒さを追い払うのだ。

温かさでスザンヌの頭も働くようになってきた。うら寂しくてがらんとした、その小さな山荘の中を見回してから、ジョンのほうを見た。ジョンはマグカップを置き、ウィスキーをストレートでグラスに入れて飲んでいた。これはいい兆候だわ、とスザンヌは思った。ジョンは、危険がすぐそこに迫っているのなら、アルコールを口にするような人ではない。それでも、確認しておく必要はある。

「ここはどこなの？」

「マウント・フッドの近くだ。いちばん近い町は、フォーク・インザロードというところで、ここから五キロほどの距離だ」

フォーク・インザロード。そんな名前を聞いたことがある気がした。誰かが、パーティの席で話していたのだ。馬が一頭いるだけのしけた町だとか言って、ばかにしていたような。

スザンヌはしばらくカップを見つめていた。紅茶は濁っていて、よく見えない。まるで自分の人生と同じだ、と思ってしまった。「安全なの？」静かな口調でたずねた。

ジョンはグラスをぐいとあおったが、その間もスザンヌから目を離すことはなかった。「安全か？　ああ」ジョンは、シングル一杯分ぐらいの量のウィスキーをスザンヌのカップに注ぎ足し、飲むように促した。スザンヌが咳き込みながらウィスキーを流し込むまでじっと見ている。「保証する。ここを見つけるには、俺《おれ》を探し出さなきゃならない。けどバド以外には、君と俺を結びつけて考えられる人間はいない。俺が渡したリストにあった他の人に君が連絡をしていたというのなら別だが、どうだ？」

ジョンが眉《まゆ》を上げてみせた。

「いいえ。していないわ。バドの言葉があればじゅうぶんだったもの」ため息まじりにスザンヌは言った。

「このごたごたが片付いたら、必ずこらしめてやるからな、覚えとけよ。本来は、あのリストの全員に、俺の身元を確認しなきゃいけなかったんだ。ただまあ、今の状況を考えれば、していなくてよかったよ」

「あなたと違って、私は普段から危険なことがないか、警戒して暮らしているわけじゃないのよ」スザンヌは皮肉っぽく言った。

「ああそうだ。君が俺みたいにしていれば、そもそもこんなひどい目に遭うこともなかったはずだ」

スザンヌは口を開けたが、また閉じた。はっとして、言い返す言葉もなかった。ジョンの言うとおりなのだ。

「すまない」ジョンがぼそりと言った。頰《ほお》のあたりがぴくぴくしている。「言いすぎた」ジョンはまたウィスキーを注ぎ、ひと息で飲み干した。水でも飲んでいるみたいだ。「さて、これがどれほどの危機なのか、きちんと考えてみよう。俺が君と一緒にいることは誰も知らない。まだ契約書にはサインしていないし、バドに頼んで、昨日現場に来た全員に、固く口止めして俺の名前が漏れないようにしておく。あの場にいた殺し屋は二人だけだったはずだ。跡を残さないようにするための、通常のやり方なんだ。二人目のやつは、最初の男を消すためにいたんだ。そうすれば一切のつながりがなくなるからな。俺が車を停めたのは、君のところからは見えないところだったが、もし万一、二人目の殺し屋が俺の車に気がついて、誰だかはわからないが、あいつを雇ったボスに報告をしていたとしても、車のナンバー・プレートは変えておいたから。それに、絶対誰にも後をつけられないようにした」

スザンヌは目をぱちくりさせた。「変えたって……何を？」

ジョンは肩をすくめた。「車の中にいくつか予備のプレートを用意してるんだ。ま、こうやって役に立つこともあるわけだ」

「でもそれって、違法じゃないの？　偽のナンバー・プレートなんて」

ジョンはまた肩をすくめた。わざわざ返事するまでもないようだ。

「このあたり一帯、何キロにもわたって、俺の土地なんだ」ジョンは話を続けた。「土地の登記は、ダミー会社の名前でしてある。俺の名前にたどり着くことは可能だろうが、ハッキングの技術がすごくある人間が、最初から俺の名前が出てくるだろうということを知った上で、何週間もしつこく調べ続けないと無理だ。さらにわかったところで、俺は登記所のコンピュータにハッキングしてデータを変えておいたから、ここから八十キロほど西を探さなければならないことになる。州立公園の中だよ。ここには仕掛けをしてあるから、ウサギ以上の大きさのものがその仕掛けを通り過ぎようとすれば、必ずわかる。だから、そう、安全だ」ジョンがきっぱりと言った。「これ以上安全なところはない。ここでこのままずっと暮らしていたっていいんだ。でもそんなことになる前に、事件の真相を調べてみせる」

スザンヌはただぽかんとジョンを見つめるだけだった。まるで異次元に迷い込んでしまったような気がしていた。しかし、心の底ではわかっていた。

不思議の国のアリスになったのではない。ウサギの穴に落ちてしまったわけではない。これは現実のことで、厳しく汚いことに満ちた世界にいるのだ。醜くて危険で暴力でいっぱいの現実。今までスザンヌは、こういった現実を避けて生きてきた。きれいなものに囲まれ、色や形や生地のことだけを考え、おそらくはこの世の現実から目をそむけようとしていたのだろう。

砂穴にもぐるように隠れた結果がこれだ。きれいで、いい匂いのする砂ではあった。トープ・グレーだとか、エクリュ・ベージュだとかそういう色だった。それでも砂は砂なのだ。頭からすっかり砂に閉じ込められることになってしまった。

危険が迫っていることなど考えもしなかった。

もし色の調和と同じぐらいの関心をもって、ビルの防犯について考え、まともなシステムを入れていたら、こんなことにはならなかったのかもしれない。侵入してくる人もなかったのだろう。どこだか知らないがこんな所に、誰だか知らないが誰かから、何だか知らないが何かされることを恐れ、隠れるようなことにはならなくて済んだのかもしれない。おまけに善良なひとりの男性を巻き込み、彼が始めたばかりのビジネスは今が成長するタイミングだというのに、仕事から引き離すことになってしまった。

ジョンはためらうことなく自分を助けに駆けつけてくれた。もし彼が戦闘能力に欠けていたら、硬い床に飛び散った血は、ジョンのものだった。頭を血まみれにして横たわっていたことだろう。これからずっと、必要な限りここに一緒にいてくれるつもりらしい。バドが事情をつきとめるのに、どれぐらい時間がかかるのだろう？
四、五日？　数週間？　何ヶ月も？　いや、何年にもなるのかも。
私はいったい何をしてしまったのだろう、そう思うとスザンヌは、罪悪感と悲しみで、胸が詰まる思いだった。

スザンヌはかたん、とカップを置いた。「申し訳なくて」ささやくような声で言って、あふれそうになる涙をこらえた。

ジョンはグラスからウィスキーをすすっていた。ごくんと飲み込むと、少し咳き込んだ。「何を？　何に対して申し訳ない？　何のことだ？」ジョンは本当に訳がわからない顔をしたので、スザンヌはいっそう罪悪感にかられた。

涙をこらえようと、スザンヌは唇を嚙《か》んだ。泣いちゃだめ、と言い聞かせる。「こんなことにあなたを巻き込んでしまって、本当に悪いと思っているの。なのに、どうしてこんなことになったのかもわからないのよ。あなたの命を危険にさらしてしまって、申し訳なくて。人を、それも二人も、私のせいで殺すことになったなんて。ごめんなさい。私のためにやってくれたことで、あなたが法に問われることになったら、どうしよう。私のせいで……」

「おい、待てよ」ジョンは大きな手のひらを見せるように掲げ、顔をしかめた。「何を訳のわからないことを言ってるんだ」

「私は、あなたの役には何も立てないのよ、ごめんなさい。護身術のレッスンを受けようとずっと思っていたわ。でも避けていたの。実を言えばね、私ってどうしようもない弱虫で何もできないのよ。だって修理屋のマーフィーにだって、面と向かって言い返すことができなかったんだもの。そうそう、私の車を取ってきてくれていたのに、そのお礼もちゃんと言ってなかったのよね。マーフィーのこと、すっかりあなたに任せてしまって、ごめんなさいね。嫌な思いをしたはずだわ。私って、クローゼットに隠れるぐらいしか能のない弱虫なの。そんな私を許してくれないわよね」胸のつかえをすっかり吐き出してしまいたくなって、スザンヌはさらに言葉を続けた。「自分で自分を守ることもできなくて、軍隊を呼ぶほどの大騒ぎをするしかなかったなんて。それで、本物の軍隊を呼んじゃったのね。ごめんなさい」スザンヌはそこで、ひくっと笑い声を上げたが、そのあとは、泣き声になってしまった。「ごめんなさい、あなたまで身を隠すことになってしまって。私と一緒に隠れてなきゃならないのなんて、最悪よね……ごめんなさい、本当に……ごめん」スザンヌは震える手で顔を覆った。もう、抑えることもできず、震え始め、何とか意識をはっきりしておこうとして無理に大きく息を吸った。

「ばかなことを言うんじゃない」ジョンはほえるように言うと、がばっと立ち上がった。埃《ほこり》だらけの床に椅子が音を立てて倒れた。そして、ジョンがスザンヌを抱え上げた。腕の中にしっかりと抱き上げると、大またで寝室へと歩いていった。電気もつけず、ただロッキングチェアに座って、あやしつけるように体を揺らした。

スザンヌは顔を上げて、ジョンを見た。もう抑えようともしなかったので、涙がとめどなくあふれてきた。ジョンは黙ってスザンヌをしっかりと抱きしめていた。今のスザンヌにはどんな言葉をかけても無駄だということが、ジョンにはわかっていたのかもしれない。スザンヌに必要なのはこれなのだ。人と触れ合い、その温もりを感じること。触れ合う部分が少なくても、ジョンの強さと勇気を感じられればいい。

ジョンの片手がスザンヌの頭の後ろを支え、もう一方の手が体に巻きついた。スザンヌはすべて出し切ってもいいんだよ、と言われたように感じた。泣き続ける間、ジョンはただしっかりとスザンヌの体を抱いていてくれた。ジョンの胸が呼吸のたびに上下するのがわかった。そして彼の心臓がしっかりと強く脈打つのが聞こえ、また体にも伝わってきた。ジョンの存在と同じように確かなその鼓動を感じて、スザンヌは徐々に落ち着いてきた。

ひとしきり泣いたあと、スザンヌはぐったりして疲れた気分になった。疲労とウィスキーで、これ以上無理をすることもできなくなっていた。命を奪うと脅されても動けなかっただろう。

スザンヌはジョンの首にしがみついていた。首が絞まるのではないかという抱きつき方だったが、ジョンは何も言わなかった。膝《ひざ》の上にスザンヌを載せたままでは、体も窮屈なはずだが、それでも何も言わず、ただスザンヌを抱き寄せていた。どれぐらいの時間が経ったのか、スザンヌには感覚がなくなっていた。目が覚めて起き上がろうとしたが、ジョンがぎゅっと腕に力を入れて、元の姿勢に戻された。

スザンヌのヒップがジョンの勃起《ぼっき》したものに触れた。大きく硬くなっているので、はっとしたのだ。これが自分の中に入っていたときの感覚は、すべて覚えている。ジョンは全身の力を込めて、突き上げてきた。そして、自分の体が飛び散るような気がした。

今ジョンは、セックスを求めて突き上げてきているわけではない。しかし、そういう状態になっていることを隠そうともしなかった。ただそこにある——ジョンの体は完全に興奮しているが、それを無理に求めてはいない、それだけのことだ。

ああ助けて。こんなの私の手には負えない。セックスと死。死とセックス。両方は手にあまる。そう思うと、スザンヌは眠気に抗うことをやめてしまった。熱帯の夜の訪れのように、あっという間に眠りがやってきた。しかしジョンの腕の中で眠ってしまう前に、どうしても彼に伝えておかねばならないことがある。

「あなたが来てくれて、うれしかった」ジョンの首元でスザンヌがつぶやくと、その唇はキスのように、ジョンの肌の上を動いた。

「俺もうれしい」ジョンは、そっと言葉を返した。

9

スザンヌは子供のように眠りに落ちた。たった今まで起きていたのにな、とジョンは思った。自分の子供を持つという経験はなかったが、結婚したSEAL《シール》のときの仲間たちから、いつも聞かされていた。子供はあっという間に寝てしまう、あれっと思ったらもう寝てるんだ、そんなふうに言っていたのを思い出す。

ただ、スザンヌは子供ではない。体の中の、熱を帯びるように硬くなった部分がそれを証明している。

スザンヌは、胸元の詰まったネルのネグリジェで体を隠せると思っていたのだろう。しかし荷袋のようなその生地でも、中にあるものを隠しきれるはずもない。襟《えり》は高く詰まっているのだが、胸の形——しかもノーブラだ——は、はっきりとわかるし、硬くなった小さな乳首がかわいいピンクの布地にくっきり浮き出ている。乳首が硬くなっているのは寒さのせいで、ジョンとのセックスを思ってのことではないだろう。そう考えてジョンはかろうじて自分を抑えた。スザンヌをベッドに放り投げ、ネグリジェを引き裂いて、上から乗りかかってしまいそうになっていたのだ。指でスザンヌをこじあけ、すぐに貫きたい。

彼女の中に入ればどんな感覚なのかを思い起こしていた。入るだけでは足りない。もっと。今すぐに。

こんなことばかり考えてしまうのは、スザンヌの氷の女王のような顔立ちが、まさに正反対の女性らしいふくらみを持つ体についていることに、ひどくそそられてしまうからなのだろう。甘く官能的なやや大きめの唇、クリームのようななめらかな肌、少しばかりやぶにらみになる瞳《ひとみ》……。

それでも、この衝動はアドレナリンによるものだ。戦闘現場から抜け出してきたばかりで、こういうときにはいつでもひどく勃《ぼっ》起《き》するのだ。

兵士はみんなこうなる。ハリウッド映画やトム・クランシーの小説では決して描かれない事実だ。映画では、戦闘のあと、兵士はタバコを吸ったり、笑い合ったり、ハイタッチしてお互いを称え合ったりする。しかし現実では、戦いが終わると、男は麻薬の切れた中毒患者のような状態になり、気難しくぴりぴりして動揺が収まらず、売春婦をつかまえてやりまくるのだ。頭の中からそのことを振り払うためなら、どんなものにでも体を突き立てる。

世界じゅうの兵士すべてが、こうなることを知っている。戦いに生き残るには、そのあとセックスしなければ収まらないことをわかっている。激しく荒っぽく、すぐに終わるようなセックス、それがなければ、張り詰めた気持ちを解きほぐすことはできない。急襲作戦が終わると、兵舎は男性ホルモンの強い臭いでむせかえるようになり、空気は霞《かすみ》がかかったような状態になる。戦いのあと兵士は勃起する、それはどうしようもない事実なのだ。手近に女性がいないときは、雌《めす》の山羊《やぎ》を相手にする兵士すらいる。ジョンは常に一線は越えないようにしていたので、そこまで変態じみたことは決してしなかったが、不快でない程度の女性がその気になってくれれば、それでよかった。そういう女性が手に入らなければ、自分の手で自分を慰めた。

今、ジョンの膝《ひざ》に載っている女性は、不快でない程度どころの騒ぎではない。だから、ジョンの腰は反射的に上に突き上げようとしてしまうし、ペニスは勝手に彼女への入り口を求めている。スザンヌの体がすぐそこにある。ぺったりとヒップをつけて腿《もも》の上に。ペニスがすぐその下にきている。ネグリジェの布地越しに、小さな布切れがスザンヌのヒップを覆っているのがわかる。おそらく、あのときと同じ、おそろしくセクシーなレースのパンティなのだろう。あのときはあまりに切羽詰っていたので、引きちぎってしまった。今は違う、今はそうじゃない、やめろ。柔らかなネルのネグリジェを持ち上げて、パンティをまた引き剝《は》がし、脚を広げさせて、この上にまたがれば、すぐに押し入ることができる。下着を何ダースも新しく買ってやらなきゃならないな。夢のような気分になって、なめらかな筋肉がきつく締めつけてくる……。

だめだ。

彼女の中に入ったらどんな気持ちになるのか、あのときのことは一瞬残らず覚えている。強く締め上げられる感覚、熱を帯び、濡《ぬ》れていて……スザンヌのほうもディナーの間じゅうずっとセックスのことを考えていたに違いない。

スザンヌはため息を吐《つ》いて、もぞもぞ体を動かした。体がずりおちそうになり、ペニスの上で動いた。ジョンはびくっとして動けなくなった。ヒーターをかけていてもまだ寒い部屋の中で、汗が出てくる。

優秀な兵士というのは、行動の最中でも頭で先のことを考える。これから何がしたいのかがはっきりわかり、次の行動に移る用意ができるまで、走り続ける。どういう行動を起こすかは体が自然に教えてくれる。これからの戦闘にどう対応すればうまくいくかを頭の中で何度も思い描くので、現実の戦闘が始まれば作戦はスムーズに進行していく。

ジョンはそういったシミュレーションをする能力に、特に長《た》けていた。作戦での自分の行動を詳細な部分まで何度も何度も頭で考えておくのだ。考えずにおこうとしても、スイッチを切れるようなものではない。同様に、危険が迫っていれば準備をしたり、実際に危険に遭ったときにうまく対処したりという能力もジョンからは切り離すことができない。

今ジョンは必死にシミュレーションを試みていた。あの夜、しようと思っていたのにできなかったことをスザンヌにしているところを思い描く。あのときは、欲望がふくらみすぎて頭がおかしくなっていたので、やりたいこともできなかった。とはいえ、今も同じような状態だ。いつかは、スザンヌ・バロンに対して、ただ激しく欲望をぶつけるというのではなく、やさしく愛を交わすということもできるのだろう。彼女を味わいつくして、燃え上がる欲望がいくらか落ち着けば、何度も彼女の体に入れば、その味を堪能することも覚えるはず。今はただ無性に欲しくて……いつかは、少しぐらい収まるはずだ。

たぶん。

しかしあの夜、スザンヌに対して荒々しい真似をしてしまった。しかも、あのときは今のような興奮状態ですらなかった。今、戦闘の後、アドレナリンが体中から噴き上がるようなこの状態では、スザンヌにずいぶん痛い思いをさせてしまいそうだ。準備のできていない彼女の体を貫き、激しく突き上げ、ひょっとしたら、彼女の体に噛《か》みついてしまうかもしれない。

そう思うと、ジョンの興奮が少し収まった。

中には、荒っぽいセックスを好む女性もいる。実際に、そういう女との経験も何度もある。嚙みついたり引っ掻《か》いたり、あとで体に傷がついていても気にしないような女性がいた。暴力的なことに、興奮する女たちだ。

スザンヌはそうではない。あの夜の荒々しさに、彼女はショックを受けてしまったのだ。また、荒々しさに対して、自分が強烈な反応をしてしまったことへのショックも大きかったのだろう。あの反応。スザンヌの体が鋭く収縮し、ペニスがちぎれるのではないかというほどに締めつけられた。あの瞬間がよみがえる。興奮しきったスザンヌのあえぎ声、開いた瞳孔《どうこう》。

だめだ。確かに、絶頂感を与えてやった。弾け飛ぶような気分にさせてやったかもしれない。しかし、荒々しいセックスはスザンヌにはそぐわない。

そして今の状態では、荒々しくないセックスなど、ジョンにはとてもできそうになかった。

アドレナリンのせいでハイになっているのは、ジョンだけではない。スザンヌのさっきの行動は、間違いなくそうだった。絶望的に何度もごめんなさいを繰り返し、わっと泣き出した。スザンヌにはただ勃起するような器官がないだけで、涙でストレスを吐き出したのだ。

腕の中にいるスザンヌを見下ろすと、まだ涙のあとが完璧《かんぺき》な形をした頰《ほお》に残っていた。真っ白な大理石の上に、水晶を置いたようだった。

しかし、このひとはなんてゴージャスなんだ。初めて会ったときから、ひどくそそられるものがあった。艶《つや》やかな美しさを持つ、自信に満ちたその姿に圧倒されるような気がした。成功したキャリアウーマンという感じの、しゃきっとした態度で机の向こうからこちらを見ていた。今、腕の中にいるのは、化粧っけもなく、泣き腫《は》らしたまぶたのぼろぼろの女性だ。しかし、この光景には、胸を締めつけられる思いがする。スザンヌが欲しかった。あらゆる形で、ジョンはスザンヌを求めていた。

ジョンは腕にスザンヌを抱えたまま立ち上がり、そっとベッドに下ろした。体をシーツに横たえ毛布をかけられても寝入ったままのその姿を、ジョンは長い間見つめていた。何かが胸の奥で動くのがわかった。どう説明したらいいのかわからないような、何かだった。何千もの感情が心をよぎったが、そのうちジョンが理解できそうなのは、欲望だけだった。まだしっかりと硬くなったままだったが、ほっとした気がしてバスルームに向かった。これに関してはどう扱えばいいのかわかっているからだ。

心のほうはどうすればいいのか、皆目見当もつかない。しかし、ペニスをどうすればいいのかは、心得ている。

この山の中の隠れ家に、着替えを数枚置いていて助かった。この場所は、ポートランドに着いて二週目に購入したのだ。ただの山小屋でしかなかったが、大きくて独立した地下室のあるのが気に入った。

近くの大型スーパーに出かけ、どうすればいいか訳がわからないまま、最初に目についた家具を買うという作業をした。自分が何をしているのかわからず、一時間ばかり調度に費やすと、苛々《いらいら》してビールを三本飲んだ。

服を脱いで、戦いの汗で臭う衣類を床に置いたまま、シャワーの栓をひねった。湯はなまぬるかったが、それでも構わなかった。実際は冷たい水でも浴びて、気持ちを抑えたほうがいいのだろうが、もうじゅうぶん我慢してきた。

やりたくてたまらない体を裸にして、スザンヌ・バロンをほんの数メートルしか離れていない自分のベッドに寝かせ、それなのに、まるで手を出せない状態なのだ。これを拷問といわなければ、何なのだろう。

ジョンは下腹部に手を這《は》わせて、あのときのことを思い出した。

スザンヌは耳のすぐ横に、チョコレート色の小さなあざがある。彼女を奪うとき、その部分を舐《な》めた。それから、耳に舌を動かすと、スザンヌは声を上げ、ギアがひとつ入れ替わった感じになった。スザンヌが反応し始めたので、ジョンはその声が響き終わらないうちに、体を動かすスピードを速めた。

そのときの感覚を思い出すと、鼓動が大きくなり、ジョンの手が動き出した。乳首の味、肌を滑るスザンヌの舌の感触、下腹部の盛り上がった部分を覆う柔らかな薄茶の毛。そんなものがすべて、頭の中に渦巻く。あのとき、あまりに強くこすりつけたから、他の女性のようにスザンヌが毛を剃《そ》っていたら、ズボンで皮膚に擦り傷ができていたかもしれない。

握ったこぶしが、激しく速く上下に動く。本当にきつく締まっていた。突くたびに、スザンヌは、はっはっと大きく息を吐き出した。途中でスザンヌはさらに脚を広げて自分をもっと受け入れようとしてくれた。完璧な形のスザンヌのヒップをしっかりつかんで、もっとこっちに押しつけようとした。あれほど激しく体を打ちつけたのに、壁が持ちこたえてくれたのは、奇跡みたいなものだった。

スザンヌが叫び声を上げた。ジョンのコートに顔を埋めたのでくぐもって聞こえたが、彼女が絶頂を迎えたのがわかった。スザンヌとセックスをしたときのこと、自分がクライマックスに至るまでの細かなことをいろいろ思い出しているうちに、ジョンの脚にぴりぴりと電気のようなものが走り、背骨まで上がってきた。ペニスがふくれ上がり、片手をついて壁にもたれ膝ががくがくして、息が止まる。そのときジョンの欲望があふれ出した。果てしなくいつまでも続くように思えた。

それからしばらく、ジョンは壁に手をついたままシャワーに打たれるままになっていた。お湯はすっかり冷たくなっていたが、頭を冷やすにはちょうどいい――どうしようもないことに、なっちまったぞ。

ひどくまずいことになっている。スザンヌ・バロンのことを思いながらマスターベーションするのが、他の女性と実際にセックスをするより興奮するのなら、それは、ひどく、どうしようもない状態だと言わざるを得ない。

「よし、バド、何がわかった？」ジョンは革張りの回転椅子《いす》の背にもたれ、携帯電話を耳にあてた。電話には追跡防止装置がついている。

また足元がしっかりするのには、思ったより時間がかかり、そのことにも居心地の悪い思いがしたが、とにかく黒のTシャツを着て、グレーのスエットパンツをはき、はだしで居間のほうまで出てくることができた。スーパーで買った安物のじゅうたんをめくって、親指の指紋をスキャナーに読み取らせると、青い金属のパネルが音もなく開いた。その下に地下室へと続くステンレスのはしごが現れた。

いつものことだが、ハイテク機器に囲まれた自分の城に入ると満足感がわいてくる。上の山小屋部分はうら寂しい雰囲気でありながら、それをどうしたらいいのかさっぱりわからないのだが、この地下室部分は――そう、なにもかもが最先端で、完璧な姿だ。ジョンはＳＥＡＬにいたときに世界でも最高の機器を使える立場にいた。民間の暮らしになったからといって、こういう面で妥協などはできない。

地下はジョンの遊び場のようなもの、電子機器やモニター、キーボード、最新鋭のありとあらゆる道具がずらりと並んでいる。一般の人にはわからないさまざまな機材、どんなものでも揃《そろ》っている。

　スザンヌが眠りにつくまで、このスパイ王国に下りてくるのを待っていたのだ。彼女はこれまでのことで、すっかりびくびくしているのだから、ＮＡＳＡの管制センターのような場所をジョンが所有していることを今知らせる必要はない。

　世界じゅうにどれほどの危機があるかについて、一般の人々が何の理解もしていないことは、ジョンもよくわかっていた。すぐそこに大きな落とし穴があるようなものなのに、気づかずにいるのだ。ジョンは生まれてからずっと、周囲を警戒しながら暮らしてきたので、常に臨戦態勢でいることが、息をするのと同じぐらい自然なことになっていた。

　しかし兵士になったことのない人たちは、常に些細《ささい》なことに警戒を怠らなければ命に危険が及ぶ、という状況になったことがない。気づかぬうちに敵がすぐそこに来て、今にも自分に襲いかかろうとしていると、想像することができない。今までひどい目に遭ったこともないなら、病的なまでに周囲に気を配りながら生活することもないのだ。ジョンはこうやって、常に危険に備え、不意討ちに対処できるような態度を取ってきた。たいていの女性はそんな様子にうんざりするようだった。

　道では、決して女性を外側に歩かせたりしない。騎士道精神からではなく、女性の愚かな行動に腹が立つからだ。女性はバッグを細い皮ひもだけでぶらぶら肩からさげたりする。大きな派手な色のショルダーバッグが「おーい！　お金とクレジットカードがここにありますよ！」と叫んでいるようなものだ。女は何であんなことをするんだ？　どうしてもわからない。あれほどばかげた行為はない。悪いやつの目が後ろから光っているのに。自転車やバイクに乗ったちんぴらが通りざまに、ナイフで皮ひもを切ってバッグを簡単に奪っていける。だから、自分が道路の外側を歩く。俺にナイフを振りかざして、ひったくりをしようというやつは、そうそういるものじゃないし。

女性も強盗から自分で身を守れるなどというのは、耳ざわりのいいまやかしだとジョンは思っていた。女性が護身術のクラスに何度通おうが無意味なのだ。精神科医がどんなごたくを並べようが、どうでもいい。ある女性と一緒に過ごすことになったら、たとえその夜限りのセックスのために一緒にいるだけで、その後二度と会わないというような相手であっても、その晩だけはジョンの庇護《ひご》のもとにある。だから、その女性を守ろうとする行動をとる。世の中には恐ろしいやつがいっぱいいて、女性を餌食《えじき》にしてやろうと待ち構えている。それを前提とした態度をジョンが崩そうとしないことに、多くの女性は、腹を立てる。それで、警戒態勢をとるときには、できるだけ目立たないように行動するのが常だった。

そんな考えは化石みたいで、ジョンは絶滅していく恐竜みたいなものだと、今までに何度も言われたことだろう。そう言われることは、気にはならないが、現実は違う。恐竜は時代の変化についていけなかった。ジョンは時代を先取りしているのだ。自分の行動の目的を理解し、それをうまくやってのける方法を熟知し、だからこそ、きわめて危険な状況に巻き込まれることになっても、命を落とさずに済んだのだ。

今もそうだ。

バドや警察の連中以外は、スザンヌがジョンと一緒にいることは知らない。誰かがジョンを探そうとしても、この山小屋を見つけるには時間がかかる。それはバドや警察が総員をあげて探し出そうとしたところで、同じことだ。

ジョンの行動には抜かりはない。警備を固めるのは、ジョンの得意技だ。この小屋は原子力発電所なみの、厳重な警備体制をとっている。いや、この小屋のほうが上かもしれない。ここなら二人とも安全だ。それでも、優秀な兵士は常にダブルチェックをしておくもので、ジョンが今こうして生きていられるのも、油断を怠らなかったからだ。絶対ということは、ないのだ。

それで、ジョンは地下室に下りてきて、機器をチェックしたのだ。

ジョンは新しい機械を手に入れていた。彼にとっては、お気に入りのおもちゃのようなものだった。特殊なマイクロチップを埋め込んだセンサーで、心臓の音を感知するよう、アルゴリズムをプログラムしてある。もちろん、どんな心音でもキャッチするというわけではない。そこがこの新しいおもちゃのすごいところだ。ジョンの部隊にクレージー・マック・ローワンという、コンピュータの天才がいて、彼がこの機械を発明したのだが、マイクロチップは十種類の哺乳類《ほにゆうるい》の心音を波長によって識別できるようになっている。だから、鹿《しか》や熊《くま》では警報は作動しないのだ。システムには一千万ドルもの値がつき移民帰化局が国境警備用に買い上げたが、クレージー・マックはパイロット版をジョンにくれたのだ。ジョンはその特殊プログラムを立ち上げた。期待どおりの結果だった。

何もなし。ゼロだ。

次のチェックに移ろう。動作センサーだ。それから、ずらっと並んだモニター。これは敷地内のいたるところに設置した全天候型カメラにつないである。さらに、山小屋の前のでこぼこ道に沿ってとりつけてあるセンサー。なし、なし、なし。

ここには誰もいない。誰が来る様子もない。よろしい。

さてと。そう思ったジョンは、やっとバドに電話したのだ。

バドは疲れた声をしていた。「ジョン、困ったことになったぞ。えらいことなんだ。死んだ二人とも、全米犯罪捜査サービスで、すぐに指紋が出てきた。最初のは、町のちんぴらだな。十四歳のときに非行で捕まってから、ずっと刑務所を出たり入ったりしてきた男だ。殺人、レイプ――」

体から、すうっと血が引いていくのをジョンは感じていた。いちどレイプをした人間は、その性癖から抜けることはできない。スザンヌも、あの男の手にかかっていたかもしれないんだ。レイプしてから、殺すことだってあり得た。

あまりに電話を持つ手に力が入ってしまって、ジョンは自分の指紋が受話器に刻み込まれるのではないかと思った。

「それから、強盗だろ、ドラッグ……何でもありだな。それから、今はどうしようもないドラッグ漬けになってたんだ。腕にも注射の痕《あと》があった。つまり、ドラッグを買うための、ほんのはした金をこいつにやれば、学校にいる子供だって撃ち殺すってことだ。歩く凶器だな、まったく。金をもらう、狙《ねら》いをつける、ばん、だ。ただし、こいつは目の前でぶっ放すタイプだな。深く考えるやつじゃない。ここまでは、いい知らせなんだ。二人目の男ってのが、悪い知らせでね、本物のプロだ。この一時間ほどFBIが俺のところに来て、根掘り葉掘り聞いてくるから大変なんだ。ポートランド支局の特別捜査官が、今ここにいるんだよ。この男の指紋の問い合わせがないかと、網を張ってたんだ。FBIは十年もこいつのことを探してたんだぞ。こいつは八年前のレスリー上院議員暗殺の容疑者で、さらに他にも大きな事件で指名手配されている。つまり、誰かが本気になって、スザンヌを殺そうとしているんだ、こいつがその証拠だ。しかも相手が誰かはわからないが、プロを雇ったんだ。本物の暗殺者をな。FB

Iのやつらが言うには、この男を雇おうと思ったら、えらく高くつくらしい。スザンヌから事情を聞かせてくれ。ここに彼女を連れてくるんだ、今すぐに」

バドは頭がどうかしたのか？ 彼女に警察なんかを近づけさせるもんか。誰にも指一本触れさせないぞ。

「問題外だな、バド」ジョンは冷ややかに言った。「事件の背景がわかって、どうすればこれ以上のことが起きるのを防げるか対策を立てたら、教えてくれ。俺が納得するまでは、おまえがスザンヌに会うことはないからな。絶対に。明日また連絡するから、何かもっとちゃんとした事情を探って、どう解決するつもりなのか話を聞かせてくれ。それから、スザンヌの家には制服警官を二人立たせておけよ。玄関と裏、両方な。誰にも押し入られないようにするんだ」

「おい、待てよ。今いったいどこに――」バドの質問の途中で、ジョンは〝切る〟ボタンを押した。厳しい表情をしたまま、自分を落ち着かせようとした。心臓が早くなり、怒りがこみ上げて目の前に赤い霧がかかったように見える。こんな気持ちを振り払わなければ。

誰かが本気でスザンヌを殺そうとしているだって？

その前に、俺を倒すんだな。

ジョンははしごを上って小屋に戻っていった。この瞬間から、スザンヌは必ず自分の手の届く範囲のところに置いておく。

スザンヌが目覚めると、午後も遅い時間になっていた。木枠の窓から見える青空は夕方が近づいているせいか、高かった。雲ひとつない。松の木が作る細長い影が、もうすぐ日が落ちることを物語っていた。スザンヌは一日じゅう寝てしまったのだ。

何か温かくてごつごつしたものが、スザンヌの手を握り、スザンヌは寝転んだままゆっくり顔を動かした。何が見えるかはわかっていた。そして、ジョンと目が合うと、心臓がぴくんと飛び跳ねた。

スザンヌの呼吸は落ち着いてしっかりしていた。出会った瞬間から、こうなる運命だったのだ。

そのときが来たのね、とスザンヌは思った。

ジョンは枕元《まくらもと》のロッキングチェアに座ってスザンヌの手を取り、スザンヌを見つめていた。ジョンは眠っていないのだろうか、とスザンヌは思った。見たところではわからなかった。ジョンはいつもどおりだ。強くて壊れることなどないみたい。

着替えたのね、とスザンヌは思った。ぴったりした黒のTシャツ越しに見える胸がたくましく、太い腕の筋肉に生地が引っ張られている。グレーのスエットパンツは洗いざらしたもので、よれっとしている。その下に太い腿の筋肉があるのが、はっきりわかる。

ひどく勃起しているのも、またはっきり見える。スザンヌの視線は、ジョンの下腹部に釘付《くぎづ》けになった。ペニスの先はへその上あたりまで届きそうなところまできていて、ぴくんぴくんと動きながら、腹に押しつけられていた。

すごいわ。私のせいで、この人がこんなことになってしまうなんて。私がこんな力を持っているなんて。古代からの女性ならではの力。泣いたこと、熟睡したこと、さらにウィスキーを飲んだことも手伝ったのだろう、ずいぶん気分はよくなっている。頭がすっきりして、大丈夫だという気がしてきた。もう別の世界にいるのだ。原始的な世界、人類の歴史が始まった頃、絆《きずな》は血と武器で作られるところ。この世界では法律など消え失せるが、決まりごとの重さは大きくなる。

二人は、人類が定めた最初の決まりを守るのだ。

男が女のために誰かを殺した。女は男のものになる。

10

そのときが来たんだ、とジョンは思った。

スザンヌが眠っている間ずっと手を握って様子を見守っていた。安心させてやりたかった。動物的な感覚から、戦うときと待つときの区別はつく。だから兵士は歩哨《ほしょう》を立てて眠る。さし迫った危険などないときでもそうだ。そうすることで、他の兵士は安心して眠れるのだ。

スザンヌは熟睡した。完全に意識を遮断し、眠りに身を委《ゆだ》ねた。途中でジョンがそこにいて、見守っていることを感じたからだ。

ジョンがスザンヌの手を取っていたのは、自分が安心したいからでもあった。そうすることで安心できた。スザンヌは、絶対に安全だということを確認できたからだ。バドからの知らせに、心の奥底から動揺していた。スザンヌを脅かす危険は本物で、これほどの女性に出会えた偶然と同じように、あっという間に彼女を失う可能性があることがわかった。だから手を握ってスザンヌを安心させると同時に、自分自身にも大丈夫だと言い聞かせたかったのだ。

これほど欲しいと思った女性はいなかった。

本当に慎重にしなければいけない。彼女を自分のものにしたいという強い欲望に突き動かされている。この気持ちがそのままほとばしれば、力が入りすぎてしまうことになる。彼女の眠りを見守っていることで安心感は得られるが、欲求を鎮めてはくれない。

ジョンの体は欲望ではちきれそうになっていた。もう抑えておくことができないところまできている。体中を駆け巡る感情は、手綱《たづな》がとれてしまったのだろうか、スザンヌにも伝わったようだ。スザンヌの呼吸が乱れ、ううんと体を動かした。ジョンはそのまま見ていた。

待ちながら。求めながら。

スザンヌが、ふっと深い眠りから覚めてきた。まぶたが震えて、ゆっくりと目を開く。窓の外の夕暮れを見てから、頭の向きを変えた。二人の目が合った。薄い色と濃い色。その瞬間、ジョンはみぞおちにパンチをくらったように思った。はっと息を吐き出すと、静かな部屋に音が響いた。

二人は、この地上に残った最後の人類という気がした。二人きりの男と女。人類が育《はぐく》んだ、いちばん最初のつながりだ。女は男のものとなり、男の縄張りにいる。

俺《おれ》のものだ。

ジョンは空いているほうの手で、スザンヌの唇を撫《な》でた。皮膚がピンクからクリーム色に変わるその輪郭に沿って指を這《は》わせる。スザンヌはじっとしたまま、大きな水色の瞳《ひとみ》でジョンを見ていた。彼女が呼吸するたびに、ジョンの指は大気が動くのを感じ取った。

「痛い思いをさせたくないんだ」ジョンはささやくような声で言った。「この前のときは、荒っぽいことをしてしまった。あんなふうにして、痛い思いをさせたくない」

スザンヌの瞳が、探るようにジョンを見ていた。何も言わない。静かな部屋に聞こえるスザンヌの息に、ジョンは耳を澄ました。やがて、ぽつりとスザンヌが言った。

「そんなことにはならないわ」その言葉に、ジョンの心臓がまた一段と早く打ち始めた。

そのときなのだ。

スザンヌにもわかっているのだ。そのことを感じ、そうなるべきだと思っている。こうなる運命だったのだと。

今度こそ失敗しませんように、ジョンは心の中で祈っていた。誰に対してかはわからないが、兵士を守ってくれる神様なら、誰でもいい。焦るな、ゆっくりするんだ。

ジョンの指は口元から頬《ほお》へと動いていった。きれいな頬の線。しかし、ほとんど見えないような傷がある。跳ねたレンガがつけた傷だ。銃弾が壁にあたって、彼女にあたらなかったのは奇跡といってもいい。

危ういところだったんだ。あと少しのところだった。

ジョンの手は陽に焼けて黒くごつごつしているのに対して、スザンヌの肌は白くてすべすべだ。ジョンはやさしく手を動かして、その小さな卵形の顔を撫でた。輪郭をなぞり、もう一度口、そこから、華奢《きゃしゃ》な顎《あご》、また口元、それからもういちど下へ。なめらかに喉《のど》を通って、脈を感じる首の横に達すると、そこからゆっくりと確かな鼓動が伝わってきた。ジョンは視線を上げて、スザンヌと目を合わせた。そのとたん、指に伝わる脈拍が早くなったのがわかった。そして、手を下ろしてネルのネグリジェの襟元《えりもと》に指をかけ、待った。ジョンの体中の筋肉が緊張し、期待と不安で中心部がどくんどくんと脈打つのがわかった。

二人はお互いを見つめ合った。ジョンはそこからどうしていいのか、本当にわからなかった。あるいは、次にどんな行動を取れるのか自信がなかった。

スザンヌが手を上げ、ジョンの手を横にのけた。ジョンは不満で大声を上げたい気分だった。スザンヌはもうオーケーしてくれたものだと思っていたのに、今になって……いや、違う。そういうことではなかった。

スザンヌはジョンの手をどけて、自分で襟のボタンを開け始めたのだ。ひとつずつ小さなピンクと白のボタンがボタンホールから外れていくところを、ジョンは夢中でながめていた。ボタンをすべて外し胸の下まで襟元がはだけると、スザンヌはお腹《なか》の上に手を載せて、ジョンを見た。待っているのだ。

ジョンの番だ。

こうなれば、次にどうすればいいのかわかっている。必死になりすぎないように、指が震えないように、それから何としても布地を破らないで——しまった！

「ごめん」ぼそりとジョンが謝った。

スザンヌが声を出して笑った。ああ、まったく、しっかりしろよ、彼女に笑われたんだぞ、とジョンは自分の不恰好《ぶかっこう》さを何とかしてくれと、神に祈りたい気分だった。笑われても当然だったので、ジョンもなんとか笑みを返した。するとスザンヌの唇が大きく持ち上がって、にっこりと笑顔を向けられた。

スザンヌは、あきれたように首を横に振った。「これじゃ下着とネグリジェの新しいのを買ってもらわなきゃね」

了解。「ああ。パンティはダースで買おう。ネグリジェは段ボールごと買うさ、もちろん」ジョンは勢いよく言って、ネグリジェの前を開けたが、そこでぴたりと動きを止めてしまった。

「ああ、ジョン」スザンヌがささやきのような声を漏らした。もう笑みは消えている。

ネグリジェの前を広げたときにジョンの瞳に浮かんだものを目にしたからだ。その体が目の前に横たわり、ごちそうのようにジョンを誘う……。

　きれいという言葉ではとても足りない。スザンヌは肉感的な体つきというわけではなかった。今までジョンが相手にした女性の中にはそういうタイプもいたが、そんな豊かな体は下品でわざとらしく思えてきた。この体、目の前のこの姿こそ、ジョンが欲しかったものだ。この体にこそ、震えるほどの興奮を覚える。

　ジョンは座ってただ見つめていた。そのうち体の中心部に集まった血液がいくらかでも脳に戻ってくれないかと思っていた。ネグリジェを開くのは、すばらしいプレゼントを開くときのような感覚だった。なめらかな肌は、一度も太陽を浴びたことのないほど白い。スザンヌの体は夕闇《ゆうやみ》に真珠のような輝きを放っていた。貴重で繊細で、触れるのも怖いような大切なもの。

　スザンヌの乳房は丸くてしっかりしていたが、ジョンの大きな手では、隙間ができた。ジョンは手を伸ばして、先端の部分だけに指を滑らせた。皮膚に触れるか触れないかというぐらいそっと。まず右の胸。指を静脈に沿って動かす。皮膚の下に透き通って見える血管は、ヘリコプターから見る川のようだ。円を描くように乳暈《にゅううん》の周りを動かすと、スザンヌの体にさっと鳥肌が立ち、乳首が大きくなって硬くとがっていく。その様子を見て、ジョンはどうしようもなく興奮してしまった。

焦るな、落ち着け。

ジョンは荒くなった呼吸を元に戻そうとして、そのまま乳房に触れただけで座っていた。

「こいつを脱がないと」ジョンは自分の手をどけた。ジョンが脱がそうとすれば間違いなく引き裂いてしまうし、フォーク・インザロードみたいな田舎町では、これほど繊細なピンクのネグリジェは絶対に売っていないはずだ。「君にしてもらいたい」

「いいわ」スザンヌはジョンを見つめながらベッドに起き上がり、両手でネグリジェをつかむと引っ張り上げた。パンティは、はいていなかった。ジョンは、きれいな長い脚、丸いヒップ、細いウエストがむき出しになるのをぼう然として見つめていた。そしてネグリジェが頭から引っ張り上げられ、横に投げられた。やった！　スザンヌだ。裸になったんだ。

俺のためだけに。

前のときには、彼女の全身を見る機会がなかった。急いで脱がせると、服が床に落ちるまでには、もうスザンヌの体に入っていた。あまりにも急いでいて、きつく湿った部分が燃え上がっていること以外には、何も気づかなかった。しかし今、ああ、とうとう彼女のすべてを見ることができたのだ。鋼《はがね》のように硬くなって爆発寸前でなければ、このまま何時間もただこの姿を見ながらとろけそうな肌に触れていたい。指でくびれを確かめたい。肋骨《ろっこつ》の下でウエストが急に細くなり、そこからまた緩やかに広がるところ。華奢な体に驚きを感じてみたい。こんなに小さなところに、内臓がちゃんと収まっているのだろうか。

　そういうのは、後で考えよう。今求めているのは、いや必要なのは、唇を重ねることだ。

　ジョンは体をかがめて、首に唇をつけた。そこから脈が伝わってくるのだ。激しく脈打つ振動に、自分が触れたことでスザンヌが興奮してきたのがわかる。

いい兆候だ。スザンヌの鼓動が早くなり、呼吸が乱れ、乳首が硬くなっている。自分がどれだけ興奮しているかは、スザンヌにすっかり見られているはずだ。

　それでも、スザンヌの興奮度合いを知る方法は他にもある。脈を伝える首元を舐《な》めながら、ジョンは手をゆっくり下ろしていった。胸まで来ると左側の乳房の奥、肋骨の上に心臓が動いているのがわかる。そしてぺたんこのお腹を越え、さらに下へ……。

　普通の女性の固くて縮れた毛とは違って、スザンヌのは柔らかくてシルクのような感触だった。盛り上がった部分に置かれたジョンの手で、スザンヌは気持ちをくみ取ったのか、大きく脚を開いた。ジョンは指を滑らせて、入り口のところに触れた。柔らかくて温かくて、よし、濡《ぬ》れている。指が入り口を開けるときには、ジョンの手が震えた。そして指を一本中に入れようとしてスザンヌがはっと息をのんだので、驚いた。

スザンヌの体はあまりにもきつかった。入れようとした指を静かに戻しながら、ジョンは考えた。前のときはすごく痛かったはずだ。間違いなく、指のほうがペニスよりは細い。なのに指でも少しずつ入れなければならないのだ。あの夜は夢中で突き立てた。街角に立って十ドルで体を売る娼《しょう》婦《ふ》に、一年航海に出て陸《おか》に上がったばかりの船員がするような扱い方をした。そう思うと、ぞっとする気がした。

少し手を引いてから、もう一度やってみるが、入り口から少し入っただけだった。

「おまえは、あんまりやってないんだな」ジョンが荒い口の聞き方をしたので、スザンヌは返事ができなくなってしまった。ジョンは今まで、口汚い言葉で話したり話されたりすることがあたりまえだったし、SEAL《シール》の部隊の中では使用禁止用語などというものもなかった。しかし、それ以上に欲望で頭の中が真っ白になっていて、他の言葉が思いつかなかったのだ。もっと上品な言い方、あからさまでない言い回しがあったはずなのだが。ただ事実が頭の中に浮かび、それがそのまま口に出てしまった。こんなにきついんじゃ、たいしてやってないことは、すぐにわかるぜ。

「そうよ」スザンヌの声は小さく、かすれたささやきのように聞こえた。

「今からは違う」ジョンの胸に何かこみ上げるものがあった。声を出すのもやっとだなるんだ」

った。荒々しく、しかも緊張した声でジョンが宣言した。「これからはそうじゃなく
ジョンはさっと腕を動かして、自分も裸になった。そしてベッドに乗り、スザンヌの横に寝転ぶと、震える手で彼女の脚を開かせた。スザンヌの体に覆いかぶさると二本の指で体を開かせた。位置を調節して、これからやみくもに突き立て……。

ほんの数センチ入れたところで、スザンヌが鋭く息を吸い込むのがわかり、ジョンは動きを止めた。石のように硬くなっているので、このまま押し入ってしまいたくて、そこで止めようとすると体が震えるほどだった。しかし前のときは、ここで失敗したのだ。一度の失敗でもじゅうぶんまずいが、二度目もとなると、永久にスザンヌを失ってしまうことになる。こういうやり方ではだめだ。ジョンは体を引いた。

ジョンは包み込むように腕をスザンヌに回して、体ごと回転し、スザンヌを自分の上に乗せて上体を起き上がらせた。

「まあ」スザンヌは男性の上に乗るということなど、一度も考えたことがなかったのだろう、驚きの表情を浮かべた。スザンヌはまたがる形になって、膝頭《ひざがしら》がジョンの肋骨のところにきて、セックス部分の入り口の襞《ひだ》になっているところが、ペニスに合わさるようになった。二人はお互いを見つめ合った。スザンヌは弱々しくほほえんで、ジョンの肩に手を置き、そのまま腕のほうへと滑らせていった。「あの」ペニスに触

れる部分がくすぐったいような動きをした。スザンヌはそろそろと体を前後に動かし、何かを確認しているようだ。「こんなの初めてよ」

「うう」ジョンは息もつけない状態だった。言葉もなく、激しい熱に頭が爆発してしまうのではないかと思った。スザンヌのウエストに手を置くと、少しだけ体を上に持ち上げ、やや中腰の姿勢にさせた。

「じっとしてろ」

その言葉を口にしてしまったのか、頭で思っただけなのかもわからなかったが、とにかくスザンヌは意図を理解したようで、少し体を浮かせたような姿勢のままじっとしていた。スザンヌの広げた脚の間の部分が、濡れてふくらんでいるように見える。

その部分が触れ始めると、ジョンはぐっと歯を食いしばってこらえなければならなかった。スザンヌは体の位置を確認しようと前後に動かすので、ペニスが周辺を撫でていく。そして、少し下に、それから前に滑らせて、そこだ！　やっと入ることができた。

いや、そうでもない。スザンヌはまったく動かないで、体を浮かせたままにしているので、ペニスの先が入っただけの状態なのだ。何とかしてくれ。ジョンは頭がおかしくなりそうになっていた。スザンヌが円を描くように少しだけ腰を揺らせた。もう少しだけ中に入る。しかし、まだだ。こんなことを続けていたら、すべてを受け入れてもらうのに三十分ぐらいかかりそうで、とてもそれだけの時間、自分を抑えていられる自信はジョンにはなかった。

もうすっかり汗びっしょりで、鼓動は激しく、息も荒くなっている。十キロ近くも走ってきたばかりのように思える。なのに、まだセックスをしていると言える状態ですらないのだ。まだまだ違う。

スザンヌは目を閉じ、ゆっくり動きながら夢見るような表情を浮かべ始めた。体を浮かせたので、ジョンはもどかしくて叫び出したい気がした。しかし、スザンヌはあと少しのところで体をつないだままにした。一瞬、膝をついて体を浮かせたその状態のまま止まった後、ペニスの先の部分を中でぐるりと動かした。それからちょうどいい角度を見つけ、少しずつ体を沈めていった。

そして止まった。

俺を殺す気か？　どうしてこのまま中に入らせてくれない？

ジョンは歯を食いしばってスザンヌのヒップをつかむと、ぐっと自分の体を押し上げて、ねじ込むような形でスザンヌの中に入っていった。

スザンヌはあえぎ声を出した。目を開いて、ジョンを見つめる。夢見るような表情はもう消えていて、かわりに苦しそうな、あるいは痛みを感じてさえいるような顔になっていた。だめ、だめ、だめだ！　今度こそいい思いをさせてやらなければ。

ジョンはさっと腕を振り上げて、鉄製のベッド枠をしっかり握った。ぎゅっと握りしめたので、腕が震えた。もう彼女の体にはさわらない。さわっちゃいけないんだ。さわれば、荒々しい行為になってしまう。今したいことはスザンヌのヒップをつかんで、乱暴に突き立てることなのだから。乱暴にしすぎてしまうはずだ。

スザンヌの下になったまま、ジョンは動かずにいた。彼女が何かしてくれるのを待っていた。彼女に主導権を与えなければならない。

スザンヌはジョンを、荒い息で見下ろした。ペニスは完全にスザンヌの中に収まっている。淡い色のスザンヌの毛と濃い色のジョンの毛が混じり合っている。スザンヌは目を大きく見開き、動くことができなかった。薄い水色の虹彩《こうさい》の周りの白目の部分まで、はっきりジョンにも見えた。

スザンヌは両手をジョンの胸に置いた。ジョンが息をするたびに、スザンヌの手も上下し、その姿勢でジョンを見つめていた。野生の小動物みたいだな、とジョンは思った。森の中で矢に射抜かれた鹿《しか》みたいだ。どうするつもりなのだろうと不安そうにハンターを見つめている姿。

「体を倒すんだ」ジョンは鉄枠につかまりながら、やさしく声をかけた。鉄のパイプが折れても不思議はないほど、強く引っ張っていた。手で触れてはいけない。今はまだ。体の中で欲望が沸騰し、その熱さをコントロールすることなど不可能になっている。ジョンの手は大きく強い。撫でて安らぎを与えることのできない手だ。今のところは。まだ無理だ。この手でさわれば、スザンヌをあざだらけにしてしまうだろう。

スザンヌは体を倒してきた。温かな匂《にお》いが感じられるところまで肌が近づく。興奮とセックスの匂いに負けないほど強く感じることができる。スザンヌの髪がジョンの頬にあたり、香水の匂いが、ジョンの鼻いっぱいに広がった。また、歯を食いしばらなければならなかった。

「もっと近づいて」押し殺したような声になってしまった。スザンヌが力なく体を倒してくると、ジョンは口を開け乳首にむさぼりついた。甘いのにしょっぱい味がした。乳首の周りはなめらかなのに、口の中には硬いつぼみのような部分がある。ジョンは力の限り強く吸い上げた。吸い上げる動作がリズミカルになっていく。スザンヌの呼吸が部屋に大きく響き、その音に合わせて、さらに強く速くなる。ジョンの胸の両《りょう》脇《わき》にスザンヌの腿《もも》がぴったり押しつけられ、震え出した。

スザンヌが、はあ、はあとあえぎ始めた。声というより喉の奥底で鳴る音のようだ。その声が一定のリズムで吐き出され、ジョンが吸い上げる音と同じ調子になる。

二人の瞳がからみ合った。ジョンはスザンヌの瞳をのぞき込んで、彼女の体が今どうなっているのかを探ろうとした。完全な興奮状態だ。瞳孔《どうこう》が開き、黒目の周囲は銀色の輪ができたようになっている。薄闇に包まれていく中で、その部分が光っている。

ジョンがスザンヌに触れているのは、乳首を吸い上げる口と、体の奥深くにしっかりと収まっているペニスだけだが、体のいたるところにさわっているような気がした。自分の体に何が起こっているのかは痛いほどわかるが、同じように彼女の体がどうなろうとしているのかもわかる。

ジョンは動くのをやめた。スザンヌも動きを止めた。二人とも今、まさにすぐそこまできている。ぎりぎりのところにいるのだ。

スザンヌが激しく震え始めた。体の奥のほうから震えている。ジョンは小石のように硬くなった乳首を舌でこすりながら、さらに強く吸い上げた。そして軽く噛《か》むと、スザンヌが突然、ああっと声を上げた。

その叫び声が部屋じゅうにこだまし、同じリズムでスザンヌの体がジョンを締め上げた。さらに同じリズムでジョンが声を上げ、そして同じリズムで、ああ、助けてくれ——ペニスが爆発を起こし始めた。その絶頂感が永遠に続くかと思うほど、スザンヌがジョンを空っぽにしていった。骨の髄まで吐き出してしまうのではないかと思えた。

二人は体を震わせながらじっとお互いを見つめ合い、やがていつ果てるともない瞬間が過ぎた後、スザンヌの体から力が抜け、動きが止まった。そして柔らかなうめき声を上げると、スザンヌはぐったりとジョンの上に崩れ落ちた。スザンヌの細い体が大きく波打っている。頭をあずけてきたスザンヌが、吐き出す息をジョンは肩に感じていた。まつげが動くのもわかる。シルクのような髪がジョンの胸元をくすぐった。

「ああ」スザンヌがささやくように言った。

ジョンは鼓動が収まるのを待っていた。もう一度筋肉を動かせるようになるまで。やがて鉄パイプを握っていた手をそっとはずし、やさしくスザンヌの背中をさすった。

もうスザンヌにさわれる。やっと。

もう武器を使い込んだ状態にしたのだ。

スザンヌはジョンの大きな胸の上で体を休ませていた。彼の呼吸に合わせてスザンヌも上下に動く。ジョンの体は大きいので、またがったままだった脚は最大限に開く形になっていたのだが、その姿勢で落ち着く気分だった。もちろん後で体が痛くなるだろうが、そんなことなどどうでもいい気がした。飛び散るような絶頂感の余韻で、つま先から頭のてっぺんまで光を放っているような気がした。きっと目が見えなくなってしまうと思った。ぱちぱちするような活気とどうしようもないけだるさで、体がばらばらになってしまったようだ。

スザンヌの体の中に入ったままのジョンは、まだ硬かった。そんなことがあるのだろうか？　ジョンもクライマックスを迎えたのに。あの信じられないような感覚、それは間違いない。ジョンはどんどん硬くなっていって、最後に爆発した。少し動くと体の中いっぱいに濡れた感じがあった。確かにスザンヌ自身が興奮していたとはいえ、あの感じはそれとは違う。ジョンの精液でいっぱいになっていたのだ。

なのにまだ熱い金属の棒のように感じる。信じられない。この体には呼吸をするぐらいしかエネルギーが残っていないのに。でも石のように硬くなったペニスが体の中にあるなんて、どうすればいいのだろう。

背中をさすっていたジョンの手が止まり、下りてくるとヒップを覆うようにつかんだ。大きくて温かくてごつごつした手だ。ジョンはスザンヌのヒップを下に押すようにしながら、自分の腰を上のほうに突き出したので、スザンヌは、ああっと声を上げた。もうこれ以上はだめというところまで、深く突き上げる。もう少しのところまで、しかし痛みにはならない。どちらかといえば、完全に満たされたという感じ。

ジョンが顔を横に向けると、短く刈った髪が枕《まくら》に擦れてざらっと音を立てた。ジョンはスザンヌの首にキスした。そして耳にも。ジョンの言葉は、耳で聞くというよりも枕に響く感覚でスザンヌに伝わった。

「これからは、俺たちはこうやってやるんだからな」あのぞくっとするようなかすかな南部訛《なま》りが混じっている。低いけだるげな話し方だ。愛を交わすときにだけ、ジョンには訛りが出るのだ。普段の話し方はしゃきっとしてアクセントなどない。「俺たち二人ともが、まずいくんだ。そうすると君は柔らかく濡れる。もう俺の体に慣れただろ、な? こうなると俺も君の好きなように出したり入れたりできるんだ」

ジョンは話している間もスザンヌの体の中で、長さをいっぱいに使って力強く突き立てていた。スザンヌはへとへとだった。もう感じるどころではないはずだ。なのに、まだ感じている。ジョンが突き立てるたびに、電気のようなショックが走るのだ。「君の中に入ってるのは気持ちいい」耳元でささやかれると、スザンヌは魔法にかかったようになってしまう。「君は俺のためにだけ作られたみたいな気がするんだ。君をさわらずにはいられない」ジョンが話すたびに、スザンヌの肌は、唇の動きや息がかかるのを感じ取った。甘酸っぱいセックスの匂いが強くなり部屋に立ち込めた。潔癖症のスザンヌは、普段なら不愉快に感じるところなのだろうが、今はただもっとジョンを受け入れようと体をさらに開くことしか頭になかった。ジョンがさらに奥のほうまで、激しく突き立ててきたので、バランスを失わないよう、彼の肩につかまるしかできない。

何かが羽ばたくような感覚が体の中に走ったと思ったら、それが温かいものになって大きくふくらんできて、火の玉となって爆発していった。突然のことに、スザンヌは息もできず、動くこともできなかった。また来るなんてあり得ない、こんなにすぐに、さっき味わったばかりなのに。今までは、一度しか……。

スザンヌはぴたりと動きを止めて、大きな叫び声を上げた。強烈な、痛みにも似た快感に、体がどくんどくんと震え、その感覚がいつまでも続く。ジョンはずっと一定のリズムでスザンヌの体の中を動き、もうだめ、と思ってからも長いこと高みから下ろしてはくれなかった。悦《よろこ》びか痛みかわからない感覚が続き、気を失ってしまいそうだった。何時間にも思えるようなその瞬間が過ぎると、ジョンはスザンヌの耳の下を舐め、軽く耳たぶを噛んでから言った。「これから、きついのをしてやるからな。俺のほうも、もうあんまり我慢はできないんだ。俺が上になると、君をマットに突き刺してしまうだろうから、後ろからにしないとな」

それがどういうことなのか、スザンヌはほとんど理解できなかった。何の話だろう？　これからは手に負えないものになるって、今までジョンは自分を抑えていたって、どういうこと？

ジョンが引き抜くと、急に何かが足りない気がした。しかし、彼が自分の体を満たしてくれていないことを嘆いている暇はなかった。ジョンはスザンヌをうつ伏せにさせると、お腹の下に枕をふたつ重ね、腰を高く上げさせた。スザンヌは全身の力が抜け、ゴムのようになっていて、自分ではほとんど動くこともできなかった。ジョンは人形のようにスザンヌの体を動かした。

ジョンは膝を入れて、スザンヌの脚を開かせた。大きく開かれたと思っていると、突然ジョンがもう中に入ってきて、一気に腰をぶつけてきたので、スザンヌは悲鳴を上げた。

ジョンは二、三度、確認するかのように突き立てた。深く入って先があたってしまったところで、止まった。腰を丸く動かして中の大きさを測り、スザンヌがどれぐらい濡れていて、どこまで自分を受け入れられるかを確認した。

「まだだ」ジョンはつぶやきながら、体を倒して、包み込むような格好で腕を前に回した。「もう一度いかないとだめだな」

ジョンの手が襞《ひだ》の間を探るように動いていき、ペニスをしっかりつかんでいるところから、その上へと撫でていった。そうっと、クリトリスに触れる。スザンヌは雷に打たれたようにびくっとしてあえぎ声を出した。

「よし、いいぞ」ジョンの息がかかる。指はごつごつしているが、触れ方は繊細だった。体の中でも同じような繊細な動きがあり、軽く揺すっている。そっと引き、そっと押し、動いているかどうかもわからないぐらいの、繊細なリズム。クリトリスの上を滑る親指と同じ調子で……。

スザンヌは息もできず、思考が停止し、何も見えなくなっていた。体中が絞り上げられるような感覚がずんずん中心に集まって……。

そして弾けた。どくんどくんとジョンを締めつけながら、心臓が飛び出しそうになる。強烈な切羽詰った絶頂感に、涙が出てくる。ベッドに顔を埋めたので、泣き声がくぐもって聞こえる。ジョンはしっかりとスザンヌの中に入ったまま、じっとしていた。そしてスザンヌが静かになると、やっと動き始めた。スザンヌは頭をベッドにつけ、何とか息をしようとしていた。

しばらくしてから、スザンヌは振り返って背後を見た——そして恐ろしさに凍りついた。

「しっかりつかまるんだ。きついのをしてやるから。ベッドの枠につかまるんだ」ジョンのいつもの太い声も、喉に詰まったような音になっていて、何を言っているのかわからないほどだ。やさしくけだるい南部訛りも消えていた。

ジョンはあまりに危険に見えた。興奮のあまり鋭い顔つきになっていて、頬のあたりが赤らんでいて、唇が血の色になっている。スザンヌを見つめる瞳がぎらぎら光り、鋭く思いつめた表情を浮かべている。肩と腕の筋肉は、力が入りいく筋もに割れている。両手で強くスザンヌのヒップをつかんでいるが、その強さにきっとあとであざができるだろう。

後戻りしたいと思っても、もう引き返せない。こんなにしっかりつかまれていたのでは逃れる術《すべ》がない。スザンヌはもう少し緩めてもらおうとジョンの表情をうかがったが、まるで許すつもりはないようだ。やさしさや慈しみなどはかけらもなく、ただそこにあるのは、純粋な欲望だけ。さかりのついた、力強いオスが、今まさに飛びかかろうとしているところ。次に何が起こるのか想像もつかないが、スザンヌがどうにかできることではないのだ。

あるいは、ジョン自身でさえどうにもならないのかもしれない。

完全に体を開き、ヒップを宙に突き出してひざまずいている状態で、攻撃されるがままの状態にあるのだとスザンヌは思った。二人が触れている場所は三つだけ。スザンヌの脚を広げさせようとジョンの膝に押さえられている部分、スザンヌのヒップをつかんでいるジョンの両手、そしてスザンヌの体に入ったペニス。

ジョンの膝がさらにスザンヌの脚を押し開き、ヒップをつかむ手に力が入った。スザンヌの腿の裏側に、ジョンの脚の毛があたってちくちくした。ヒップの下のほうにはジョンのセックス部分の毛が触れている。この姿勢では、スザンヌはどれほど深く、あるいはどれほどの速さでジョンの動きを受け止められるのか、コントロールのしようがなく、完全にジョンのなすがままになる。

世界が動きを止めたように思えた。音もなく、暗く、今だ、という合図を待っている。

スザンヌはジョンの表情を読み取ろうとした。力と欲望と猛々しさに満ちた、むき出しのオスそのもの。こんなのは自分の手には負えない、とスザンヌは目を閉じ、前に向き直ってベッドに顔を埋めた。そして両手を上に伸ばし、ベッドのパイプを握りしめた。

それが合図になった。服従であり降伏の印だ。ジョンが突き立て、スザンヌは悲鳴を上げた。一瞬ジョンが動きを止めるのではないかと、スザンヌは思ったのだが、ジョンは動き続け、そして唐突に猛烈な勢いで体を叩《たた》きつけ始めた。

その後、どれぐらいそれが続いたのか、スザンヌにはわからなくなった。一時間か、二時間か、あるいは一晩じゅうだったのかもしれない。まったくわからなくなっていた。ジョンは容赦なく体を打ちつけた。いつまでも渾身《こんしん》の力を込めて。同じ強さで激しいリズムを刻み続けたのだ。ジョンが突き立てるたびに大きく軋《きし》む音がするので、スザンヌはぼんやりと、ベッドが壊れてしまうのではないかと思っていた。

限界などなかった。さらにジョンに呼び起こされる快感にも際限がないように思えた。スザンヌは何度も続けてクライマックスを迎え、自分で自分の体をどうすることもできなくなっていた。

ベッド柵《さく》の鉄パイプを握る手が汗にまみれ、震えてずるずる滑り始め、悲鳴を上げ続けた喉がひりひりし、シーツにこすれる乳首が痛くなってきて、スザンヌがもうこれ以上はどうしても無理と思い始めたそのときだった。ジョンが中でさらに大きく硬くなるのがわかった。ジョンは叫び声を上げ、爆発した。ごつごつした手がしっかりとスザンヌのヒップを押さえた。スザンヌが体を起こしていられるのは、その手に支えられているからでしかない。ジョンは激しく揺らしながら腰を前に突き出し、断末魔というような唸《うな》り声を上げながら果てた。

自分も死んでしまうのではないかと思いながら、スザンヌは今までとは完全に違うところに来てしまったことを実感していた。自分にとってはここまでだと信じていたところから、ずいぶん離れてしまった。

「何てこった」ほとんどささやくように、あるいは唸るように言って、ジョンはどさりとスザンヌの上に倒れ込んだ。ジョンの体重で、スザンヌはベッドに伏せたまま動けなくなってしまった。ジョンは汗だくで、男性らしいセクシーな匂いがした。今もペニスはいくぶん硬くなっていて、スザンヌの体に入ったままで、精液が腿を伝わって落ちていくのがわかった。

ジョンの手がくしゃくしゃになった髪を撫でてくれるのがわかった。ジョンがため息を吐《つ》くとむき出しの背中にくすぐったかった。そしてあっという間に眠りに落ちていった。

11

夜明け近くになって、ジョンは目覚めた。兵士の習性で、目覚めた瞬間警戒態勢に入る。軍隊では、この習慣を身につけさせるようなトレーニングもする――ジョンが部下に対してよくやったのは、何日も眠らせずにいたあと睡眠を命じ、寝入りばなに起こし、目が覚めたらすぐに射撃のテストを行なうというものだ。ジョンはこれが得意で、目覚めたらもう新しい一日の準備ができて即座に集中できるのだった。

今朝は、頭は警戒モードに入っているのだが、体のほうがどうしようもなくベッドでぐずぐずしていたがっていた。スザンヌを背中から抱きしめて丸くなっていたい。眠っている間、スザンヌは身動きもしなかった。寝息は聞こえなかったが、静かな呼吸を体で感じていた。片手をスザンヌの胸元に置くと、指が柔らかなふくらみにあたる。信じられないぐらいの柔らかさで、繊細で、あまりの華奢《きゃしゃ》さに昨夜の自分の行為には、耐えられなかったのではないかと思った。そのことを思い出すと、ペニスがまたむっくり頭をもたげ始め、ジョンは体を引き寄せてスザンヌの首筋に顔を埋めた。

その部分の肌も繊細だった。ひげが真っ白の敏感な肌にこすれたので、ジョンは体を引いた。ひげにまけて、赤くなってはかわいそうだ。

ジョンは寝転んだままじっとして、そんなひとときを楽しんだ。これも兵士がよくやることだ。戦場ではどんな瞬間も、次にはなくなっているかもしれない。感覚を研《と》ぎ澄まし、見えるもの、音、味、匂《にお》いを最大限にまでいとおしむのだ。

ここは戦闘地域の基地というわけではないが、危険が迫っていることには違いない。だからこそ、このままずっとスザンヌを抱きしめ、ここに横たわっていたい気持ちになるのだ。しかし起き出さねばならない。バドと連絡を取って、何か進展があったか確認しなければ。敷地内の様子を調べ、部下を捜査にあたらせよう。

情報を得るのに、ピートとレスは、バドのように手かせ足かせの状況にはない。バドは法律に従わざるを得ないからだ。ピートとレスはジョンに従わなければならず、ジョンは法律よりもはるかに要求することが多い。とりわけスザンヌ・バロンを守ることに関しては、きわめて要求が厳しいのだ。

スザンヌから体を離すのは、思っていたよりもずっと辛かった。手が離れようとはしてくれないのだ。通常ならジョンは、目覚めると二秒以内にベッドから出るのだが、今朝はじっとベッドに入ったままスザンヌの肌を撫《な》で、髪の匂いを吸い込み、温かさを味わっていたかった。

空が朝焼けに染まり始めた頃、やっとジョンは自分を叱《しか》りつけるようにしてベッドから抜け出た。裸でバスルームまで歩いていってタオルをお湯に浸《ひた》し、ベッドまで戻ってきた。しばらくそこに立ちつくして、ベッドを見下ろす。

スザンヌの目の下が黒くなっていた。長くて濃いまつげで隠れてはいるが、はっきりわかる。さらにヒップには指の痕《あと》。最後のほうでジョンがつけたあざだ。心の中のどこかでは、こんなにも徹底的に彼女の体をむさぼってはいけないとわかっていた。しかし、してしまったことを後悔はしていない。頭にAK－47の銃口を突きつけられていたとしても、自分を止めることなどできなかった。

ジョンはかがみ込むと、そろりとスザンヌの体を仰向けにした。疲れきっているせいか、スザンヌは目を覚まさなかった。

そっと脚の間をタオルで拭《ふ》いてやった。中で三回も出してしまったから、べとべとになっている。ジョンはスザンヌを起こさないように、注意深くきれいにした。

こういうことは、昨夜のうちにしておいてやればよかった。しかし何も考えられなくなっていて、彼女の体の上に崩れ落ち、眠るだけだった。そして意識を失うような深い睡眠がやってきた。

今のような状態でも、スザンヌは本当に美しかった。セックス部分は柔らかくて薄いピンク色、その周囲に金色の混じった薄茶色の毛がある。そこにキスしたらどんな感じだろうと思うと、息が荒くなっていく。周囲を舐《な》めて、その上を二本の指で開けるとちらりと見えるクリトリスに吸いついたら……。

肉体がこんなふうになっているのは、本当に不思議だ。単純な構造なのにあれほどの悦《よろこ》びをもたらしてくれる。頭の中が吹っ飛んでしまいそうな気分にさせてくれるのだ。その場にひざまずいて、腿《もも》の間に顔を埋めたい。舐めていけば、スザンヌはオーガズムの強さに首を左右に振り出すだろう。昨夜もそうだった。ああ、あんなに興奮したことはない。彼女がクライマックスに達するとき、ぶるっと体を震わせ、ペニスをくわえ込むように収縮する感触……。

ジョンはすっかり硬くなっていた。まただ。本能のままに行動すれば、ベッドにもぐり込んでスザンヌの上に乗り、脚を大きく開かせて入り、その瞬間から腰を使い始めるところだろう。他の女性であれば、間違いなくそうしている。ジョンは女性に対して手加減などは一切したことがなかった。これからどういうことになるのか、きちんと最初にわからせておくのだ。

相手をしてくれる女性には、自分の性欲が強いことを必ず理解させ、その体をとことんむさぼるつもりだということも了解させておく。女性もそれを求めているのなら、それでいい。そうでなければ、他に女はいくらでもいた。

何をするためにジョンと一緒にいるかを女性は理解し、あとで文句を言われたこともめったにない。だから、これがスザンヌでなければ今すぐ突き立て、ペニスが体の中で動く感覚で目を覚ましていくのを見ていただろう。

しかしこれはスザンヌなのだ。彼女のどこが他の女性と違うのか、自分でも説明できなかったが、それでも彼女はこうで――とにかく違うのだ。

スザンヌは疲れていて睡眠が必要だ。彼女に睡眠をとらせることは、優先順位としてジョンの鉄のような硬さになったペニスより、絶対に高い。ジョンは毛布をかけると、さらにしばらくスザンヌを見つめていた。目にかかった金髪をそっととってやると、そのままその手が髪を撫でてしまう。その場から離れるのには気合が必要だった。

急いでシャワーを浴び、ひげを剃《そ》ってコーヒーを飲むと、ジョンは地下の自分の城へと入っていった。

バドはこれほど早く起こされて機嫌が悪かったが、そんなことはジョンの知ったことではない。

「モリソンだ」バドの口調は迷惑そうではあったが、警戒しているようだった。

「ジョンだ。何か進展は?」しばらく返事がないので、ジョンは不吉な思いに背筋《せすじ》を伸ばした。「どうしたんだ?」

「おまえには気に入ってもらえない話だな、ミッドナイト」

「今回のことで、俺《おれ》が気に入らん話は山ほどある。だから、さっさと言ってしまえ」

「スザンヌはときどき別のデザイナーと組んで仕事をすることがあったんだ。トッド・アームストロングって男だ。お前が余計な心配をする前に言っといてやるが、こいつはゲイでな。でも感じがよくて、頭が切れるし、俺も二、三回会ったことがあるんだが、一緒にいると楽しいやつだったよ」

ジョンの胸の中に悪い予感が広がっていった。「だった？」

バドがふうっと息を吐いた。「ああ。やられちまった。ポートランド市警が六時間ほど前に死体を発見したんだ。拷問されてたよ。ひどい状態だった」

ジョンのあらゆる体内信号が、猛然と反応した。腕の毛がまっすぐ立っている。バドの言うとおりだ。とんでもないことになってきた。

バドの恋人、スザンヌの友だちだ、なんと言う名前だったか……クレア、そうだ。

「おまえはクレアの身辺を警戒したほうがいいな。スザンヌの周りの人間が次々やられちまうんだから」

「もう警護はつけたよ。二十四時間体制で警戒してる。クレアのほうは、怒ってるけどな」

「しんどいな」バドも同じだ。ジョンも優先順位のつけ方に悩むことはない。バドの恋人は自分の行動を制限されることになって、窮屈に思うのだろうが、身の安全が第一なのだ。順位の第二も、第三もそうだ。バドはそのことがわかっているので、恋人の生命のために必要なことを行なったのだ。それ以外のことなどどうでもいい。「スザンヌの両親はどうだ？」

「それも手を打った。両親はババ・カリフォルニアに住んでいるんだが、メキシコ警察に連絡を入れて、目立たないように警護の人間を立ててくれることになった」

「よし」スザンヌに対する脅威の大きさには、ジョンが立ち向かうのだ。メキシコの警察まで協力を依頼するということは、バドが本当に恐怖を感じ取っているということだ。「それで、何かわかったか？」

「さっぱりだ」バドが苛《いら》ついた口調で言った。「何もかも行き止まりだ。襲った二人の名前まではわかったが、仲介者がいるんだろう、証拠になるような書類はなかった。銀行口座にもこれといった入金記録はなし、アパートに不審な指紋はないし、電話の記録も、何もない。何ひとつ、ゼロだ」

「支払いはケイマン諸島の口座にでもされたんだな。リヒテンシュタインかもしれんが」ジョンが口を挟んだ。「しかも、とっくになくなってるだろう。お前のやってることは、何の役にも立たんな」

「ああ、悪かったな。俺だって、喜んでやってるわけじゃないんだ。くそ、どういうことなのかが知りたいんだ。スザンヌにあたってみてくれよ。彼女が知っていることが何なのか、あるいは何かを持っているのか。何にしても、人を殺してでも手に入れたいような、危険なものだ。急いでくれ。クレアも巻き込まれてるんだ。俺は絶対クレアを危険な目に遭わせないからな。だから、スザンヌが何を知っているのか調べて欲しい。さもなきゃ、おまえを尻《しり》からぶら下げてやるからな」

バドの荒っぽい言葉の中に、クレアを思う恐怖が隠れているのがジョンにはわかった。そうでなければ、同じような言葉で言い返していたところだ。そんな恐怖は、一週間前には理解できないものだった。しかし今はわかる。自分の女に危害が及ぶことがあると思うと、頭がおかしくなりそうになるのだ。

「わかったよ。また連絡するから」ジョンはボタンを押して通話を切り、椅子《いす》にもたれかかって考えた。

これは任務だ。任務なら得意だ。今までの人生、任務をこなすことがすべてだった。なのに、どうしてこんなに落ち着かない気分になるのだろう。

任務がスザンヌだからだ。

スザンヌのことになると、まともに考えることができなくなるからだ。ただペニスで物事を判断するというようなことではない。もちろん、そういう部分は大きいし、彼女を見るとさわらずにはいられなくなる。しかし、それ以上のことがあるのだ。

スザンヌに万一のことがあったら、という恐怖に思考の範囲が狭められ、いつもの調子がまったく出ない。いや、もっと悪い。任務を忘れてしまうのだ。彼女に何かあったらどうしようということばかり考えて、心臓がどきどきする。十数メートル先のモルタルの柱が爆発するのではないかという感覚に襲われる。そんな状態では、まともに頭が回るはずがない。

ジョンはピートに連絡を入れ、部下の全員を現在とりかかっている仕事から引き上げさせた。この瞬間から、ジョンのチームはスザンヌ・バロンのことにだけ、徹底的に集中するのだ。日が落ちる頃までには、ジョンはスザンヌに関して知り得ることはすべて情報を得ることになる。たとえば高校の成績表はどうだったとか、どんなものにお金を使うかとか、生理の周期はどれぐらいだとか、そういうこともだ。

今日はスザンヌからじっくり話を聞く必要がある。これを避けようと先延ばしにしてきた。セックスで忘れようとしていた。しかし、もう待てない。そう考えながら、地下から小屋へと上がっていった。

しかし、まずスザンヌに食事をとらせなければならない。スザンヌはもう二十四時間何も食べていないのだ。ジョンは料理の腕はさっぱりだが、食料品はいくらか備えてあった。コーヒーや卵、パックに入ったベーコン、パン。その程度のものならある。食べた後で話を聞こう。

いつものことだが、計画を立てるとすっきりした気分になった。たとえよく練られたものでなくても、いいものだ。ジョンはトースターにパンを入れ、ボウルに卵を入れ、コーヒーメーカーをセットした。ところがフライパンにベーコンを置いたら、胸や腕に油がはねた。

「あつっ！　くっそお」フライパンに蓋《ふた》をしようと、急いであたりを探した。

「だから女性はエプロンをするのよ」面白がっているような声がやさしく背後から聞こえた。「裸のままベーコンを焼くのは、お勧めしないわね」

ジョンはくるっと振り向いた。飛び散る油などそっちのけだ。スザンヌは戸口に立っていた。今日は青のネグリジェを着ている。ジョンが破ったものの色違いだ。シャワーを浴びたらしい。食べ物の匂いにもかかわらず、部屋の向こう側からいい香りがする。ベーコンやトースト……しかも黒こげ、しまった！　ジョンは、トースターからパンを取り出そうとして、指をやけどしてしまった。

その間もジョンは注意深くスザンヌの様子をうかがっていた。昨夜は、彼女の体を消耗するまでむさぼってしまった。最後は自分でもコントロールが利かなくなっていた。今朝、彼女がどういう態度をとるのか不安だった。

しかしスザンヌは笑いかけてきた。はだしで部屋をこちらに向かってくる。ジョンの前を通るときに、かすかに体が触れ合い、ジョンの体の男性ホルモンが一気に噴き出して、昨夜よりももっといろんなことをしたいと騒ぎ始めた。

「それは銃じゃないわよね。私を見てすごく喜んでくれているだけなのよね」

何のことを言われているのかは、すぐにわかった。ジョンのペニスはスザンヌを見かけるといつもどおりの反応をしているのだ。匂いを感じ取ってもそうなる。いや、スザンヌのことを考えただけでもだ。スザンヌを見ているだけで大きくなってきた。

スザンヌが手を伸ばして火を小さくした。ぱちぱちはねていたベーコンの油が静かになり、火が通り始めた。スザンヌは小声で鼻歌を歌いながら、食器棚に向かった。女性ならではの不思議な勘で、どこに皿をしまっているのかがわかったらしい。奇跡だ。ここには一度も来たことがないのに、ここに住んでいるかのように小さなキッチンの中を動き回っている。しばらくすると、朝食の用意ができていた。

文字通り食卓の用意だ。ここで準備可能な限り、正式なテーブルマナーにのっとったセッティングだった。

ジョンは普通、流しのところでそのまま食べていた。しかしスザンヌは切ったペーパータオルをマット代わりにし、皿の両側に銀のナイフとフォークを揃《そろ》え、マグカップを皿の右側の位置にきっちりと置いた。そして大皿にベーコンとトーストと卵を載せて、取り分けられるようにまでした。嘘《うそ》みたいだ。

今はセックスが入り込む余地はない。それでも構わない。話をしなければならないのだから。ところが、ジョンのペニスはそういう考え方に賛成してくれないようだ。テーブルの下では、ペニスは痛いほど硬くなったままだ。ジョンはそんなものは無視することにした。そうしなければならなかったからだ。ジョンはコーヒーを注いだ。腹ペコだった。スザンヌがお皿に盛りつけてくれている間に、スザンヌも腹が減っているだろうが、優雅に食事をしている。ジョンの歯に何か硬いものがあたった。「スクランブルドエッグに卵の殻が入ってしまったみたいだ」ぼそっと言い訳した。「ごめん」

「そうね」スザンヌは穏やかに言うと、卵を大皿からジョンの皿に取り分け、それから自分の分も取った。「それから卵には塩を入れすぎ、トーストは焦げてるわ。でも、許してあげる。ただ、食料品をずいぶんだめにしてしまったんじゃない？」

「かなりな。今日じゅうに、フォーク・インザロードまで食料の買出しに行かなきゃならない」

スザンヌは頭からジョンをじろじろと見た。瞳《ひとみ》が銀色に輝いて、まじめな表情で何かを考え込み、それからうなずいた。「いいわ。私もいろいろ買い物したいものがあるし」

きっと、女性用の品あれこれだな、とジョンは思った。欲しいものは何でも買えばいいが、何を買いたいのかは知りたくなかった。女性用の物を売っている場所には、近づきたくなかった。

スザンヌは皿をかたわらに寄せ、テーブルに体をあずけて、まじまじとジョンの瞳をのぞき込んだ。「それで、どうなの？　本当のことを教えて。どうしても知りたいのよ。でないと気持ちが落ち着かないの。いったいどれぐらいここにいなきゃならないの？」

「必要なだけいるんだ」答えは曖昧《あいまい》にしておいた。ジョンは一瞬、心の中でトッド・アームストロングのことを知らせようか悩んだが、言わないことに決めた。スザンヌには知らせなければならないし、後で教えてもらえなかったことを怒るだろう。しかし今は、あまりにいろいろなことを知ると、スザンヌの気持ちが萎《な》えるだろうと判断した。スザンヌには冷静に考えてもらいたいし、親しい友人が死んだことを知れば、そんなことはできるはずがない。「いったいどういうことなのかを、調べるのが先決だ。周りの状況がわからなければ、裸も同然だろ。だから、君に聞きたいことがあるんだ」

スザンヌはうなずいて、コーヒーを注ぎ足し、両手を組んでテーブルに載せた。

「さあ、何でも聞いて」ジョンを見つめ、質問を待っている。

ジョンは回りくどい聞き方をしたりはせず、直接的な表現を使った。「男が二人、君を殺すために送り込まれた。何か心当たりはあるか？」

スザンヌは一瞬体を強ばらせたが、首を横に振った。「いいえ。まるでないわ。私、ずっと考え続けたのよ。でも私に危害を加えたいと思うような人がいるなんて、本当に考えられないの」

「わかった。じゃあ、ひとつずつ聞いていこう。まず仕事関係からだ。君の仕事は具体的にはどういうことをするんだ？」

スザンヌは、ふうっとため息を吐《つ》いた。「そうね、いちばんわかりやすく説明すると、空間をデザインするとでもいうのかしら。公的な場所も、個人の所有するところでも両方よ。オフィスや家のインテリアで、頭を悩ませるような時間がないとか、そんなことに興味がないとかいう人もいるでしょ。だから、そういう人は専門家に頼むの。すなわち私よ。私はその場所に行って、どういうインテリアにするかプランをいくつか作るの。お客様がその中から、どれがいいかを選ぶのね。お客様は個人のこともあれば、何か委員会みたいなもののときもあるわ。それから私が家具やなんかの購入を手配して、運送会社の助けを借りて、すべてをプランどおりに配置するの」

「客はどういう人たちだ？」

「ほとんどは企業ね。個人の住宅のときもあるけど。お店のインテリアも三つやったわ。ブティックが二つと、本屋さんがひとつ。それから美術館も二つやった。恨みを買うような場所じゃないわ」

ジョンはスザンヌからこの一年間の顧客を聞き出し、仕事関係のいろいろをしつこく調べた。スザンヌは政府機関や軍需産業、さらに防衛物資のメーカーとも仕事をしたことがなかった。ソフトウェアの会社すら関わっていない。どんな業界の内幕も知らない。スザンヌの収入はそこそこあったが、ものすごく稼いでいるというわけでもない。銀行には少しばかりの預金はあるが、人を殺してまで欲しい金額ではない。ジョンの契約一件あたりの金額は、その預金より大きいのだ。スザンヌの仕事は着実に大きくなってきたもので、主に口コミで仕事が増えてきていた。顧客は皆、まともな人たちだ。

一時間後、行き詰まったジョンは、うなじをこすっていた。この地上で無害な仕事を持ち、悪意のかけらもないような生活を送っている人間がいるとすれば、それはスザンヌ以外にはないように思えていた。

さて、ここからが大仕事だ。ジョンは避けたいと思っていた分野だが、どうしても聞かねばならず、どんな答が来るのかと恐れていた。

「君の恋愛のほうはどうなんだ？　昔の恋人に恨まれているとか、悪い過去を持つボーイフレンドがいたとかいうことはないのか？」何気ないふうに切り出したが、テーブルの下ではこぶしを握りしめていた。

「まあ」そんなことは考えてもいなかったのだろう、スザンヌは驚いた顔をした。

「いいえ、もちろんないわ」スザンヌは頰《ほお》を染め、うれしそうに言った。しかし視線はジョンと合わせたままだ。「私は、その――」言葉に詰まり、大きく息を吸う。「私はあんまり……付き合った経験もなくって。大学のとき母が病気になって、そのことにほとんどかかりっきりになっていたの。幸い、もう今は元気なんだけど。それにこの二、三年は仕事に夢中になっていたし」

「最後に付き合っていたのはどういう男だ？」

「ジョン……こんなことまで、話さなきゃならないの？」

「もちろんだ」嘘だった。聞いたところで捜査に役に立つかどうかはわからない。しかし、ジョンの気持ちとしては聞かずにはいられない。名前を聞き、どういう男なのか知っておかねば。他の男の手がスザンヌに触れたと考えるだけで、怒りに気持ちが悪くなってきそうだ。一人だか二人だかわからないが、名前を聞いたらすぐにその男のことを調べさせ、二度とスザンヌに近づくことがないようにさせなければ。

「わかったわ。最後にデートしたのは、マーカス・フリーマンよ。私の使っている銀行の支店長なの。でも彼とは――あの、気軽な付き合いっていうか。私たちは、あの、そういう関係には……わかるでしょ？」スザンヌは肩をすくめた。「私が最後に、えっと、大人の付き合いをしたのは、エイドリアン・ホイットビー。彼はクローネン美術館の館長で、そこの新館を作ったときに私がデザインしたの。それも二年前のことよ。別れてからは、一度も会っていないわ」

レスにエイドリアン・ホイットビーのことを調べさせよう、とジョンは思った。その男の顔を殴りつけてやりたくてたまらなかった。マーカス・フリーマンのことも徹底的に調べたほうがいいかもしれない。この男がスザンヌとベッドを共にしたことがないのはわかっているのだが。別の男がスザンヌにキスをする。ホイットビーという変態男のペニスがスザンヌの中に入った。そんなことを思うと、怒りで爆発しそうになる。

スザンヌは俺のものだ。他の男は、絶対に彼女から六十センチ以内のところに近づいてはならない。そうしておくためなら、人殺しだってしてしまうかもしれない。

はっとそう思って、ジョンはコーヒーをすすった。感情を抑えておく必要があった。平静な調子で話を続けなければならない。激怒したところで、何も生み出さない。もう一度コーヒーを飲んで、なんとか話に注意を戻した。

「君のご家族はどうなんだ？　お父さんが、ややこしい仕事をしているとか？　きょうだいは？」

スザンヌは首を振った。「大家族じゃないのよ。私は一人っ子なの。父はもう引退しているけど、大学で文学部の教授だったわ。専門はチョーサーよ。母は高校の教師で、フランス語を教えている――いたわ。母はフランス人とのハーフでね。二人は引退してババ・カリフォルニアに住んでいて、父は本を書いて暮らしているの。アメリカの最高傑作になる作品だなんて、うれしそうに言っている。二人とも本当に人から恨まれることなんてないし、まるで無害よ」

またもや行き止まりだ。くそ。これでは何もわからない。苛々することなどめったにないジョンは、もどかしい思いで不機嫌になっていた。目の間を指でつまむ。

スザンヌは質問には落ち着いて答えてくれた。けれど動揺しているのが、伝わってくる。スザンヌを不安な気分にさせたくない。

いったい俺はどうなったんだ？

なぜ突然、スザンヌが落ち着いていることのほうが情報を得るより大切だと思うようになった？　こんなことを考えたのは初めてだ。任務に感情を交えないことにかけては、今まで何の苦労もなかった。ところが今回は――スザンヌが辛い思いをするのを見ていられない。

生まれてから一度も、こんな気持ちになったことはなかった。いったいどうしたんだ？　俺はスザンヌを追及し、もっと厳しく話を聞き出さなければならないはず……だめだ。

山小屋のテーブルの前に座ったスザンヌ。はっとするほど美しく、ぽつんとひとりぼっちに見える。森のはずれまで来てしまったユニコーンという風情。スザンヌを心配させたり、悲しい思いをさせたくない。

ジョンは今まで、数え切れないほど何度も危険の中に飛び込んでいった。そこに危険があることは承知していた。敵の銃撃にさらされたこともある。爆弾の信管を取り除く作業もしたことがある。そんな状況にためらいを覚えることも、怖《お》じ気《け》づくこともなかった。いや、何でもないと自分で思い込もうとしていただけかもしれないが、ともかく自分の家のキッチンに座ったスザンヌが、ひとりぼっちで怖がっているのを見るのだけは、我慢できなかった。

ジョンは、自分には心というものがないと信じ込んでいた。しかし、これは――胸をぎゅっと締めつけられるような感覚は、いったい何だ？

ジョンはさっと動いてスザンヌを抱え上げ、自分の膝《ひざ》の上に乗せた。スザンヌは驚いてきゃっと言ったものの、その後はジョンの腕に体をあずけ、頭をジョンの肩に置いた。二人は穏やかな朝の光の中で、静かに座っていた。腕の中にスザンヌがいる、静かに呼吸する音が聞こえ、肩に頭をあずけてくれている、それだけのことで、ジョンの中の何かささくれだったものが癒《いや》されていった。そして体の奥深い部分に炎が燃え広がっていく。

ジョンの人差し指の背がスザンヌの袖《そで》を伝い下り、そして袖口をつかんだ。そして触れている言い訳を口にした。「きれいな色だな。君には青がよく似合う」事実ではある。しかし、どんな色を着てもスザンヌには似合うのだ。

「ありがとう」スザンヌが顔を上げてジョンにほほえみかけた。「でも、これは青とは言わないのよ」

ジョンはつまんだ生地を見た。青だ。スザンヌに視線を戻す。スザンヌは首を横に振った。わかった。青じゃないんだろ。ジョンはまた見下ろした。いや、青だ。間違いなく、青色だ。

スザンヌが包み込むようにジョンの手を取った。自信に満ちて、見上げる顔がほほえんでいて、最初に会ったときのような表情になっていた。自信に満ちて、セクシーな女性。こんなスザンヌを見られて、ジョンは本当にうれしくなった。ジョンは右手を降参、というように上げた。そうすれば自信に満ちた表情をずっとしていてくれるような気がした。

「あなたって、色のことが何もわからないのね。色の名前を覚えなさい。微妙に違うのよ。たとえばね、このネグリジェは青じゃなくて、ツグミの卵色っていうの。青系の色にはいろんな種類があって、薄青、孔雀《くじゃく》、ネイビー、デニム、ウェッジウッド……」

ジョンはまじめな顔をしていようとしたが、難しかった。「はい、はい、わかったよ」

「世界じゅうには千種類も色があるのよ」スザンヌが手を伸ばして、ジョンの裸の胸に触れ、そのあと腕を撫で下ろした。「あなたの皮膚にしてもそう。すごく陽に焼けているから、あなたの皮膚の色は、そうね……」そこで首をかしげる。「アースカラーね。大地の色だわ。それから陽にあたることの多い部分は、樹皮の色といってもいいかもしれない。でも、この部分は……」スザンヌの手が上腕を滑っていき、その下の陽に焼けていないところで止まった。「ここはスエードの色と言うほうがいいわね。あなたの体にだって、いろんな種類の色があるの。まず髪は黒檀《こくたん》の色ね、絶対。こめかみに少し白銅色が混じるけど。瞳は銃身の金属の色よ。口は」言いながらスザンヌは体の向きを変え、唇に指を置いた。まだ笑顔だが、もう面白がっている様子はない。ただ誘惑しているのだ。この笑顔がアダムとイブの悲劇を起こしたのだ。男はこのほほえみに誘われて、りんごを食べてしまう。スザンヌの声はささやきになっていた。「あなたの口は……そう、シナモンだわ」指がそっと唇の輪郭をなぞっていく。そして、口の中に入り、ジョンはスザンヌの指先を舐めた。舌で指の周りを撫でたが、昨夜乳首の周りを舐めたのとまったく同じようにしたので、スザンヌがゆっくりまぶたを閉じていき、銀色に輝く瞳が隠れていった。あのときのことを思い出しているのだと、ジョンにはわかった。

スザンヌは悪魔そのものといった表情を浮かべ、ジョンはすっかり——もうこうなっては隠しようもない——興奮していた。スザンヌはジョンの脚のあたりを見下ろし、そこで唇を舐めてみせた。悪魔としか言いようがない。勃起《ぼっき》したペニスはさらに大きくなった。スザンヌは心配事を忘れるためにセックスを利用するつもりなんだな、とジョンは思った。

最高だ。俺はそれでいいぞ。

一時間ばかり後回しにできないようなことは何もない。二時間になるか。いや、四時間か。セックスをするんだ、時間を気にしていられない。

スザンヌは両手でジョンの頭を抱えるようにしていた。スザンヌの指にジョンの髪がからまっている。ジョンの唇の周りをスザンヌの舌がなぞっていき、それに応ずるようにジョンは口を開いた。舌がからみ合った。

「うーん」スザンヌが顔を横にずらし、激しくキスしてきた。

最高だ。

ジョンがスザンヌの体を引き寄せようとすると、スザンヌは体を離した。

「だめ、だめ」スザンヌが叱りつけるように言う。唇がすぐ近くにあって、ジョンの顔にかかる息が温かい。スザンヌは手を滑らせて、ジョンの手首を押さえつけるように両脇《りょうわき》でつかんだ。「色のお勉強中よ。さわるのはなし」スザンヌはじっとしてなさいというように、手に力を入れた。

ジョンはスザンヌに押さえつけられるままになっていた。もちろん、そんなことはあり得ない。スザンヌの力でジョンを押さえることなどできないし、ジョンはいつでもスザンヌに触れられる。スザンヌにジョンが力負けすることなどない。しかし自分の生活が、自分ではどうすることもできないことになった今、こうすることで、スザンヌが何かを支配している気分になれるのなら、それでいい。

そう考えたジョンはスザンヌを膝に乗せたままじっと座っていた。ペニスはいつもの状態になっている。この女性に触れられると、いや近くに寄られると、違う、ただ見つめられるだけで、こうなる――鉄のような硬さだ。

もちろん、このおてんばさんもそのことはわかっているはずだ。硬くなったもののすぐ上に座っているのだから、わからないはずがない。しかし、そんなことを気にかけるふうでもなく、スザンヌはジョンの口で遊んでいた。ジョンをすっかりいたぶっているのだ。

スザンヌの舌がジョンの耳の周りを這《は》い、そのあと耳の穴に舌先が入った。その間も、手はジョンの肩をさすっている。とがらせた舌先が微妙なタッチで耳の中を探ると、ジョンは電気に打たれたようにびくっとなった。うなじに、ざわっとした感触が走る。

「ここを見てみましょうね」スザンヌがため息を吐《つ》いた。胸毛に覆われた右の乳首に注目し、先を指でこする。だめだ、とジョンは思った。電気がまっすぐペニスまで走る。ほうっと息を吐いたスザンヌは、ジョンの乳首をつまみ、自分の乳房を押しつけてきた。「ここは、そうねえ……」ピンク色の指先が乳暈《にゅううん》をこする。「ここはレンガ色、銅の色も混じっているわね、でもここは――」スザンヌは顔を下ろして舐め始めた。その後少し吸い上げるようにする。「うーん、赤土色ね、絶対」

硬くなっているのは、もうペニスだけではない。ジョンの体中が緊張して、かちんかちんだった。全身がこぶしを握りしめるような状態なのだ。ゆっくり、ものうげに舐められるたびに、そして乳首を吸い上げられるたびに、ジョンの下腹部に打たれたような衝撃がまともに走った。

ほほえみながらため息を吐き、スザンヌはジョンの膝から滑り降りて、その場にひざまずいた。手を伸ばして胸に触れ、胸の筋肉を探るように手を滑らす。そしてお腹《なか》のほうへ。そしてお腹の筋肉を唇でつまんだ。悪魔め、としかジョンには思えなかった。

「オリーブ色、赤銅色」スザンヌはささやきながら、ピンクの舌を胸からお腹、そしてへそにと滑らせていく。「砂色」舌先をへその中に入れると、スザンヌはまたお腹を嚙《か》んだ。今度はかなり強く。するとスザンヌの顎《あご》の先端がペニスに触れた。

ああ、助けてくれ。

スエットパンツの紐《ひも》が引っ張られ、ウエストが緩んだ。スザンヌはパンツを引き下げて、ジョン自身を手に取った。

「ご褒美よ」スザンヌがふうっと息を吐いて、お腹にくっつくようになっていたペニスを自分の顔に近づける。しっかりと手で包み込んでそのまま下に滑らす。そして上に。ゆっくりと。もう一度。さらに同じことを。

もう死にそうだ。

スザンヌは目を細めて、目の前のものを調べている。「いろんな色があるわ」つぶやくように言った。「虹《にじ》みたいね。紅茶の色。溶かしたチョコレート、ブランデー」今度は睾丸《こうがん》をそっと手に取り、指をペニスの先端まで走らせた。そこから液が漏れている。もう爆発しそうだ。

永久の時間があるかのように、スザンヌはゆっくり先端の周りを指でなぞった。何度も何度も……。「それからここ……」声までが誘惑するように、ささやきながらジョンを見上げた。瞳が銀色に輝いていた。「プラムね」

そう言うと体を倒し、ジョンを口に入れ、吸い上げた。

ジョンは飛び上がるように椅子から立ち上がると、スザンヌを抱え上げてそのまま運んでいこうとした。寝室まで運ぶつもりだったのだ。しかしできなかった。

ジョンがたどり着けたのはキッチンの壁までだった。スエットパンツを脱ぎ捨て、スザンヌのネグリジェを引き上げると、飛びかかるようにして突き立てた。スザンヌは濡《ぬ》れて準備ができていて、絶頂の後のようになめらかだった。ペニスを舐めている間に、達してしまったのかもしれない。何にしても、ジョンはもう自分を抑えておくことはできなかった。突き立てる強さを和《やわ》らげようともしなかった。ただ激しく体を打ちつけるしかない。あまりに激しく力がこもり、ほとばしるような勢いだったので、長くは持たなかった。スザンヌは声を上げ、その声が絶叫になっていった。やがてスザンヌがジョンを締めつける力が強くなり、引っ張られるような感触が始まり、ジョンは最後に強く体を打ちつけて、奥のほうまで入れたまま腰を回すように動かし、クライマックスを迎えた。

二人はその場で大きく息をしながら立ちつくしていた。ジョンはスザンヌの脚をぐいと引き上げて腰の回りに落ち着けさせ、自分の脚に力が戻ってくるのを、そして頭にもいくらかは血が戻っていくのを待った。

スザンヌが肩に置いていた顔を首にずらして、軽く唇で肌をつまみ、ため息を吐いた。スザンヌの髪がはらりとジョンの肩を滑った。

スザンヌはジョンの肩にキスをして、ささやくような声で言った。「ねえ、ジョン。あなた、お医者さんに診てもらったほうがいいんじゃない？　この壁フェチはなんとかしたほうがいいみたい」

12

「ジョン、ツリーが欲しいの」

買い物から帰って品物を片付ける頃には、もうあたりに夕闇《ゆうやみ》がおりようとしていた。ジョンのキッチンはとんでもない順序に整理されていて、洗濯用洗剤の隣に小麦粉があり、砂糖の横に食器洗い洗剤が置いてあったりするのだが、スザンヌは忠告したい気持ちを抑えた。

二人は、フォーク・インザロードの町まで車を走らせた。名前から想像するとおりの田舎町で、食堂兼用のガソリンスタンド、家が四軒、郵便局がひとつにスーパーマーケットがひとつだけだった。しかし、不思議なことにそのスーパーには何でも揃《そろ》っていた。おそらくは半径百数十キロにもわたって、食料品店など存在していなくて、ここが唯一の買い物のできる場所だからなのだろう。スザンヌは必要としていたものをすべて手に入れたあと、ジョンを追い払った。これからの買い物にはジョンは邪魔だったし、それに少しばかり驚かせようとも思っていた。

町へ行ったのは、なかなかの体験だった。

山小屋から一歩足を踏み出したとたん、ジョンはミッドナイト・マンへと変身してしまった。声を上げ体を震わせて愛を交わしてくれた男性の影はすっかりなりを潜《ひそ》めた。代わりに冷静で感情のない、サイボーグのような男性が姿を現した。あらゆる動きは計算しつくされていて、必要最低限の動作がなめらかにつながっていく。周りで何が起こっているのかを、すべて把握する能力があるのだ。〝状況認識〟という言葉をスザンヌも聞いたことがあって、戦闘機のパイロットには必ず必要らしいが、おそらくSEAL《シール》のメンバーもそういう能力があるのだろう。

向かう車の中では、ジョンは運転に集中しつつバックミラーで絶えず背後をチェックしていて、ほとんど口をきかなかった。町に着くと職務に忠実な従僕という感じで、スザンヌが何をするにも気を配ってくれた。一時間ぐらいしてからやっと、ジョンは、スザンヌを決して銃口にさらさないようにしているのだということがわかった。スザンヌの命を奪おうとする銃弾に、ジョンは自分の体を盾《たて》にしているのだ。

そう思うと涙が出てきたが、スザンヌは急いで隠した。しかし、さすがにミッドナイト・マンと言われるだけのことはある。ジョンは何も見逃さないのだ。すぐに、どうかしたのかとたずねられたので、スザンヌは風邪をひいたみたいと、つまらない言い訳でごまかさねばならなかった。するとそのあと午後じゅうずっと、いくらスザンヌが抵抗してもジョンのシープスキンの重たいコートを羽織って歩き回るはめになってしまった。袖《そで》が手の先まで隠れ、裾《すそ》は膝《ひざ》まで届くほどの大きさだった。

スザンヌは店でいろいろ買い物をした。欲しい物を揃えると袋が五つにもなった。ジョンは不思議そうに中身を見ながら、支払いをしようとした。

「まあ、だめよ」スザンヌがたしなめた。これはスザンヌが買いたかったものなのだ。

「私が――」

ジョンがさっとにらみつけてきた。スザンヌに払わせるという考えにぎょっとしたらしい。スーパーの中なのに、スザンヌは大声で笑い転げ、退屈そうにしていたレジの店員から不思議そうに見られた。

そうやって、二人は買い物を終え、ガソリンスタンド脇《わき》の食堂に入って、遅めの昼食をサンドイッチとコーヒーで済ませ――ジョンが壁際に座って、店に入ってくる人を絶えず冷たい目つきでチェックし――そして特に問題もなく家路につくと、日が落ちる頃になっていた。

買ってきたものをこれから小さなキッチンに片付けていかなければならないが、それにはしばらくジョンに外に出ていてもらう必要がある。もちろんツリーもなくてはならない。

ジョンはぴたりと動きを止め、スザンヌを見た。「何が欲しいって?」

「ツリーよ、ジョン。クリスマス・イブなのよ。ツリーが要るでしょ」

ジョンはぽかんとしていた。〝クリスマス〟と言う言葉と〝ツリー〟という言葉を一緒にして考えたことがないのだろうか。

スザンヌはあきれた口調で言った。「あのね、今日はクリスマス・イブなのよ。私たち二人とも疲れていてストレスがたまっているし、何か気分を明るくすることが必要じゃない？　隠れてはいても楽しみがあってもいいはずよ。私は生まれてから一度も、ツリーなしにクリスマスを祝ったことなんてないの。これからもツリーなしのクリスマスなんてごめんだわ。何が起こっているのかはわからないけど、家も仕事も奪われることになったのよ。あなただって、そうでしょ。でも、クリスマスまで奪われるのはいや。私からクリスマス・ツリーを取り上げないで。私どうしてもツリーが要るの。あなたは、クリスマスを祝ったりしないの？」

ジョンは何の話をされているのかわからないというように、スザンヌを見つめていた。本当に意味がわからなかったのかもしれない。悲しいことだが、ジョンの人生には、クリスマス・ツリーというものなどほとんど存在したことがないのだろう。

そう思うと、ジョンの内面について改めて考えさせられる。ジョンは強くて、自分に満足しており、通常の人の恐怖や欲望というものを超越した存在のように見える。タフで、自己抑制ができる。彼の今までの人生は、やさしさのようなものとは無縁だったのかもしれない。「去年のクリスマスは、どこで過ごしたの？」考え込みながら、スザンヌはやさしい口調でたずねた。

たいしたことがない、というようにジョンが肩をすくめた。「領土外だ。つまり合衆国の領土以外の場所という意味だな。正確にはアフガニスタンだ。信じられないぐらい木の生えていない国だよ。クリスマスといっても、軍隊じゃただの普通の一日さ」

スザンヌの心が痛んだ。きゅん、と音を立てて。ジョンの人生にはほとんど楽しみということがなかったのだ。義務と自己犠牲でできた、厳しい生活を送ってきた。そんな人は、誰よりもクリスマスを祝う必要があるだろう。

「なるほどね。でもここには、間違いなく木は生えてるわよ」スザンヌはそう言って、小屋の窓から見える外を顎《あご》でさした。暮れなずむ光の中で、木々がうっそうと暗い緑に茂っている。「だから、木を一本掘ってきて欲しいの。お願い――切ったのはだめよ。根のところから掘り起こして、あれば麻袋みたいなのに土ごと入れてきて」

「君をここにひとり置いていくのは嫌だ」ほえるように、ジョンが言った。

スザンヌはジョンのたくましい腕に手をかけた。今にも弾けそうなエネルギーがそこにあった。手の下にジョンを感じるだけで、スザンヌは何を言おうとしていたのか忘れそうになってしまった。顔を上げて、視線を合わせる。「ここにずっといるわ。

だから、生えている木を一本持ってきて。家の近くのでいいの。そうすれば、掘っている間もずっと小屋を注意していられるじゃない」

ジョンの心の中の葛藤《かっとう》は、家にスザンヌをひとり置いていくことだけではないことが腕の筋肉から伝わった。腕の筋肉が緊張に硬くなっていく。セックスの緊張感なのかもしれない。差し迫った状況のせいかもしれない。二人で激しいプレッシャーの中に突然投げ出されたのだから。しかし、スザンヌはジョンのことがよくわかるようになっていて、心の中が読めるような気がしていた。出て行きたくない、一瞬たりともスザンヌをひとりにしたくないのだ。ふと、スザンヌは気づいた。家で襲われて以来、一瞬たりともジョンがそばを離れたことはない。しかし同時に、自分が言っているのも、無茶な頼みごとではないことはわかっていた。

ジョンの顎には、一日の終わりでひげがうっすら生えてきていた。その顎が、スザンヌを喜ばせたいという気持ちと、ひとりにしてしまえば守る者がいないという考えの板ばさみになって、ぎりぎりと動くのが見える。二つのことが相容れないのだ。

ジョンをこんなことで苦しめてはいけないと思いながらも、クリスマスの祝福に心を安らげる必要があることはわかっていた。スザンヌだけではなく、ジョンもだ。

「お願い」スザンヌがささやきかけた。

ささやかなオアシスのような、心の平穏と喜びをどうしても手に入れたい。追い立てられる獲物のような気持ち以外の感情を持ちたかった。クリスマスなのだ。一年のうちで、スザンヌのいちばん好きな季節だ。スザンヌはクリスマスのお祝いを今まで欠かしたことはなかった。家族にとっての一大イベントだったのだ。もし今年お祝いをしないことになれば、まだ姿も知らない見えない敵に負けたことになる。人としての暮らしを奪い取られ、怯《おび》えきった動物にされたのも同然だ。そう考えて、スザンヌはそっとジョンの腕をつかむ手に力を入れた。

「ねえ、お願い」もう一度言って、ジョンを見つめた。それ以外に何と言えばいいかわからなかった。甘い言葉を使ったり、どうしてこんなにツリーにこだわっているのかを説明しようともしなかった。ジョンは人から無理強いされて何かをするような人でないことは、本能的にわかっていた。完全に理にかなった頼みごとをスザンヌがしていて、それをジョンが受け入れる、それ以外に彼を動かす方法はないのだ。

ジョンの体に力が入るのがわかった。きつく歯を食いしばって、少し震えている。筋肉の動きで、表情でスザンヌの頼みごとを拒否したがっているのはわかった。スザンヌはほほえみかけ、体を伸ばすと口元に軽くキスした。木像にキスしているような感覚だった。もう一度キスしてみる。「ねえ、いいでしょ。小屋から見えないところまで行かなくてもいいのは、わかってるはずよ。私は本当に大丈夫だって。ここにいれば、安全だって言ったじゃない。でしょ?」

「ああ」絞り出すような声だった。赤く焼けた鉄の棒を胸に突っ込んで、無理やり取り出したような言葉だった。

「ね、じゃあ、いいじゃない。何も起こりっこないわよ」

ジョンが反論しようと口を開いたところで、スザンヌは最後の武器を使うことに決めた。顔を引き寄せ、つま先だってキスをしたのだ。口を開いて舌を深く差し入れ、体をぴったり合わせる。するとジョンの体は木像ではなくなった。熱を帯びた筋骨たくましい男だ。暗い欲望と力を持っている。スザンヌはむさぼるようにキスをして、なまめかしく体を動かした。ジョンは大きく勃起《ぼっき》し始めた。

ジョンは信じられないぐらい大きい。スザンヌがその部分に自分の腹部をこすりつけると、さらに大きく上のほうに伸びてきて、その気になればもう受け入れることもできる。そうなってしまったことに驚きながらも、ジョンの重いペニスが自分を激しく貫き、体中を溶かしてしまったことを思い出し、スザンヌの体からも熱いものがわき出てきて、体が震えた。

そうしてみようか。そうしてみたい。でも、他にしなければいけないことがある。

スザンヌは口をほんの少しだけ離した。言葉をやっと口にできるだけぐらい、わずかに、しかし吐く息をジョンが感じられるぐらい近くに。「ツリーよ」

ジョンは緊張した顔のまま、スザンヌを見下ろした。血色のよい唇が、今のキスで濡《ぬ》れていた。ジョンは大きな手をスザンヌの背中に置くと、きつく抱き寄せ、腰を動かしながら体ごと押しつけてきた。体の奥で騒ぎ始めるものがあり、スザンヌは救いを求めてジョンを見上げた。「ジョン」息もたえだえのスザンヌからは、音というより、空気を振動させるだけのような言葉しか出なかった。

ジョンが顔を上げると、嚙《か》みしめた顎の下から、首の筋肉が張り詰めて筋になっていた。しばらく天井を見上げていたジョンは、またうつむくと、不承不承という感じで一歩退いた。不機嫌な顔をしている。「セックスを使えば、俺に何でもしてもらえると思っているのか？」

考えるまでもない。「ええ」

「実際そうなるからな。くそ」ジョンはぶつぶつ言っている。シープスキンのコートを手にしたものの、立ち止まり、人差し指をスザンヌのほうに突き出して怒《ど》鳴《な》った。「ここから動くなよ」

「動くはずがないでしょ」スザンヌは無邪気にほほえんでみせた。「どこにも行きようがないじゃないの。ここにじっとしているから、ずっと小屋のほうを見ていて。何にも起きないって。ただ、クリスマス・ツリーが手に入って、幸せな気分になるだけよ」

何か騙《だま》されているのではないかというように、ジョンはスザンヌを見つめた。帽子から鳩《はと》でも取り出すと思っているのだろうか。いや、森に逃げ去っていくと思っているのかもしれない。突然、ジョンはうなずくと、分厚い革の手袋をはめ、ドアの外に出て行った。

こうする必要があった。しかし、こうするのはジョンには大変なことだっただろうということも、スザンヌにはわかっていた。ジョンは過剰なまでに保護本能が強いから、こういうことをするのは、ジョンの考えにはそぐわないはずだ。しかし頼めばツリーを探しに行ってくれるというのは、期待ができるということでもある。ジョンの頑固な性質にも、妥協の余地はあるということなのだ。

スザンヌは大急ぎで作業にかかった。あまり時間がない。スザンヌなら、根っこから木を掘り起こして、袋に詰め、小屋まで持ち帰るとなると何時間もかかるところだが、ジョンは普通の人よりもずっと力があり、怖いぐらい手際がいい。急がねばならない。

三十分後、油のかかった七面鳥のもも肉がオーブンでぱちぱちと音を立てていた。ポテトも一緒に焼かれている。冷凍ではあるが、ビスケット・パンはその後オーブンに入れればいいように準備してある。コーンがこんろでぐつぐつと茹《ゆ》でられ、アップル・パイも焼けばいいだけだ。もちろん冷凍のものだが、味には定評のあるメーカーのものだ。バニラ・アイスクリームも小さなフリーザーに入れてある。

ポップコーンはボウルに移し、バターを垂らせばいいだけにしてある。クローブを刺したリンゴが椀《わん》に入れてあり、部屋じゅうにスパイスの香りが漂っている。フォーク・インザロードのスーパーマーケットは、驚いたことにワインの品揃えもよかった。一本は、砂糖とクローブ、シナモンを加えて、火にかけてある。スザンヌは、ホットワインの香りを吸い込み、うきうきするような気分になって、にっこりした。他のボトルは栓を抜いて、空気に触れるようにしてある。

コム・シエ・ソワみたいにはいかないが、これでオーケーだ。次はこの小屋を何とかしなければ。

ここはあまりにもわびしくて、むき出しの感じがする。愛情の注ぎようがなく、注がれたこともない場所。そう思うとスザンヌの心は痛んだ。

スーパーの袋を開けて、スザンヌは必要なものを取り出した。シングルベッド用の安物の赤のシーツが三枚出てきた。シーツに飾り結びをして、悲しくなるぐらいつまらない茶色のソファと、二つの肘掛《ひじか》け椅子《いす》の上に一枚ずつかけ、赤と白の縞模様《しまもよう》のクッションをその上に置いて、部屋の真ん中あたり、しっくりくるような位置取りに配置した。今まではただ壁際にばらばらに置かれていたのだ。勝手口のすぐ横に逆さまにして置いてあった木箱を、きれいな大ぶりの麻の紅茶タオルでくるみ、コーヒーテーブル代わりにした。

バラの模様のかわいいテーブルクロスと、大きなバラのついたナプキンがあったので、それを食卓に用意した。細いろうそくをカット細工のろうそく立てに置き、テーブルはかなり……エレガントになった。

帰り道ジョンに頼んで車を停めてもらい、目を丸くしている彼を尻目《しりめ》に道端の松の木から枝を切り取った。ジョンの車に備えてあったナイフを使うと、緑の葉が美しい枝が手に入った。その枝はプラスチックの花瓶に入れてソファのそばに用意した。新鮮な松の香りが居間いっぱいに広がっていった。大きな赤のアロマ・キャンドルを二本買ったので、火をともしてコーヒーテーブルの上に置いた。さらに棚にずらっと並べたクリスマス・キャンドルも赤々と燃えている。それからラジオのスイッチを入れると、選局つまみを回して、クリスマス・ソングばかりやっている局に合わせた。

急がなければ。もう時間がない。ジョンが戻ってきたときには、何もかも準備できていなければ。スザンヌ自身も用意が整っていないといけない。スザンヌは急いでシャワーを浴び、いい香りのするボディーローションをつけた。よし。深い色合いの赤のカシミアセーター。よし。薄化粧——化粧自体が何日ぶりのことだろう。よし。脈を打つ部分に香水。襟足《えりあし》、胸の谷間。よし。髪をとかしつけたと思ったら、玄関のドアの開く音が聞こえたので、スザンヌは大急ぎで居間へと向かった。

身支度を整えている間に、すっかり暗くなり寒さが増していた。ジョンは訳がわからないという顔をして、入り口に立っていた。肩に根っこのついた大きな木を担ぎ、片手からは大きなブリキのバケツがぶら下がっている。これで斧《おの》でも持たせれば、民話の巨人、『木こりのポール・バニヤン』そのものという感じだ。さっと冷たい風が吹き抜け、松の香りが外に流れていった。ジョンの吐く息が白く見えた。

ジョンは部屋の様子とスザンヌを暗い眼差しで一瞥《いちべつ》した。何か――暗くて強い意志を持つものが、その瞳《ひとみ》をよぎった。ジョンはその場に立ちつくしたまま、怖い顔をしてじっとスザンヌを見た。

ああ、どうしよう。

ジョンを驚かそうと、ただ喜んでもらおうということしか頭になかった。辛いことを忘れてもらいたかったし、自分も楽しさに身を任せてみたかった。けれど、出すぎたまねをしてしまったのだ。この小屋を〝まともな状態〟にしようとするのは、つまりこの場所がひどいと言っているようなものだ。スザンヌはそのことに気がついて、穴があったら入りたいような思いだった。私はとても洗練された人間だから、完璧《かんぺき》にデザイナーブランドに囲まれた場所以外ではくつろげないのよ、と言うようなものだろう。気取った、中身のない人間だとジョンに思われても当然だ。つんつん取り澄ますつもりなどでは、まるでなかったのだ。ただ習慣的に、できるだけ居心地をよくしようとしただけ、こぎれいにしておくことは、スザンヌにとって生まれ持った性質のようなもので、ジョンに悪く思われるかもということまで、頭が回らなかったのだ。ジョンの気分を害することは絶対にしたくなかった。彼は自分の命を投げ出してでも、スザンヌを救おうとしてくれている。何のためらいもなく仕事を放り出し、スザンヌを守っている。セックスや愛情については、過去二十八年間かかってわかっていたことより、彼がこの数日間で教えてくれたことのほうがはるかに多かった。こんなにすばらしい男性のプライドを傷つけてしまったと思うと、スザンヌの心が痛んだ。

二人は部屋の端と端で、見つめ合っていた。

「ごめんなさい、ジョン。私、余計なことをしてしまったのね？　驚かそうと思っただけだったのよ」スザンヌが小さな声で語りかけた。手をもじもじと組んでしまっていたが、なんとか自分を抑えた。「ここのものを少し変えてみたんだけど、気に入らなかったかしら。あんまり怒らないでね。あなたの持ち物がいけないと言うつもりなんかじゃなくて、ただ私は——」

「いいや」ぶっきらぼうにジョンが言った。ふっと息を整えてから、ジョンが部屋に入ってきた。「いや、怒ってなんかいない。怒るはずがないだろう。何だかみんなすごく……いい感じになった。これはどこに置けばいいんだ？」

「あっちよ」スザンヌが部屋の隅を指した。その場所が、ここにクリスマス・ツリーを置いてください、と叫んでいるように見えた。「でもバケツに水を張らないとね」

「かしこまりました」ジョンが本物の笑顔を見せた。おそらくそんなものを見たのは三度目ぐらいだろうか。スザンヌはどきんとした。完全にこの男性に恋してしまったことを自覚した瞬間だった。

もうすでに恋し始めていたのかもしれない。だから、自分の気持ちに気づいても何も驚かなかった。しかしジョン・ハンティントンという男性の姿を目の前にして、しみじみと恋する気持ちが心の中に広がっていった。気づかれることを心が待っていたのだろう。

だから今までどんな男性に対しても、しっくりくるような気持ちになれなかったのかもしれない。誰に対しても完全に心を奪われるようなことは、一度もなかった。確かに男性と付き合ったこともあれば、体の関係を持ったことだってある。しかし今、この瞬間、そういった男性のことなど、スザンヌの頭の中からすっかり消えてしまっていた。そして、ジョン・ハンティントンの何もかも、すべてがはっきり心に刻まれている。

体の中が共鳴し震えてしまう張りのある声。硬くてごつごつしているのに、繊細に動く手。ふと気づくと体を呈して危険から守ってくれているところ。舌が触れると、息もできなくなってしまうこと。硬くて熱いペニスが体の中にある感覚。

セックスのせいでこんなふうに思うのかしら？　そうかもしれない。よくはわからないが、彼と会ったとたんにセックスのことを考えていた。会話するときには、常にセックスのことがお互いの頭にあった。男としてのジョンの体中からその気持ちが漂ってきていて、私はあっという間に欲望に身を任せてしまった。ひと目見た、その瞬間のことだった。氷の女王のように言われる普段の私には、まるで似つかわしくない行動だった。

今まで恋愛の対象としては、自分とつり合いのとれた感じのいい男性しか考えていなかった。趣味の合う男性だ。一ヶ月か二ヶ月か、デートを重ねる。内容も、最近話題のレストランに行って、新作映画を観るというようなものだ。そして、ベッドを共にすることになるだろうが、二人ともあくまで控えめで上品な態度を保つ。それから、お気に入りのコーヒーの種類が一緒であることがわかり、朝食にはプレーンなクロワッサンがいいね、ということになる。同じ本を読み、選挙では同じ党に投票する。

ジョンとの展開は、そんなものとはかけ離れていた。彼は、誰もが好感を持つような、スザンヌとつり合いのとれるような男性ではない。戦士であり、タフな男だ。読んだことのある本はすべて異なるだろうし、音楽の趣味も違う。そして絶対に同じ党に投票することはないはずだ。

何ヶ月かデートを重ねるどころか、出会ったその日の夜に激しいセックスをした。ベッドに入ると、彼の力に圧倒されてしまった。持てる力をぶつけられ、今までの、穏やかで何でも自分の言うとおりになるような恋人とはまったく異なるセックスだった。ジョンの何もかもにどきどきするし、なじみのないもので不安になる。

それでも、スザンヌはジョンを愛している。知り合ってたった数日の男性に、これまで誰にも感じたことのない、強い思いを抱いてしまった。ジョンがついてこい、と指を軽く曲げるだけで、この世の果てまでも後を追うだろう。

セックスのせい？　そうかもしれない。セックスというのは、それだけでも女性を男性につなぎとめてしまう強い力となり得る。しかし、それだけではない。二人の趣味は異なるが、今まで男性に対してこれほど尊敬の念を覚えたこともない。ジョンの持つ勇気は、今まで存在することさえ知らなかったほど大きなもので、もちろんこれほど勇敢な男性と会ったのは初めてだ。世の中の動きに鋭く神経を研《と》ぎ澄まし、洞察力に長《た》け、知性に優れている。

クリスマス・ツリーをバケツに入れて立てかけているジョンの大きな背中を見ながら、スザンヌは首を振っていた。こんな男性を愛するようになるとは思ってもいなかった。しかし実際には、彼がこんなあたりまえのことをしている姿を見ているだけでも、心がときめくのだ。

「よし、と」ジョンが背中を伸ばして、手をぱんぱんとはたいた。クリスマス・ツリーはまっすぐにそびえ立ち、枝が両側にきれいに広がり、森の緑がピラミッド型に輝いていた。ジョンが選んだ木は完璧だった。バケツの真ん中に根が収まると、ジョンは立ち上がった。大きな体が起き上がると、ほとんど天井に届きそうだ。「次はどうするんだ?」

スザンヌはジョンのところまで歩いていって、背伸びをして頰《ほお》にキスをした。純粋に親しみを表したものだった。何でもできるのね。クリスマス・ツリーを用意するのさえ初めてなのに、完璧なツリーを作ってくれた。「次は……飾りつけよ」スザンヌはほほえむと赤いリボンをジョンの手に押しつけた。あっけにとられたようなジョンの表情を見て、笑ってしまいそうになった。

近くのスーパーではたいした飾りつけも用意できなかったので、シンプルに赤と白の色で統一し、自然のものを利用することにした。赤のリボンにりんご、ポップコーンだ。

オーブンの中では、焼けた七面鳥がぱちぱちと音を立てていた。ラジオからは『リトル・ドラマー・ボーイ』などのクリスマスソングがかかっていた。二人は枝に赤いリボンをかけ、ポップコーンとクローブの枝を刺したりんごをそこにぶら下げた。ジョンは最初クリスマス・ツリーの形を整えるということさえわからなかったのだが、覚えが早いためすぐにスザンヌと同じように飾りつけができるようになった。

「バランスと色の問題なのよ」りんごをどこにぶら下げるかを教えながら、スザンヌが言った。「飾りつけは同じ間隔でつけなきゃだめだし、同じ色を近くにつけすぎてもいけないの。あなただって、子供の頃にはツリーを飾ってたでしょ？」

「あん？」ジョンは木のてっぺんのほうへ手を伸ばして、リボンをつけようとしていた。「いや。おふくろは俺が二歳のときに死んでしまったから、ツリーの飾りつけなんてさっぱりわからないんだ。頭に銃を突きつけられても無理だな。だいたいは基地でクリスマスの特別メニューがお昼に出て、そのあと射撃練習場に行く、そういう感じだったな。これでいいか？」

ジョンは後ろに退いて、自分の飾りつけを満足げにながめた。重大な任務を受けているように、胸を張り、脚を踏ん張っている。集中しているせいで、眉間《みけん》にしわを寄せている。きわめて困難な任務を大胆に達成したばかりの男、という様子だが、もちろんそんな仕事をしたわけではない。堅固な敵の防御を打ち砕き、あるいは冷酷無情なテロリストから人質を救出したばかり、という感じで立っているが、赤いリボンが手を飾っているし、おまけにクローブを刺したりんごが二個ぶら下がっているので、戦士の風情はいくぶん損なわれている。

スザンヌもツリーから体を離した。するとジョンがスザンヌの体を引き寄せた。肩に回された腕がずしりと重かった。「俺、家畜なみに臭うな。この木を根っこから掘り出すのに一時間もかかったんだからな、まったく」

スザンヌは顔を横に向けて、くんくん嗅《か》いでみた。「針葉樹の香りのする家畜だわね」遠慮がちな言い方をした。

ジョンはふん、と鼻を鳴らした。「でもツリーはそこそこのもんだろ？　初めてにしちゃ、悪くないんじゃないか？」

ツリーは見事だった。天井に届きそうに背が高く、豊かな枝ぶりに緑がつややかに輝くのを見て、スザンヌは満足していた。リボンやりんご、ふわふわのポップコーンときれいなコントラストを描き出している。ツリーに色が加わり華やかな雰囲気になった。店で売っているようなデコレーションはないが、そのためいっそうかわいらしくて、ノーマン・ロックウェルの絵からそのまま飛び出してきたように見えた。

「天使がいなくて残念だわ」とスザンヌは息を吐いた。スザンヌの母は手作りの白と金色のきれいな天使を持っていた。ナポリで見つけてきた紙細工で、あれならこのツリーにぴったりのように思えた。

ジョンがスザンヌの肩をぎゅっとつかんで、頭の上にそっとキスしてきた。豊かな声が静かに響く。「君をあの上には乗せておけないからな」

13

「どう?」

スザンヌが心配そうにジョンを見ていた。ジョンは明日という日がもう来ないとでも言うように、がつがつと食べ物をむさぼっていたのだが、仕方なく食べ物を口に入れるのをやめた。ありあわせのもので作ってくれたにしては、スザンヌの料理は最高だった。この隠れ家ではいつも、温め足りないスープとクラッカーで済ませているのだから、それに比べれば格段においしい。ただ実際は、すごく空腹だったからというのも事実だ。この二日間、落ち着いて食事をする余裕もなかった。さらにセックスに励み、木を掘り起こしで食欲が旺盛《おうせい》だった。非常食でも黒焦げのトーストでも、喜んで食べていたはずだ。そこにスザンヌが調理してくれたまともな料理が出てきたのだ。その料理がおいしいというのは、ボーナスみたいなものだった。

「最高だ」フォークを置きたくはなかったが、ジョンは食べるのをやめ、誠実そうな表情を無理に作った。実際は食べ物をほおばりたいだけだった。「こんなおいしいもたとえそれが大袈裟だとしても、こんな台詞をすらすら言ってくれる人がいるのだから、ロマンスというのは本当は存在するのかもしれない。スザンヌは声を上げて笑い出した。「ジョン・ハンティントン、お世辞がうまいんだから。コム・シェ・ソワでいつも食事する人が、冷凍の七面鳥に大喜びするなんて信じられると思う？　防腐剤だか訳のわからない添加物だらけのお肉よ。いいかげんにしなさい」

「違うんだ」ジョンはフォークに乗せた肉とポテトを憧《あこが》れるような目つきで見ながら反論した。「これ、うまいよ。本当に。心から言ってるんだ」スザンヌがさらに言い返そうとしているのが、その顔つきからわかった。ジョンは少なくともスザンヌが話している間は食べていられるだろうと、急いでフォークを口に入れた。

スザンヌはただ首を振るだけで、それ以上反論はしなかった。「確かに生の山羊《やぎ》肉と比べれば、これでもじゅうぶんなんでしょうね」

スザンヌは身を乗り出してきた。美しい顔が楽しそうに輝いていた。ろうそくの灯《あか》りで、その顔はいっそう美しくなっていた。顎《あご》のあたりが柔らかな光で彩られ、上品な頬《ほお》が際立ち、髪に炎がちらちらと反射している。ろうそくの灯りで夕食をとり、愛を語り合うために作られたような女性だ。

くそ、俺《おれ》はそんなことをほとんどやらなかったじゃないか。彼女のこともほとんど知らない。今までは、「ハロー」と言ってから「さ、やろう」という言葉の間に交わす会話など、まったく無意味だと考えていた。男女が求めているものはひとつで、そこに行き着くまでの時間は無駄でしかないと。

生まれて初めて、ハローからセックスまでの道のりをわくわくするようなものだと感じることができた。その道のりで、ばらの花の香り、いやばらの香りのする肌の匂《にお》いを感じ取ることが、どれほど心地よいものかということも、初めて知った。

SEAL《シール》では訓練期間中、スイム・バディというパートナーを持ち、二人一組で助け合う。特に強い絆で結ばれ、常に行動を共にする。ジョンのバディは、マーティ・ハーディングという男だった。マーティは基地のあるコロナドでウエイトレスのアルバイトをしながら哲学科に通う学生と恋に落ちた。彼女に会えないときには、実際会えないことがほとんどだったが、花や手紙を送り続けた。SEALの訓練中には心を奪われたり、花を愛《め》でたりという余裕は許されない。マーティは貴重な睡眠時間を削り、彼女に会いに行った。夜十一時にウエイトレスの仕事が終わるのを待って、ぶっそうな地区に住む彼女をアパートまで歩いて送っていくのだ。それを三ヶ月続け、その間一度も彼女と寝なかった。地獄の一週間と呼ばれる、訓練の最後の週にマーティがどんな状態になっていたかは、想像できるだろう。

当時ジョンは、マーティの行動は信じられないほどばかげていると思っていた。あれほどの努力をしているのに、一度もやれないなんて。どういう意味があるんだ？

しかし意味はあったのだ。マーティは現在、その子と結婚し三人の子供に恵まれた。幸せに暮らしている。

ジョンはスザンヌに対して、根本的に間違った方向から接してしまった。彼女はきちんとしたプロセスを踏んで付き合っていかねばならないタイプの女性だ。目が見えない人にだって、彼女の洗練された上品な様子は伝わるだろう。ところがジョンに伝わってきたのは、曲線が豊かだなということで、そこに手を置いてみたくなり、さらに唇がふっくらしているのがわかると、そこにキスしたくなった。ジョンの頭の中には、彼女の乳房はどんな味がするだろう、彼女をその気にさせて濡《ぬ》れてくるまで、どれぐらいの時間がかかるだろう、ということしかなかった。そしてただ、その体に自分を埋め、自分のスタミナが続く限り入れたままにしていたい、としか思えなくなった。

今でも――今この瞬間、ろうそくの向こうのスザンヌを見ていると、彼女が魔法の杖《つえ》を使って、埃《ほこり》だらけの山小屋をクリスマスムード満点の楽しさあふれる場所に変えてくれたのだという感謝の気持ちを持ちつつ、それでもやりたくてしょうがないのだ。激しく夢中で。

どうかしている。もうスザンヌに対する最初の強い熱は冷めてきてもいい頃だ。ゆったり構えていられるはずなのだ。なのに、スザンヌのそばに来ると電気が走るような感覚があり、常に半ば勃起《ぼっき》状態になっている。今すぐにでも、彼女がオーケーのサインを出してくれさえすれば、体にのしかかってしまうだろう。いや、サインなどなくても行動してしまいそうだ。

落ち着かなければ。この女性との会話を楽しむのだ。あの肌がどれほど柔らかかったか、奥深くに入ったときにどんな感じがしたかなど、考えていてはいけない。食事が終わったら、何分ぐらい待てばセックスが始められるだろうなどと計算している場合ではないのだ。

しかし、その時間が近づいてくるのはうれしいことだが、そこにいくまでの時間が、他の女性と実際にセックスしているときよりも楽しい。

ジョンはそのとき初めて、はっと気づいた。セックスをする、というだけではない、女性と付き合うという関係になったのかもしれない。そんなことになるとは思ってもみなかったし、居心地の悪さを覚えたことも事実だった。女性と付き合うというのは、今までの生活が大きく変わってしまうということで、優先項目を考え直さねばならなくなる。こういうことに対して、自分がどう感じているのか、ジョンは自信が持てなかった。

ただ、もう手遅れなのかもしれない。感覚としては、もう一線を越えてしまったという居心地の悪さがあるし、頭がやっとそのことについてきただけなのだろう。

ジョンはこっそりとろうそくの向こうのスザンヌの様子をうかがった。まばゆい笑顔が返ってきて、心臓にパンチをくらった気分になった。

だめだ。もう終わりだ。敵対する外国の領土にコンパスも武器もなく、パラシュート降下した状態だ。万事休す。おしまい。

「何を考えてるの、ジョン？」スザンヌは温めたアップルパイにアイスクリームをスプーンに山盛りにして乗せ、ジョンに渡した。自分用にはその十分の一ほどの大きさを切り取っている。

　スザンヌには、何を考えていたか絶対知らせたくない。「考えていたのは」ジョンは慌てて、頭の中とは違うことを言い始めた。「デザートを食べたら、ラジオでバラードをかけている局を探して、踊らないか、ということだ」

　スザンヌがさっと顔を上げた。驚いた表情だ。「あなた踊れるの？」そんなに、驚かなくてもいいじゃないか、とジョンは思った。刺繍《ししゅう》をするんだ、とか切手を集めてるんだとか言ったわけじゃなし。

「いや」スザンヌが笑っているので、ジョンは肩をすくめた。「でもどうすればいいかわかるはずだ。難しいことじゃないだろ？　誰かにつかまって動きゃいいだけなんだから。ＨＡＬＯ《ヘイロー》より難しいはずはないさ」

溶けたアイスクリームがぽつんと白く、スザンヌの唇についた。スザンヌは小さなピンクの舌で唇を舐《な》め、アイスクリームが消えた。その光景だけで、ジョンは完全に勃起してしまった。あの官能的な場面をはっきり詳細に思い出したのだ。スザンヌが口にペニスを迎え入れ、やさしく舐めてくれた。舌が先のほうをくすぐるように覆い……。

「それって何?」

「何って何が?」ジョンはジーンズをはいていて、硬くなったものは行き場を失っていた。ぴったり締めつけるジーンズ地に押さえつけられて、痛くてしょうがない。会話に集中することもできなくなってしまった。

「今言ったでしょ——ハローとか?」

俺は何てばかなんだ。スザンヌにわかるはずがないだろう。「ヘイローだ。高高度降下低高度開傘の略で、パラシュート降下のやり方だ。通常夜間に行なうんだが、高度七千六百メートル以上の飛行機から、七十キロ近い装備を背負って飛び降りて、できるだけぎりぎりまでパラシュートを開かないようにするんだ。あんまり楽しいもんじゃないね」

「確かに、遊びでできるものじゃないわね。それに比べたら、踊ることなんて何でもないわ。さ、デザートを食べてちょうだい、隊長。そしたら食堂をあとにして、居間に移るの。ホットワインを少し楽しみましょうよ。それから大広間で舞踏会ね」

その計画なら、歩くのも痛いほど硬くなったものを何とかしなければならないジョンにも、問題なかった。食堂——というのはつまりテーブルのことなのだが——から、ほんの三歩も行けば居間——といってもただソファを置いただけの場所——にたどり着けるし、そこは大広間でもある。つまり三つの用途をひとつの部屋でこなせるということで、これこそみすぼらしい小屋の最大の利点だ。

ジョンはできるだけちゃんと歩いてみせようと努力しながら、なんとかソファにたどり着いた。スザンヌが湯気のたったマグカップをキッチンから運んできた。カップからはワインとクリスマスの匂いが漂ってきた。ジョンは気に入りの曲を流しているラジオ局を見つけると、ソファに寄りかかって腰を下ろした。

スザンヌは隣に来ると、ジョンにもたれかかって座った。スザンヌもくつろいでいた。ジョンは片手をスザンヌの肩に回し、もう片方はワインの入ったカップを持った。片手に美女、片手にスパイス入りの熱々のワイン、人生最高の瞬間だ、とジョンは思った。二人は静かにワインをすすった。

スザンヌがジョンの下腹部を見た。「あなた、興奮してるのね」

「まさしく」ジョンは横目でちらっとスザンヌを見た。「君がこいつを何とかしてくれるだろうと期待してるんだけどな」

「うーん。後でね。まずはダンスよ。それから、バロン家で尊重しているクリスマスの伝統が他にもあるから、それをするの」

「それって赤いリボンに関係することか？」興味を持ったらしいジョンが聞いてきた。

「赤のリボンには、すっかり夢中になれそうだ。いいぞ」ジョンはこのアイデアにすっかり盛り上がっていた。「俺をリボンで縛ってくれよ。それから俺のあそこに――」

　スザンヌがジョンの肩にパンチをくらわせた。「ボンデージなんかしないわよ、ばかね」スザンヌがわざとらしくぱちぱちとまばたきする。「空想ごっこなら、こういうのはどう？　たとえばね、大きな悪者の兵士に私が誘拐されるの。隠れ家に連れて行かれて、無理やりお酒を飲まされるの。それから、その男は私の体をとことんまで奪って、私は頭がふらふらになってしまうの」

「ああ、そういう空想か。そいつは俺の得意技だな」スザンヌがこんなふうにいたずらっぽく恋愛ごっこを楽しんでいる様子を見るのが、ジョンには本当にうれしかった。これこそが、冷静なキャリアウーマンの表面に隠れた、彼女の本質的な部分なのだ。温かくて、活発で、元気よく声を上げて笑う女性。ジョンのセックスの欲求に怯《おび》えて、さらに命をつけ狙《ねら》われていることで、この数日は表に出てこなかった本当の姿だ。これからは、俺が悲しみと恐怖のベールを取り去り、はじけるようなスザンヌの魅力を出してやる、とジョンは決意していた。「君の空想は何もかもかなえてやろう。二人でどれくらいのことができるかな」

「すてき」スザンヌはため息を吐《つ》いてジョンの腕にもたれかかった。金髪がひと房、ジョンの肩からこぼれ落ちた。スザンヌの体から、ほわっと香水が漂ってきて、こんな匂いを嗅《か》げばどんな男でもその足元にひれ伏すだろうとジョンは思った。ジョンはスザンヌの肩から首へと何気なく手を動かし、人差し指でそのなめらかな肌の感触を確かめた。スザンヌは撫《な》でてもらおうとする猫のように、体を押しつけてきた。

ラジオからバラードが聞こえてきた。この曲ならジョンも知っている。訓練期間中、どのバーに行ってもこの曲ばかりかかっていて、頭の中にメロディがすっかり刻み込まれているのだ。ジョンはソファから立ち上がり、スザンヌの手を取って起こし、包み込むようにその体を抱いた。「君の夢物語をかなえるためなら何だってしてやろう。でも、今はこの曲で一緒に踊ってくれ」

スザンヌは優雅な動きで、ジョンの腕に収まると、すぐに踊り始めた。ジョンは情けないことに簡単なツーステップしかできないのだが、それにも楽についてくる。二人はそっと体を動かしていたが、ジョンは思いきってスザンヌの体をひょいと抱きながら床の近くまで落としてみた。スザンヌが笑いながらまた立ち上がってきたときには、顔が紅潮していて、ジョンは自分がフレッド・アステア並みの名ダンサーになった気がした。

ジョンは顔をスザンヌの髪に埋めたまま、スザンヌの体を抱いてくるっと回った。音楽と香水がジョンの頭でいっぱいになっていた。ずっと勃起したままだし、スザンヌもそれを感じているはずだが、それでも構わない。もうすぐ二人は愛を確かめ合うのだから。二人ともそのことはわかっている。だからあと数分待ったところで、どうということはない。今度は愛を交わすのだと、ジョンは厳しく自分に言い聞かせていた。ただセックスをするのではない。壁に向かって打ちつけたり、背後からやったりするのもなしだ。ベッドの中で、ジョンが上になって、ゆっくりとやさしく。それで死ぬことになっても構わない。

二人の体が、ぴたりと合う。ジョンの体にスザンヌがしっくり納まる。ジョンがターンをするとスザンヌが優雅についてくる。柔らかな胸が硬い胸板をかすめ、脚がこすれる。ダンスがこれほど楽しいものだとは思っていなかった。ジョンは今まで、踊るのは前戯の一種で、しかもばかばかしいものだと思っていた。本当にやりたいことがあるのに、何でこんなくだらないことをしなきゃならないんだ、と。

確かに前戯のひとつといえる。しかし、それだけでもじゅうぶん楽しいものなのだ。ジョンの頭には音楽があふれていた。心臓の鼓動に同調するように、ゆっくりとリズムが流れる。腕の中のスザンヌは軽やかになめらかに動く。頭の中もスザンヌでいっぱいだ。その匂い、その感触のことだけを思う。ジョンがつないだ手をぎゅっと握ると、スザンヌがさらに体を近づけた。音楽のせいもあるだろうが、ジョンに反応したせいでもある。ジョンのほんの少しの動きにも、スザンヌが反応してくれるような気がする。スザンヌが体の一部になってしまったように思える。

　こんなことをしていれば簡単に我を忘れてしまいそうだ。夜と音楽と女に抱かれるのだ。これが女性と付き合うということなら、おまけにダンスが好きだということにも気づいたのだから、今後はもっとこういうことになるのだろう。そう考えても特にぞっとした気分にはならない。つまりは、完全にスザンヌに惚《ほ》れこんでしまったということだ。その事実がジョンの心に刻まれていく。

　つなぎ合わせた手を持ち上げ、ジョンは親指でスザンヌの顔を上に向け、自分の顔を下ろしていった。スザンヌは踊るのをやめ、つないでいた手を放すとジョンの胸に当て、待って、という仕草をした。「まだよ、兵隊さん。もうひとつしなければならないことがあるの」

　スザンヌが何をしようとしているのかわからないが、ジョンを拒んでのことではない。ジョンを見る瞳《ひとみ》の温かさが、それを物語っている。スザンヌはつま先だって、ジョンの唇に軽くキスした。そして手をつかんでドアへと引っ張っていった。途中ろうそく二本とマッチ箱を取り、コートを手にした。ジョンがコートを着せてやると、二人は外へ出て行った。

雲ひとつなく冴《さ》え渡り、澄みきった寒い夜空だった。他に光がないので、星がまばゆくきらめき、天の川が空一面に広がっていた。星だけでまぶしいぐらいの空の下、二人はポーチに立っていた。静かで新鮮な気分だった。二人の新しい生活が始まる、最初の夜という気がしていた。新しい世界は、まばゆくけがれのないもののように思えた。

ジョンはかたわらのスザンヌを強く引き寄せた。彼女がこの夜と同じように、新鮮で美しい存在のように思えていた。スザンヌはマッチを擦って、一本のろうそくに火をともし、もう一本をジョンに渡した。

二人はしばらくろうそくの火が燃え上がるのを見ていた。炎は明るく、夜の静寂《しじま》の中でまっすぐ高く燃えていた。「私の家でね、いつもやっていたことなの」スザンヌが静かに話し始めた。「クリスマス・イブの夜にみんな集まって、遅めの夕食をするの。私が小さな頃には、父と母と私の他に、おじやおば、両方の祖父母もみんな来たの。夕食の後は音楽を聞いたりゲームしたりして、夜中まで遊んで、真夜中になると、全員揃《そろ》ってろうそくを持って外に出るの。父がちょっとしたお説教をするのよ。愛する人と一緒にいられる私たちはなんと恵まれているのかという話の後、新しい年に、世界じゅうが幸せでありますようにって。そしていつも、しめくくりに言うの。『ピース』って。そして自分のろうそくに火をともし、その火で母のろうそくに火をつけるわ。母はその火で、私のに火をともし、順番に火をつないでいくの。全員に火が回ったら、みんなで揃って『ピース』って言うの。何だか、クリスマスのおめでたい雰囲気から、平和《ピース》を呼び寄せているみたいな気がした」スザンヌはそこでジョンを見上げた。瞳が涙できらきら光っていた。スザンヌは自分のろうそくを下げてジョンのろうそくに芯《しん》の部分を合わせた。炎がぱっと明るくなり、また落ち着いて、二本のろうそくがゆるぎない光になった。「ピース、ジョン」スザンヌがそっとつぶやいた。

ピース。

ジョンの人生には、そんなものはほとんど存在していなかった。欲しいとも思ったことはなかったし、求めたことさえなかった。しかし今、穏やかさがジョンの体の中を激しい勢いで駆け抜け、全身を温めていった。これだ、この感覚だ、とジョンは思った。夕方、小屋のドアを開けると、そこは美しく優雅な魔法の国になっていた。強烈なパンチをくらった気がした。今と同じ気分だった。そして我が家に帰ってきた、という気がしてしまった。

平穏《ピース》と家に帰る安心感。戦う者として家庭というものを一度も味わったことのない男に。そんな男に、この奇跡のような女性はたった数日の間で、帰るべき居場所を二つ作り上げ、そこでは平穏な気持ちでいられるようにしてくれた。

「ピース、スザンヌ」ジョンは同じ言葉を返したがそれは、彼女への誓いのようなものだった。そして顔を近づけた。

二人は冷えきった夜空の下、百万の星に見守られ、ろうそくを手にしてやさしくキスした。ジョンの唇が穏やかな動きでスザンヌの唇を撫でる。穏やか、という感情こそがジョンの心のすべてだった。ゆっくりと時間をかけて唇と舌が重なり合い、吐息がからみ合い、鼓動がひとつになる。これこそが平穏だった。

ジョンはポーチの手すりにろうそくを置いた。二本のろうそくが並んで、明るく燃えていた。しばらく炎を眺めていたジョンは、やがて体をかがめてふっと吹き消した。振り向くとそこにスザンヌがいた。二人の唇がまた重なり合い、ジョンはスザンヌの体を抱き上げた。高く、ちょうど自分の心臓のところまで。唇を重ねたままジョンはスザンヌを抱きかかえて家の中に入った。ラジオから聞こえる音楽が、ジョンの頭の中の、どくん、どくん、という音に呼応する。一瞬ラジオを消そうかと思ったジョンだったが、流れる曲を考えるとその調べの中でスザンヌをベッドに横たえるのはふさわしいような気がした。曲は『ジョイ・トゥ・ザ・ワールド／もろびとこぞりて』だった。

ジョイ、喜び。ジョンは喜びで満たされ、思わずスザンヌにほほえみかけた。急ぐ必要はない。服を脱ぎながらもジョンの視線はスザンヌから離れなかった。すぐに裸になると、スザンヌのジョンに対する力の強さが丸見えになってしまった。ジョンの一部には――昔のジョンならすぐにスザンヌに飛びかかってそのまま中に入ってしまいたい気持ちがあった。スザンヌはすっかり用意ができていて、吐息まじりに脚をくねらせている。

しかしそれは、昔のジョンだ。今のジョンはゆっくりと彼女の服を剝《は》ぎ取って、そこに入ればいいだけだ。思う存分楽しみたいのだ。一枚ずつ彼女の体があらわになってくる瞬間をいとおしみたい。新しいジョンはかがみ込むと、スザンヌの靴を脱がせた。ゆっくりと。右足。そして左。足を手にとって、華奢《きゃしゃ》な甲をながめ、少し腱《けん》や筋肉をくすぐってみる。もっと見たい。ほっそりとしなやかな脚が、暗がりの中で輝いている様子は、あまりに美しい。ジョンはスラックスとパンティを引き下ろした。ファスナーの音、衣擦れが部屋に響く。そして、スザンヌそのものが目の前に現れた。腰から下は何もまとわず、暗い赤のセーターを身に着けているだけ。ジョンはスザンヌの右足をもういちどつかむと、自分の口元へと持っていった。

そうすることで、スザンヌのすべてがさらけ出された。居間から漏れてくる明かりで、じゅうぶん襞《ひだ》のほうまで見える。もう開いてぬめり、輝いていた。ジョンのペニスは、どくん、と胴体のほうへと跳ね上がり、いっそう大きくなった。

「ジョン。私を見て。もう大丈夫よ」スザンヌは左足のほうも高く掲げ、広げたまま横に下ろした。スザンヌのすべてがジョンに開かれている。「今すぐ、来て」ささやくようにスザンヌが言った。

ジョンはそれには答えなかった。答えることができなかったのだ。言葉が胸に詰まって出てこない。ただ、かがみ込んで、スザンヌの足にキスすることしかできない。足先を片方ずつ舐め始めると、スザンヌが息をのむのが聞こえ、ジョンはそのまま皮膚を唇でやさしくつまんだ。ベッドに膝《ひざ》をつき、スザンヌの瞳を見つめる。今夜は彼女の快楽のためだけにある。彼女に悦《よろこ》びを与えること以外は一切しない。悦びを積み重ねていくのだ。スザンヌの瞳を見ていれば、何に満足してくれるのか、何が悦びにつながらないかがわかるはずだ。

足の甲にそって軽く唇でつまんでいき、指先をくるぶしから腿《もも》に走らせる。これは合格だ。スザンヌのため息が部屋じゅうに大きく聞こえる。部屋は彼女のあえぎ声と、そしてその後は叫び声でいっぱいになるようにしたい。

唇、そして指がスザンヌの脚をなぞっていく。これもうまくいった。両手を腿の内側に置いて、そっと脚を広げさせる。スザンヌが、朝露をたたえたばらの花びらのように開いた。

そんなことを思ってしまった自分に、ジョンは驚いた。ショックを受けたというほうが正しいかもしれない。そんな比喩《ひゆ》を思いついたことなど、今までいちどもなかった。セックスはセックスでしかない、それだけのもの。やりたい気持ちを吐き出しているときは楽しいが、人生の大事というものでもない。これは……そんなものではない。そして、かけがえのない大切なものなのだ。

「ジョン」スザンヌはもうろうとして息を吐いているだけだ。その声にジョンの腕の毛がさっと逆立った。スザンヌの小ぶりの胸を包む赤いセーターが大きく上下に動いている。スザンヌは、はあはあと、ほとんどあえぐように息をしていた。それを見て、ジョンは我を忘れてしまった。

わかっている――わかってるんだ、次に何をしたらいいかは。このセーターをゆっくり引き上げて、ブラを取って、乳房を舐め、吸い上げればいい。スザンヌの小さな乳首は、興奮するとさらに小さく硬くなる。スザンヌはジョンにそこを強く吸い上げられるのが好きなのだ。軽く嚙《か》むのも気持ちがいいらしい。最初に嚙んだときは、びくっとして体をよじった。きっと前には誰も嚙んだりしなかったのだろう。今までどんな男もスザンヌにしたことのない行為を自分がしているのだと思うと、ジョンはうれしくなった。

この後は手を動かして、指を一本入れよう。スザンヌの体が少し慣れたところでもう一本加える。指をゆっくり広げて、じゅうぶんに受け入れられるようにしておく。こうすると、スザンヌは一気にクライマックスを迎えて、指が中に引っ張り込まれる。その状態をずっと保っておくにはどうすればいいかも、わかっている。スザンヌは激しく叫び声を上げるだろう。

やがてスザンヌの体が動かなくなると、体をずらして彼女のお腹《なか》のあたりから下へキスしていこう。今までなぜかやってはいないが、彼女の味を確かめるのだ。女性の下の部分にキスするということをジョンはめったにしなかった。ペニスを入れておくのに飽きたときだけだったが、普通そういう場合は行為自体に退屈しているので、もうやめようということになるからだった。

スザンヌは違う。きっといい匂いがして、温かくて、どきどきしてしまうだろう。そう、舌を中に深く入れ、また彼女をいかせるのだ。スザンヌは二度目にいくときは、最初よりも収縮が強くなって、昇りつめている時間も長くなる。彼女がそういう状態でいる間にペニスを入れ、収縮のリズムに合わせて突き続ける。最後にはスザンヌの体は完全にとろけたような状態になるのだ。

よし、そうしよう、とジョンは計画した。

しかし実際は、ジョンはスザンヌの上に覆いかぶさって、指でスザンヌの中心部を開くと、そこにえいっと突き立てた。スザンヌが声を上げて体をよじり、必死にジョンの大きさに体をなじませようとしているのが、ジョンに伝わった。

たっぷりと時間をかけて前戯をするつもりが、そんなものを飛ばしてしまった。少なくとも、スザンヌの体が慣れるまでじっとしていることぐらいは我慢しなければ。

すぐに、動きたい、しかも激しく、そんな思いを抱えながら、それでもジョンは、上に乗ってスザンヌの体の奥まで入れた状態で、顔をスザンヌの首筋に埋め、じっとしていた。その状態のまま、ジョンの背中からヒップにかけては、硬直するようになっていた。やがて少しずつスザンヌの体がジョンになじみ始めた。スザンヌは脚を大きく広げジョンの脚とからませた。すべすべして細く、しかもしっかりした脚だった。やがてスザンヌがぐっと体を突き出して、腰をゆすり始めると、ジョンはほうっと息を吐いた。よし、スザンヌの用意ができた。

めちゃめちゃにセックスしてしまいそうだ。どうすればいいのだろう？　自分を抑えるものが欲しい。どうにかして、一度でいいからやさしく愛してやりたい。ジョンが静かにしていると、頭の中のざわめきが静まってきて、ラジオの音もはっきり聞こえるようになってきた。まだ穏やかな曲が流れている。穏やか、そう、そうするんだ。ゆっくりしたリズムに合わせて、スザンヌを愛してやるのだ。そうすれば少しでも、自分を抑えていられるだろう。

調べは『アメイジング・グレイス』になった。部屋に流れてくる音に合わせ、ジョンはゆっくり動き始めた。ゆったりと緩慢に押しては引く、を繰り返す。ジョンがゆっくりと打ちつけるたびに、耳元でスザンヌが小さな声を上げる。ジョンの全身が総毛立った。

下に押しつけたときに体が逃げないように、スザンヌの腰の下に手を伸ばして支える。音楽のおかげで、失ってしまいそうなコントロールをなんとか保つことができた。ジョンは口をスザンヌの耳の後ろにぴったりとつけた。ここならキスマークをつけても見えないはずだ。その間も腰は同じリズムでスザンヌの体に打ち続けている。

体の下で、スザンヌがあえぎ、震え始めた。激しく速く打ちつけないようにと必死になっているジョンの背中は汗でびっしょりだ。ジョンはむき出しにされて痛めつけられているような気分だった。必死になって抑えているが、ずるずるコントロールが手から滑り落ちそうだった。音楽は少しは役立つのだが、曲が終わり、耳障《みみざわ》りのいい男性の声が聞こえた。ニュースの時間だ。

スザンヌが声を上げ、体の動きが止まった。彼女がクライマックスを迎え始めたら、ジョンはもうコントロールなどできそうにない。彼女の体が収縮し始め、自分の気持ちを爆発させるときだ。しかし、スザンヌの脚がばたりとベッドに下ろされ、ジョンの体を押しのけようとしたので、ジョンはびっくりした。

「どいてちょうだい、ジョン」何だって？　「すぐにどいて」

スザンヌがまた押してきたので、ジョンは体を離して後ろに下がった。ペニスが赤く熱を持っていて、濡《ぬ》れていた。ジョンは訳がわからなくなって、苛々《いらいら》していた。何だっていうんだ？

スザンヌはベッドに起き上がり、体を震わせて毛布を手に取った。顔にかかった髪を払っている。

「どうしたんだ? なんでやめた?」スザンヌの態度を見て、ジョンはセックスが終わったことを悟り、言葉には怒りがあらわに出てしまったが、そんな気持ちを隠そうともしなかった。スザンヌはもう、ベッド脇《わき》にあったパンティとスラックスをはこうとしている。すぐに服を着て立ち上がった。見下ろしてくるスザンヌの顔には、今愛を交わしていたばかりだという色は微塵《みじん》もなかった。息も荒く、胸が大きく上下し、気持ちの動揺を表すように目が大きく見開かれている。恐怖に動揺しているのだとわかったジョンは、すぐにベッドから飛び出してスザンヌのそばに歩いていった。

「とんでもないことになってしまったわ」ショックを受けて、息もろくにできないような声だ。「やっと事情がわかったの。誰に狙われているか」そこで、ふうっと深く息を吸って、震えながら吐き出す。「私は殺人を目撃してしまったんだわ」

14

震えが止まらない。スザンヌは口元を手で押さえ、自分の体を腕で抱き押さえた。体の芯《しん》まで冷え冷えしたものを感じ、絶望的な顔をしてジョンを見やった。開いたままのドアに背を向けて立っているジョンの姿が明かりに照らされている。裸の大きな体には、ペニスがそびえるように光っていた。スザンヌの体液で濡《ぬ》れたままなのだ。

あっという間のことだった。スザンヌの体は、そのペニスのせいで張り詰め、快感が次々に波のように訪れ、絶頂までもう少しというところだった。次の瞬間、スザンヌはジョンの体の下から逃れたくて、彼の肩を押し戻すことになってしまった。ぱちん、とスイッチが切り替わったようなものだった。

まだアナウンサーのなめらかな声が耳に残っている。普通そんなものに注意を払うこともないのだ。ところが頭の中に響く『アメイジング・グレイス』の曲の調べに乗って、ジョンが体の中で動く感覚があまりに気持ちよくて、ラジオに耳を澄ましていた。曲が終わったときにも、まだラジオに注意がいっていた。

「最新ニュースをローレン・バニスターがお知らせします。ポートランドで惨殺死体が発見されたと捜査当局が発表しました。市内に住むマリッサ・カースンさんは十二月二十二日の午後、殺害されたとみて、捜査中です。同じマンションの住人が出張先から帰宅したところ、カースンさん宅の犬が激しくほえ続けているのを不審に思って警察に連絡しました。

カースンさんの夫、会社員のピーター・カースンさんはカリブ海への二週間の休暇から戻ったばかりで、当局の捜査に全面的に協力している模様です」

ジョンはジーンズをはいたが、ファスナーは開けたままにしていた。裸足でスザンヌに歩み寄ると、がしっと肩をつかんだ。痛いほど強く。スザンヌは痛くは感じなかった。ジョンがスザンヌの体を揺さぶる。「どうしたんだ、スザンヌ？　いったいどういうことなんだ、説明しろ。殺人を見たのか？」

スザンヌは話し出そうとしたものの、泣きそうになり、慌てて口を閉じて、首を振った。泣かないわ、泣かないわ、泣かないわ、心にそう言い聞かせる。胃液のような、わきあがってくる苦いものをごくんとのみ込んだ。「ここではテレビを見てないけど、テレビはあるの？」

ジョンは言いたいことをぐっとこらえているようだったが、話題を変えられてもひるむことはなかった。「ない」

「ああ」どうしようもない思いがスザンヌを襲った。情報を得なければ。

「インターネットにはアクセスできる?」

ジョンはじっとスザンヌの様子をうかがっていたが、やがて、わかった、というようにうなずいた。「一緒に来るんだ」

一緒に来いと言われても、こんな狭い小屋のどこに行くのだろうとスザンヌは思ったが、ジョンの頼もしい背中の後について居間へと入っていった。見ていると、ジョンはカーペットをめくったので、驚いてしまった。ジョンが親指をセンサーにあてると、床の一部がぷしゅっと音を立てて持ち上がった。そこには、階下に通じるはしご段があった。

ジョンが地下に別の部屋を作っていたとは、スザンヌは思ってもいなかった。ジョンが先に立って、段を降りていくと、ちかちかする機器の光が目にまぶしい部屋があった。地下は小屋全部の広さのある部屋で、かなり大きいのだが、電子機器、青く光る金属、鈍い光を放つアルミでできたものしかなかった。スザンヌはコンピュータ技術に関しては詳しくはないが、ここにある機器は何万ドルもの費用がかかった、最新鋭のものであることぐらいはじゅうぶん見て取れた。上の部分がみすぼらしくてうち捨てられた感じになるのも当然だ。この家の心臓部はここにあるのだ。鈍い光を放つ金属、またたく光、テクノロジーのうなりが、ここにある。

ジョンが超薄型のラップトップコンピュータの蓋《ふた》を開けた。キーボードに何かを打ち込むと、ピッと音がして画面には有名なサーチエンジンサイトのロゴが浮かび上がった。ジョンがこちらを見上げて、待っている。表情は落ち着いたままだ。

「ニュースのサイトを見つけてくれない？　地元のニュースがいいわ」これぐらいの殺人が全国規模の、たとえばCNNのようなサイトで取り上げられることがないのはわかっている。地元のニュースを調べねばならない。

ジョンがうなずいて、スザンヌが見たこともなかったサイトにログインしてくれた。しかし、これこそスザンヌが求めていたニュースだ。

「ここをクリックして」スザンヌが画面を指差すと、ジョンはそのとおりにした。ジョンがしつこく質問責めにしてこないのが、スザンヌにはありがたかった。まだ確証といえるものがないので、説明できないのだ。新しいページが出てきた。あった――ポートランドで女性が撲殺《ぼくさつ》される、これだ。スザンヌはもう一度画面を指差した。ジョンがクリックすると、ポートレート用にポーズを取ったマリッサの写真が出てきた。マリッサの居間に置いてあったもので、スザンヌにも見覚えがある。

「この人が殺された当日の午後、私はこのマンションにいたの。彼女は私のお客さんだったのよ。生きている彼女を最後に見たのは、たぶん私だわ」スザンヌはジョンの後ろから手を伸ばして、画面をスクロールしていった。夫、ピーター・カースンがカリブ海から帰ってきて、空港で記者に囲まれている写真だ。「この人を除いてはね。この人カリブ海なんかに行ってないのよ、ジョン。ポートランドにいたわ。彼がマリッサの家に入っていくところを、殺人のあった午後、私は見ているの」スザンヌはジョンの大きな肩に手を乗せ、ぎゅっと力を入れた。「この人がマリッサを殺したのよ」

最悪だ。

ジョンはコンピュータの画面を見つめていた。戦術や戦略にかけてはお手の物だから、ジョンはいつも全体像を見ることができる。事件の全容がはっきり見えてきた。南北戦争の戦闘を図で説明されたようなものだ。何が起こっていて、それぞれがどういう結果につながってきたのかがわかった。これからどういう対処をしなければならず、それがどういう結末を導いていくのかもわかる。

そして、このことがスザンヌの人生の終わりを意味するのだということもわかった。スザンヌにもわかっているのだ。そしてジョンの人生も終わる。ジョンは椅子《いす》にもたれかかった。これから何が待ち受けているのかを考えると、急に年をとって疲れたような気がしていた。

「ピーター・カースンについてだが」ジョンが見上げると、スザンヌは真っ青な顔をして、苦悩のため額に何本かしわが刻まれていた。もっとしわができるだろう——はるかにたくさん。この事件が片付くには時間がかかる。「こいつの何を知っている？こいつの奥さんについては？」

スザンヌは折りたたみ椅子を出してきて、広げて座った。「ピーター・カースンのことは全く知らないの。二十二日に見かけたって話はしたけど、それ以外は会ったこともない。奥さんのほうは、私のお客さんで——だったわ、それで家の改装を依頼されて、何度かこのマンションに伺ったわ。一緒にデザインの話をしたけど、難しいお客さんだった。すぐに考えが変わるのよ。だから通常のお客さんよりも、会った回数は少し多いと思う。感じのいい人とは、決して言えなかった。ご主人には会ったこともないんだけど、マリッサのマンションのいたるところにご主人の写真があったから、それでわかったの。いえ……最後に行った日には写真はなかったわ。二十二日、彼女が死んだ日よ」

「写真はみんな消えてたってこと？」

「ええ。しかもマリッサは何というか……言葉で説明しづらいんだけど、動揺してぴりぴりしてたわ。じっとしていられないのよ。いろんなことを言いたい放題しては、ぽかんと私のほうを見て、今言ったことわかってるでしょうね、って顔をするの。話の中で唯一私が理解できたのは、彼女、大金を手にするつもりだったってこと。莫大《ばくだい》な金額だって」

これでジョンにはすべてのことがすっかりあきらかになった。図表で説明してもらったようだ。「その女は夫を脅迫してたんだ。莫大な離婚の慰謝料を要求して、払ってくれなければ夫の仕事のことを世間に公表するとでも言ったんだろう。あるいは、警察に行くと言ったのかもしれん。どっちでも同じことだ。要は、払ってくれなければ、彼のことを表ざたにするぞということだ」

「何を表ざたにするの？」

ジョンはふうっと息を吐いて立ち上がった。スザンヌにも教えてやるべきだろう。話している間に、計画を立てる。十五分で荷造りをしてここから出て行くのだ。どこに高飛びすればいいのだろう？　ポートランドではだめだ。シアトルもだめ。飛行機の便も多いからアイダホ州のボイジーがいいかもしれない。ボイジーなら車でも朝までには着く。ユーコンに別の偽ナンバープレートをつけ、空港に乗り捨てよう。ここには偽の身分証明書が二セットあるが、女性用のものは揃《そろ》えていない。セントルイス郊外にいる偽造書類造りの名人に頼めば、スザンヌのものも作ってもらえるだろうが、そこまでたどり着けるか。中西部のどこかで、二週間ほど目立たないようにして隠れないと。書類を手にしたら、本格的な高飛びを始めよう。

この小屋を捨てていかねばならないと思うと、残念でならない。選《え》りすぐりの機器をここに揃えたのだ。さらに新しく興してある会社をあきらめることには、いっそう強く残念な気持ちがわく。しかしさまざまな辛い体験から、残念だという気持ちを引きずっていては生き残れないこともわかっている。こうするしか、方法はないのだ。

「ピーター・カースンはふつうの会社員じゃないんだよ」説明し始めたときには、ジョンはもうはしご段を昇り始めていた。スザンヌは訳がわからない、という顔をして後ろについてくる。ジョンは寝室に入ると、スポーツバッグを引っ張り出してきた。

「こいつはアメリカ西海岸における、ロシア・マフィアのトップさ。あらゆる悪事に手を染めている。密輸取引が主な仕事だけどね。さらに航空部品の偽造の疑いも持たれている。901便の事故、覚えてるだろ?」

スザンヌがびっくりした顔で、こくんとうなずいた。

「この男に、つまりこの男が所有している会社に、欠陥品のワッシャーが売られたところまでは、FBIも追跡したんだ。しかし、証拠を手に入れることができなかった。少なくとも法廷で証拠として採用されるようなものはなかった。内部の人間で証言してくれることになっていた男が、精肉工場の肉を吊るしておく掛け金に、ぶら下がって死んでるのが発見されたからな。カースンっていうのは、冷酷無情を絵に描いたようなやつなんだ。君の荷物をまとめるんだ」

「わかったわ」言い返す言葉もなく、スザンヌは黙って自分の荷造りにかかった。いい子だ、とジョンは思った。「これから行くって、バドに連絡したほうがいいわね」

ジョンはぽかんとスザンヌを見つめた。たった今、俺《おれ》が言ったことが聞こえなかったのか。「しない。あたりまえだろう。バドのところに行くんじゃない。二人で姿を隠すんだ。俺が思っていたより事態は深刻だ。地下にもぐって、どこか別のところで、別人に成りすまして暮らすんだ。俺はもう偽の証明書を持っているし、新しいのはどこに行けば手に入るかもわかっている。フロリダにでも行こうかと考えていたんだ、君が海辺がいいっていうんならな。あるいは寒いのが大好き、っていうのならカナダでもいい。頼むから少し急いでくれ。できるだけ早く出発したいんだ。ボイジーまで車で行って、そこから飛行機に乗りたい」

スザンヌはくしゃくしゃにシャツを丸めた手を止め、ジョンを見つめた。「どういうこと？　どうしてフロリダに行かなきゃならないの？　カナダとか、ボイジーとか、行きたくないわ。バドのところに行かなきゃならないのよ。それとも、ＦＢＩのほう？　誰でもいいけど、さっき説明したでしょ、ジョン？　私は殺人を目撃したのよ。いいえ、実際に見たわけじゃないけど、殺人のあった時刻、マリッサの家に夫がいたことは、私、証言できる。その場にはいなかったって、彼が嘘《うそ》をついているんだから、夫が犯人のはずだわ」

これを聞いて、ジョンに怒りがこみ上げてきた。その調子だ、とジョンは考えた。

怒りを覚えれば、恐怖に陥らなくて済む。怒り続けることで、ピーター・カースンに対して個人的な感情を持たなくて済む。カースンがスザンヌに銃口を突きつけているところばかり頭に浮かんでいたのだ。さらにカースンがスザンヌの体に手をかけるところ。カースンは情け容赦なく無慈悲な男で、その手にかかれば、あっさり命を奪われることになる。

ジョンはつかつかとスザンヌのそばに寄ると、スザンヌが手にしていたシャツを奪い取って、にらみおろした。体が触れ合うほどの近くに立ったので、スザンヌがジョンを見上げようとすると、かなり首を上に向けることになる。この体勢でにらみおろされると、どれほど威圧的に感じるかということはちゃんとわかっていて、わざとやっているのだが、自責の念は一切ない。

スザンヌが顔を上げると、ジョンのはっきりした意図が見えた。ジョンのほうが四十五キロも体重が多く、上背も三十センチ以上高いことを思い知らせようとしているのだ。

「いいか、よく聞け、スザンヌ。一度だけしか言わないから。時間がもうないんだ。この状況を説明するために、貴重な時間がどんどん無駄に過ぎていく。君がピーター・カースンの有罪を証明するために法廷に立つことはない。こいつは殺人を何とも思わないやつで、妻を始末する前にも何人も殺しているんだ。こいつに不利な証言をするのなら、君の命はない。大陪審で証言しようと思っても裁判所に足を運ぶまでに、殺される。計画が失敗しても、ひょっとして万一そんなことがあるとしても、それはFBIに避難場所にかくまわれて、二十四時間体制の警備がついているからだ。それでも、カースンは君を証言台に立たせないようにするため、ありとあらゆる手段を使うはずだ。国じゅうの殺し屋全員が、君の写真と、褒賞金の約束を記したメモをポケットにしのばせることになるだろう。裁判まではFBIが君につきっきりになるだろうから、生き延びる可能性もあるかもしれん。ひょっとしたらな。しかし裁判のあとは、そのまま証人保護プログラム行きだ。ネブラスカ州のど田舎かどこかでウエイトレスかなんかをして、死ぬまでひとりで生きていくことになるんだ。それがどれぐらいの長さになるかは、ピーター・カースンも刑務所でじっくり考える時間があるだろうから、どういう殺し方を選ぶかによるな。カースンは第三世界のちょっとした国全体より金持ちだし、物騒なやつばかりで構成した軍隊みたいなものも持っている。おまけに決してあきらめない。時間の問題なんだ。つまりだ、君の選択肢は二つ。吹きさらしのわびしい田舎町に捨てられて、誰もやりたがらないような仕事をして、一生――それもきわめて短い人生を送る。ひとりぼっちで、いつも誰かに見られていないかびくびくしながら暮らすんだ。ああ、それにプログラムに入れば、二度と両親や友だちには会えないからな。ポートランドを目にすることもないと思え」

ジョンは怒鳴《どな》り声になっていた。それで深く息を吐いて声の調子を整えた。「あるいは、だ。俺と一緒に来るか。俺は姿の消し方は心得ている。国のどこかで新しい場所で生活を始めるんだ。いや、外国で暮らしてもいい。完全に別人になれるし、俺のほうが証人保護プログラムよりも、上手にすばやくやってのけられる。静かに落ち着いた生活を送ろう。悪いことに首を突っ込まないようにして、身元を上手に作り上げれば、五年、いや十年ぐらいすれば君もちょっとしたインテリアデザイン関係の仕事ができるかもしれない。さあ、これが君の選択肢だ、スザンヌ。何にもない吹きさらしの町でウエイトレスをしながらひとりぼっちで暮らすか、俺と一緒に来るか」

ジョンは自分でも歯を食いしばっているのがわかった。恐怖と怒りを抑えるにはそうするしかなかった。

「どっちにしたい？」

ミッドナイト・マンが戻ってきたのね。スザンヌの頭に最初に浮かんだのはそのことだった。ピーター・カースンの名前を画面に見つけたとたん、ジョンはミッドナイト・マンになってしまった。瞳《ひとみ》が金属と同じ冷たい色に光り、金属のように何事にも動じないという雰囲気をたたえた。

ジョンの言ったこと……言葉がスザンヌの頭をぐるぐる回っていた。今知った現実を受け止めることがまだ難しくて、これがどういうことか必死でわかろうとしている最中なのに、ジョンはもう、次にどうすべきかまで決めて、先へと進んでいる。逃げるのだ。そう考えると魅力的だ。ジョン・ハンティントンが一緒に来てくれるなら、なおさらだ。どこか南の島でパッツィとスティーブン・スミス夫妻という名前にでもなり、パラソルの下でココナツを食べたり飲んだりする。それだけでも、ネブラスカでまったくのひとりぼっちでウエイトレスをするより、はるかにいい。ジョンがそばにいれば、誰かに見つかるのではないかとびくびくする必要もない。ジョンがあらゆることに気を配ってくれる。ジョンと二人で姿を隠すほうが、絶対にいいのに決まっている。


ただひとつ、間違っていることがある。

殺人を犯した男が、罪に問われないということ。

ジョンが目の前に立ちすくんで、にらみおろしている。気詰まりなほど、あまりにすぐ近くのところにいる。こうすれば、無理にでも一緒に逃げようという考えに従うとでも思っているのか。隠れ家に逃げ込んだと思ったら、また別のところに駆け込むのだ。ああ、そうできればどんなにいいか。

ジョンが口にしなかったこともある。一切、そのことに触れなかったが、ジョン自身が大きな犠牲を強いられることにもなる。選択肢があると言った際にも、まったくひとことも触れずにいた。ジョンは努力で築き上げた人生のすべてを投げうつつもりなのだ。新しく作った会社を棄《す》てる。軍隊での履歴を使うこともできなくなる。そういうことすべてを、スザンヌのために、何の疑問もなく喜んでするつもりで、そのことに何の見返りも求めていない。

ミッドナイト・マンは無情な戦士であるかもしれないが、スザンヌのことになると、思いやりのかたまりになる。だからすすんで、すべてをスザンヌのために差し出す覚悟なのだ。スザンヌの頬《ほお》を涙が伝い、ひりひりした。

スザンヌはベッドの端に腰を下ろした。腕を引っ張られて、ジョンも仕方なく座った。早く出発したくてじりじりしている感覚が、ジョンの手から伝わってくる。しかし、どこに行きたいと思っているのだろう。

「どっちなんだ?」と問い詰められ、スザンヌは答えることにした。

「ジョン。私の話を聞いて。ちゃんとよく聞くのよ」スザンヌは、静かに話し始め、手をジョンの手に重ねた。スザンヌの手は白くてほっそりとしていて、ジョンの手の半分ぐらいの大きさしかなかった。しかし、ジョンは焼けた火箸《ひばし》を突き刺されたようにびくっとして、その場で動けなくなった。「わかってもらいたいの。あなたの勇気には心から感心している。そんな勇気は、私にはとてもないわ」ジョンが何か話し出そうとしたが、開きかけた唇に、スザンヌは指を押し当てた。「しいっ。最後まで言わせて。今言ったとおり、私には勇敢なところなんて、まるでない。悪者を銃を持って追いかけるようなことは、できないわ。でも、私にもできることがあるの。ジョン、これこそ私がしなきゃならないことよ。ピーター・カースンが奥さんを殺したのは間違いないわ。だとすれば、罰を受けさせなければ。証言しなければ、私は殺人を許すことになる。私が法廷に出なければ、社会の仕組みは崩れてしまうわ。これは義務よ。しなきゃならないことなの。国民としての務めだわ。私は誇りを持って、務めを果たさなきゃならないのよ」

置いた手の下で、ジョンの手に力が入るのがわかった。頭を垂れ、肩が落ちた。わかっていたのだ。こう言えばジョンは逆らえないことが。軍の将校として務め上げてきた人間だから、国民の義務や、誇りという言葉は、ジョンの体の一部になっているはずだ。

ジョンはゆっくり立ち上がった。年老いた人のような動き方だった。二人の視線が合った。この瞬間にすべてが変わってしまう。次に取る行動が、二人を永遠に引き離してしまうプロセスの始まりになる。

こらえていた涙が、堰《せき》を切ったようにスザンヌの頬を流れ始めた。しかしスザンヌはまっすぐ顔を上げて、ジョンの視線を受け止めた。もう後には引けない。ジョンにもそれがわかっていた。

ジョンはスポーツバッグの中を探り出した。携帯電話だ。番号を押す。

「バドか？　ジョンだ。聞いてくれ、事態に進展があった」

あわただしくいろんなことが起きた。二十分後には、二人は私道を車で走っていた。そこから高速道路に通じる道に出られる。ジョンは、ここから八十キロほど離れた場所で、バドとＦＢＩの捜査官に落ち合う約束をしていた。

ジョンが何度も丁寧に説明してくれたから、スザンヌもこれからどういう手順になるのかが、きちんとわかっていた。説明の間、ジョンはまったくの無表情だった。瞳には何の感情もなく、厳しい顔をして、太いいつもの声で話していた。ミッドナイト・マンだ。

スザンヌはＦＢＩの捜査官に身柄をあずけられる。不正取引に密輸というのは、連邦犯罪としてＦＢＩの管轄になる事件だからだ。ＦＢＩは過去十五年間、ピーター・カースンの尻尾《しっぽ》をつかもうとしていた。バド・モリソンがスザンヌに付き添うことになっている。バドがポートランド市警とＦＢＩとの橋渡し役をするように、とジョンは説明していた。ジョンはＦＢＩを〝連中〟と呼ぶのだが、スザンヌを連中に引き渡すときには、絶対にバドがそばについているように、と言い張って、電話で口論になっていたのも、スザンヌには聞こえていた。少なくとも最初はバドがそばにいること、そうすれば見知った顔にスザンヌも安心できるからと言っていた。

ジョンは自分の手の届かないところに行ってしまってもなお、スザンヌを守ろうとできる限りのことをしている。

FBIの担当が、スザンヌに事情説明を行なう。つまり、尋問するということだ。スザンヌは厳重警備の家に連れて行かれ、地方検事局が事件を大陪審に送致するまで、そこに置かれる。証言の後、また別の場所に移されそこで公判の日を待つことになる。FBIの仕事はそこで終わる。そこからは裁判所の執行官の手に委ねられ、スザンヌは新しい身分証明をもらい、できる限り身元がわからないでいられそうな場所に住所を移すことになる。そしてそこで、残りの人生を送るのだ。身を隠して。

二度と両親に会うこともない。両親には、スザンヌの身に本当は何が起きたのかも知らせてはいけない。この地上から、娘がふっと姿をくらました、ということになってしまうのだ。しかし、こっそり事情を説明しておくから、とジョンが約束してくれた。

やっぱり、最後まで、私のことに気を配ってくれるのね。

ジョンに会うこともない。この人を愛している、と実感してほんの数時間で、永久に引き離されてしまうのだ。もう彼のような男性は現れない。現れるはずがない。ジョンを知って、愛してしまったのだから、他の男性を愛することなど考えられない。

彼以外の男性では、絶対にだめだ。

SUV車が道を行くにつれ、スザンヌの人生は終わりに近づく。瀕死《ひんし》の重傷を負った人のように、激しく血が流れていく気がする。

スザンヌはこぼれそうになる涙をこらえた。泣きたくはない。すべてをこの目に焼きつけておきたいのだから。人生が終わろうとする最後の一秒一秒を、心に刻んでおきたい。静かな夜で、凍《い》てつく空に星がきらめいていた。この人生の最後というのにふさわしい、美しい夜だった。スザンヌは寒さに体を震わせ、ジョンのシープスキンのコートに深くもぐり込んだ。ジョンがどうしてもと言ったので着ていたのだが、温かさが心地よかった。ジョンの匂《にお》いがする。男性的なこの香りを一生忘れはしない。

ジョンの横顔は、厳しかったが、あきらめたような雰囲気があった。ただ、ときおり頬の下の筋肉がぴくぴく動き、緊張が伝わってきた。スザンヌは絶望的な思いでジョンを見ていた。少しでも彼の姿を記憶に残しておきたかった。たいした量の記憶が頭の中にはないのだ。たった数日間。二人が過ごしたときは、ほんの数日だけだった。こらえようとしても、どうしても涙が頬を伝う。

口汚い罵《ののし》りの叫びを上げ、ジョンは突然ハンドルを切って、車を道端に停めた。まっすぐ前を見ながら、はあはあと息をし、そしてハンドルにがくりと頭を垂れた。

「ちくしょう」ささやくような声でジョンがつぶやいていた。顔をスザンヌに向けると、瞳がせつなく光っていた。「スザンヌ、だめだ。俺にはできない。君を放すことなんて無理だ」

「でもしなきゃならないのよ」スザンヌの心も引き裂かれていた。もう涙をこらえておくことなど不可能だった。「他に方法なんてないわ」

二人は同時に体を動かした。スザンヌがジョンの腕に飛び込むのと同時に、ジョンが腕を広げて、膝《ひざ》の上にスザンヌを抱きかかえた。

二人は激しく、飢えたようなキスをした。唇と舌と涙が混じり合う。涙はスザンヌのもので、ジョンは泣いていたわけではないが、必死でこらえているのがその体からスザンヌの手にも伝わってきた。

ジョンはスザンヌの頭の後ろに手を置き、しっかりと支えながら、口をむさぼり動かした。二人の唇を混ぜ合わせて、ひとつにしてしまうつもりにさえ思えた。ジョンの舌がスザンヌの口の奥に入ってくる。スザンヌはこの味を一生忘れないでいようと思った。

「行くな。頼む、俺のそばにいてくれ」ジョンがくぐもった声で真剣に言った。キスの合間に、言葉がひとつずつ漏れる。「俺には、とても、耐えられない。このまま、行かせる、なんて」

ジョンの手がスザンヌのセーターの中に入ってきた。ブラのホックを外すことさえせず、セーターと一緒にがばっと押し上げた。スザンヌを後ろに倒し、腕にもたれかからせた。そして乳房をしっかり包み込むと、口を近づけた。大きく開けた口に乳首を含み、勢いよく吸い上げる。噛《か》み、舐《な》め、力の限り吸い込む。そのとたん、スザンヌの体に強烈な絶頂感が走った。スザンヌはここまで自分が興奮していたとは思ってもいなかった。しかし、激しく切迫した快感は、ただもっと強く求める気持ちを引き起こし、そんな状態になっていることに、スザンヌは驚いていた。

ジョンの頬が乳房を吸い上げているのが見え、その瞬間、スザンヌの頭に、別の選択肢を取ったときの将来がよぎった。ソファに腰掛け、かたわらにジョンがいる。スザンヌは母乳を与えているところなのだ。ジョンとの間に生まれた子供に。そんな子供は決して生まれることはないのに。

絶望感に涙があふれながらも、スザンヌは体を起こし、震える手でジョンのジーンズの前を開けにかかった。ジョンが欲しかった。今、この刹那《せつな》。呼吸するよりも、必要なのは、彼を体の中に感じること。スザンヌは男性に対して積極的な態度をとることはめったになく、とくにジョンに対しては自分から行動を起こしたことなど一度もなかった。しかし、今は、ジョンに触れるためならばコンクリートを素手で掘り抜くことさえするだろう。

二人は競い合うようにボタンを外し、ファスナーを開けた。ジョンがあらわになった。スザンヌは靴を蹴《け》り脱ぐと、スラックスとパンティを下ろした。セーターもコートも着たままだ。裸になる必要はなかった。最低限の部分さえ出しておけばいいのだ。ただジョンの……。

これを！

彼のもの。すごく大きく、石のように硬くなっている。その部分に手を置くと、みなぎる力が伝わってきて、スザンヌの口から甘えるような声が漏れた。このペニスにあれほどの快感を与えてもらった。けれど今は、気持ちがいいからとか、感じるからという理由で欲しいのではない。ただジョンと、もっとも原始的な方法で純粋につながっていたいからなのだ。今はただ、自分の体の中にジョンがあることを確かめていたい、自分の体の一部となって動く感触を知っておきたい。

スザンヌは自分の手で体を開き、ジョンの上になって位置を合わせた。もう絶頂を味わってはいたが、それでもジョンが入ってくるのは難しかった。それでもスザンヌはそのままやって、と懇願した。痛みさえも覚えながら、どうしてもジョンを体の中に感じたくてたまらなかった。やっと、ジョンをしっかりつかまえ、またぐような格好で、スザンヌはジョンの体の上に落ち着いた。ジョンのその部分の毛をちくちくと内腿《うちもも》に感じ、スザンヌの体の中も、ゆっくり彼の大きさになじんできた。もしこんなことにならなければ、二人で一緒に暮らし、何度も愛を交わすことになっていたはずだ、とスザンヌは思った。そうすれば、そのうち自分の体も彼の大きさに合うようになってきたはずなのに、と。

スザンヌがジョンの体にまたがったので、二人の顔の位置が同じになった。あたりは暗くても、ジョンがどんな顔をしているのか、スザンヌにはよくわかった。自分と同じぐらい苦悩の表情を浮かべているはず。ミッドナイト・マンは消え、自分の感情をどうすることもできなくなった男の顔がそこにあるはずだ。

その姿勢でいると、体の奥深くにジョンを感じ、さらに目を見合わせることができるので、親密感が強くわきおこり、我慢できないほどになっていった。スザンヌはセーターの中に手を入れて、ジョンの胸に触れた。濃い胸毛を指ですくように、手を這《は》わせていく。分厚い胸筋を滑らせていくと、右手にジョンの心臓の高鳴りが伝わってきた。ジョンの息が、ふうっとスザンヌの顔にかかった。

スザンヌはゆっくりなめらかな円を描くように、腰を動かし始めた。

動かしてみて、ジョンの反応をうかがうように、瞳をのぞき込んだ。「ピルを飲んでいたのが残念だわ。今この場で妊娠できるのなら、何でもする。そうすれば一生、あなたの子供とは一緒にいられるんですもの」

ジョンの瞳が、かっと燃え上がり、スザンヌの体の中でペニスがいっそう大きく太くなるのがわかった。自分の言葉への彼の反応を、目にするのと同時に感じることもできるというのは、奇跡のように思える。

ジョンはスザンヌの背中を大きな手で押さえ、体をさらに引き寄せながら、ほえるように言った。「子供を宿した君を他人に手渡したりすることなんか、絶対にない。誘拐と言われようが、何だってする」

「ジョン」スザンヌの声は涙に詰まっていた。胸いっぱいの思いで喉《のど》がふさがり、声を出すこともできなくなっていた。涙で喉がひりひりする。ジョンはゆっくりと、体を突き上げ始めた。その動きにスザンヌの体がどう反応しているのか、瞳にはっきり映し出されているはずだ。「あなたと会えなくなるのはすごく……辛い」力を込めて突き上げるジョンの腰の動きに応えながら、スザンヌの途切れ途切れの言葉が、ジョンの口の中に吸い込まれていく。

ジョンは片手でスザンヌの頭を抱えた。唇を噛みながら、激しくキスしてくる。

「これを覚えておくんだ」ジョンはあえぎ声を出し、力任せに突き上げ、激しい勢いで腰を動かし始めた。「俺の口がどんな味がしたか、君の唇に刻んでおきたい。俺のものが体に入っている感触を覚えておいてくれ。君が去っていくときには、俺が果てた印をつけたまま行ってくれ。君の体の中に、その証拠が残ったままで。覚えておくんだ……これを」ジョンが一気に突き上げたので、スザンヌはあえいだ。もう、こらえることはできなかった。スザンヌはクライマックスを迎え、体を揺すり、震わせ、そして叫び声を上げたが、ジョンはずっと体を動かし続けていた。スザンヌがぐったりしてもたれかかると、ジョンはスザンヌの体をきつく抱きしめ、自分の高みに向かって動き始めた。スザンヌの髪に顔を埋めたのだが、それでも暗い車内にジョンの声が咆哮《ほうこう》のように響いた。

二人はそのままじっと動かずにいた。スザンヌはまだジョンにまたがったままだったが、汗は引いてきていた。二人の体は結ばれたままだった。

ジョンがスザンヌをまたぎゅっと抱き、スザンヌはジョンの首に頬をすり寄せた。スザンヌの瞳に涙があふれてきたが、もう泣いてはいなかった。さんざん涙を流したけれど、もう涙は何の役にも立たないのだ。

スザンヌはこの瞬間のすべてを記憶しておこうと必死になっていた。ジョンが中に入っている感覚。絶頂を迎えた後でも、ほとんど硬いままだ。髪にかかる息。セーターの下で背中を撫《な》でる手。

このまま永遠にじっとしていたいと思った。しかしやがてジョンが体を動かして大きな息を吐いた。「もう行かないと」ジョンがスザンヌの髪にやさしくキスし、体を持ち上げてくれた。スザンヌは手探りで落ちていたパンティを探し、見つけると身につけ、それからスラックスもはいた。ジョンが身づくろいするのは、スザンヌより簡単だった。腰を少し高くして、ジーンズを引き上げ、ファスナーを閉めるだけでよかったのだから。

自分がどれほどひどい格好かは、スザンヌもわかっていた。髪はくしゃくしゃ、顔には涙の跡だらけ、キスのとき噛まれたから唇も腫《は》れ上がっているだろう。セックスの匂いがするはずだ。脚の間を精液が伝い落ちるのがわかる。そんなことはすべてわかっていて、これからＦＢＩの捜査官と会うのだ。捜査官はひと目で、どういうことか見て取るだろう。それもわかっている。でも、そんなことも、どうでもいいのだ。

ジョンが車のエンジンをかけた。「時間だ」その声は低く、落ち着いたものだった。注意深く感情を隠したその顔を見て、スザンヌは泣きたくなった。

ミッドナイト・マンが戻ってきたのだ。

約束した場所に約束どおり、彼らは待っていた。何の変哲もない、そのためかえって、私たちはＦＢＩですよ、と宣伝しているような車が二台、ポートランド市警から支給されるバドの車の隣にあった。スザンヌの気持ちを和《やわ》らげるため、少なくとも最初の数日はバドが一緒にいるようにと、ジョンは念を押していた。スザンヌは心細くて不安だろう。厳重に鍵《かぎ》のかかった家に閉じ込められるのだから。スザンヌのように美しく、生き生きとしている女性が、閉じ込められたまま、実際にはその生涯を終わりにしてしまうということは、考えるだけでも吐きそうな気分になる。スザンヌのために、監禁生活の最初のうちだけでもバドがそばについていてくれるということだけは、確認しておかなければならない。

FBIの捜査官は、ジョンがブレーキをかけ終わらないうちに、車から出てきた。捜査官が四人いるが、その顔はジョンからはよく見えなかった。しかし、顔など知る必要もない。この連中は誰も同じだ。同じような服を着て、同じ背格好、任務マニュアルに従って同じ行動を取るのだ。

バドも自分の車から出てきて、捜査官の横に立った。バドのほうがはるかに背が高い。全員の吐く息が白く見える。気温は氷点下まで下がっているのだ。

ジョンに押し出されるようにしてスザンヌが前に歩き始めると、その姿がジョンの懐中電灯に照らし出された。捜査官たちが驚きに目を見開き、その後ぱちぱちとまばたきするのがジョンに見えた。FBI捜査官のプロとしての仕事ぶりにはジョンも信頼を置いているし、スザンヌは彼らといれば危険はないだけでなく、規則上は彼らから危険を受けることもないのはわかっていた。

しかしそれでも、彼らが男性でないというわけではない。スザンヌを見てどきっとしない男がいれば、死んでいるのも同然だ。

今のスザンヌは、ジョンと最初に会ったときのような洗練された格好はしていない。服はしわだらけ、化粧も取れ、髪はくしゃくしゃだ。それでも、どきっとするような女性であることに違いはないのだ。上品さとセクシーさが絶妙に混じり、強烈な魅力がある。男性の目を釘付《くぎづ》けにする存在だ。

スザンヌがもっと近寄って、その姿がよく見えるようになると、捜査官にもわかるはずだ。腫れ上がった唇だけでなく、ジョンのつけたキスマークだけでなく、彼女の歩き方、動作でそうと知れるのだ。たっぷりと愛された、たった今セックスをした女。はっきりと姿に現れている。

バドが前に進み出た。スザンヌの肩に手を回し、耳元で何かを言っている。その言葉にスザンヌがうなずく。

バドが何を言っているかは、ジョンには聞こえなかったが、耳にするまでもない。安心させるようなことを言っているのだ。大丈夫だからな、とかいう種類のたわごとだ。

大丈夫なはずがない。

「よし」連中のひとりが言った。「行こう」

スザンヌが振り向いてジョンを見た。目が潤んできらきらしていた。もういちどだけ抱きしめて欲しいと、添えられた手を振り切ってジョンのもとに駆け寄ってきそうだった。彼女が何を考えているのかがわかったが、ジョンは、体を後ろに退けた。もう一度この腕に抱けば、二度と放したくなくなるのはわかっている。スザンヌはじっとジョンを見たが、やがて捜査官がその腕に手をかけ、前を向いた。もう一度、名残惜しそうにジョンを見る。そして先頭の車の後部座席へと滑り込んでいった。捜査官も乗り込み、車が出て行った。

バドは残されて、ジョンを見ていた。二人は互いに見つめ合い、バドが自分の気持ちをわかってくれたのが、ジョンにはわかった。

そのあともしばらく、ジョンは、丘を越え消えていく車のテールランプを見つめていた。

そしてジョンは自分の車に戻ると、急発進した。これからやらねばならないことが何かはわかっている。それには、一刻も早くとりかからねばならない。

ハンターが獲物に忍び寄った。獲物は注意を怠らなかったが、ハンターは辛抱強く、こっそり近寄っていった。ハンターには抜け目なさと技があり、これまでにもこういったことは何度も経験していた。人間にひそかに近づき殺したこともある。獲物となれば、人間も動物と同じように痕跡《こんせき》を残していくのだ。

ハンターはこの場に四日四晩、じっと潜《ひそ》んでいた。水筒の水をわずかにするだけで何も食べず、暗視ビジョンのついた四十倍望遠レンズにぴったりと目をくっつけたままだ。

ハンターは顔に泥とカムフラージュ用のペイントをつけ、腰から下は大きな樫《かし》の木の根っこにできた空洞の中に埋めている。冬場の北太平洋岸の風景に溶け込むような色彩の迷彩服をまとった体からは、動物のような臭いがする。いいことだ。森にいる野生動物が、彼のことを危険な捕食動物として避けて通るからだ。そしてハンターは今まさに、危険な捕食動物そのものとして、殺戮《さつりく》モードに入っていた。動物はそれを察知しているのだ。

下の谷には、石灰岩でできた大きな別荘があり、警備の人間が見張りをしていた。警備レベルが引き上げられ、塀の上には有刺鉄線が張り巡らされているが、ハンターにしてみれば、そんなものはお笑いぐさだった。ハンターは全体を見渡せる有利な場所にいる。別荘の中から出る者は必ず、ハンターの狙《ねら》う照準器の中央に飛び込むことになるのだ。

狙いはつけてある。角度も計算済みだ。獲物が照準器の真ん中に入る際の弾丸偏差も考慮してある。何をどうすればいいのか、ハンターはじゅうぶんわかっていた。こういうことには、ハンターは特別秀でているのだ。

ハンターの仲間が情報をもたらしてくれた。獲物が別荘にいること。護衛だけをつけて、ひとりでひっそりと隠れるようにしていること。仲間はハンターに見張りの交代時間、スケジュール、敵の武器を教えてくれ、援護すると言ってくれた。しかしハンターは自分ひとりでやることにした。これはハンターだけの戦いだ。彼の仕掛ける戦争なのだ。ひとりでやりとおさねばならない。死ぬようなことになるのなら、ひとりで死ぬ。

ハンターは何日も、幾晩もひたすら待ち続けた。

四晩めの真夜中だった。風がぴたりとやみ、ハンターはとどめを刺すにはもってこいの夜だと思った。獲物は少し体を伸ばそうとしたのか、外に出てきた。背の高い、ブロンドのハンサムな男だった。冷酷な表情が夜光スコープを通してもくっきりと見えた。男は足を止め、あたりを見回し、安全だと納得したらしい。愚かな安心感だ。

壁に囲われて、護衛もいると思っているのだろう。そんな護衛など、無いのも同然だということを知らないのだ。体をかがめてタバコに火をつけた。暗視ゴーグルの中では、炎が緑色にまぶしく、ハンターの視界が一瞬ぼやけてしまった。ハンターは待つことにした。

待っていると、獲物は煙を吸い込み、また吐き出した煙がぽっかりと固まりになって浮かんだ。やがて煙は、凍てついた夜の静寂《しじま》に混じり合って消えた。さらに待っていると、獲物は護衛と二言三言、冗談を言い合った。獲物が清らかな山の大気を、すうっと吸い込む間も、ハンターは待っていた。獲物は隔離された場所で身の安全を感じているのだ。

そしてそのときが来た。獲物がタバコの吸殻をかかとで消した。もう一度ぜいたくで安全な自分の城に、満足げな一瞥《いちべつ》を投げ、中に入ろうとしたのだ。その瞬間、ハンターは引き金を引いた。

居間のほうで何かが起きたようだ。男性が興奮気味に、何かを大きな声で話しているのが聞こえる。ひっきりなしに電話が鳴っている。スザンヌは居間のほうに行って、何が起きたのか聞いてみようかとも思った。しかし結局どうでもいいと思い直した。この四日四晩、この警護の厳重な家に軟禁されたのも同然だった。何かを思えば、頭がおかしくなりそうなので、何も考えないようにしようと心に決めていたのだ。

窓というものは一切なく、今何時ごろだろうと思っても、腕時計と部屋に置かれた小さなテレビだけが頼りの状態だった。

ここがどこなのかさえ、見当もつかない。飛行機に乗ってたどり着いたのは、小さな飛行場で、滑走路脇《わき》まで迎えの車が来ていた。ターミナルも素通りしていったので、空港の名前さえ見えなかった。だとしたところで、それがどうということではない。どこにいようとも、スザンヌにはもう自由などない。どこに行っても、ジョンがそばにいてくれることはないのだ。

時間はのろのろと、まったく過ぎていかないように思えた。最初の三日間はバドが一緒にいてくれたが、昨日バドも帰らなければならなくなった。

事情聴取がやっと終わったのには、感謝したい気分だった。同じ話を何度も何度も、次から次へと違う捜査官に話した。今日やっと、ひとりにしておいてくれるようになった。スザンヌの身の回りの世話をしてくれる捜査官の話では、大陪審の罪状認否手続きは、まもなく始まるということだった。それが済むと、また別の場所に身を移され、公判を迎える。その後、新しい生活が始まるのだ。

雑誌をぱらぱらめくってみたが、記事を読もうという気はまるでなかった。疲れに目がかすむ。毎夜、泣きながら眠っていた。これほど涙がわいてくるものかと、自分でも驚いた。昨夜も同様だった。また朝が来て、同じような一日が始まった。何とかやり過ごさなければ。

将来いつかは、涙が涸《か》れることもあるのだろう。そうなるはずだ。そんな日が早く来てくれるようにと、スザンヌは思った。

部屋のドアが開いたので、スザンヌは顔を上げた。居間のほうにはいつもの四人ではなく、十人以上も捜査官がいるのが見えた。また電話が鳴っている。この三十分で五度目だ。いったい何が起きたのだろう？

ドアから入ってきたのは、見たことのない男だった。ただし、この男も他の捜査官と同じ型でできたクローンでしかない。全員、何もかも同じなのだ。中背、安物の黒っぽいスーツ、ユーモアのかけらもなし。「バロンさんですね？　ちょっとお話しさせていただいてもいいでしょうか？」

ああ、もう。また事情聴取。スザンヌは雑誌を横に置いた。「いいですけど」

「では、こちらにいらしてください」捜査官はドアを開けて、居間のほうにとスザンヌを招いた。

ため息を漏らしそうになるのを抑えて、スザンヌは立ち上がると捜査官の後について居間に入っていった。スザンヌが入るなり、会話がぴたりとやんだ。全員の視線がスザンヌに注がれている。いったい何があったの？

さっきの捜査官に促されて、スザンヌは椅子に腰掛けた。捜査官が隣に座る。「バロンさん。私は、アラン・クロウリー特別捜査官です。私がカースン事件の担当なんです。事件に……進展がありまして。非常に珍しいケースなんですが」クロウリー捜査官は言葉を切り、スザンヌが何か言い出すのを待っているかのように、見つめてきた。

「それで？」しばらくしてから、スザンヌが言った。

「バロンさん、数時間前に連絡を受けましてね。ピーター・カースンが狙撃《そげき》され死にました」

スザンヌはその言葉の意味がのみ込めず、ぽかんと捜査官を見ていた。「は？」

「犯人はわかっていません。スナイパーがピーター・カースンの頭を銃で撃ち抜いたんです。ということは、つまりカースンに対する連邦裁判が行なわれることはなく、すなわち、バロンさん、あなたは自由にお帰りいただいて結構なのです」

「私――」スザンヌはあたりを見回した。FBIの力を誇示するような厳重警護の家だ。そしてまたクロウリー特別捜査官に視線を戻す。「私、自由に帰れるの？　身の安全は……大丈夫なの？」

捜査官がふっと息を漏らした。「ええ。あなたはピーター・カースンが働いていた組織に対しては何の脅威にもなりません。彼個人の身を脅かす存在だったからです。彼が……いなくなった今となっては、あなたをどうこうしようという者は誰もいないのです。あなたをつけ狙えば、組織としては問題が複雑になるだけです。こちらに連絡をしてきた者によれば、あなたの安全は確約されています。あなたの身に何も起きないことを確認できるまで、出て行かせるようなことはしませんよ。ともかく、あなたは自由の身です。家にお帰りになって結構です」

自由に家に帰れる。自由。家に帰る。スザンヌはまだ信じられないというように、まばたきをしていた。疲れすぎて夢でも見ているのか。クロウリー特別捜査官に今の言葉をもう一度繰り返してもらおうと、口を開こうとしたそのとき、玄関のドアが開き、バドが中に入ってきた。

ああ、すてき。バドが迎えに来てくれたんだ。家に連れて帰ってくれるんだ。そう思ったスザンヌがほほえみかけると、バドがすぐ後ろについてきていた男性に道を譲った。バドと同じぐらい背が高く、同じぐらい広い肩。ただ黒い髪が短く刈り込んであり、銃身の金属のような色の瞳がそこにあった。スザンヌのうなじの毛が逆立った。スザンヌは震えながらゆっくりと立ち上がった。ああ、神様。二度と会えないと思っていたのに。彼の名前を呼ぼうとしたのに、喉が詰まって声が出ない。膝ががくがく震えて、立っているのもやっとだ。

切羽詰った視線を投げかける。彼は瘦《や》せたようだ。この数日で、これほど瘦せることがあるのだろうか？　疲れきった顔に、しわが浮き上がり、剃《そ》っていないひげで頰が黒く見える。しかも、すごい臭いさえする。まるで野生の動物のような雰囲気が漂っている。

スザンヌは一歩、さらにもう一歩前に出た。そしてジョンの腕の中に飛び込んだ。ジョンの腕がきつくスザンヌを抱きしめ、スザンヌは泣き始めた。

「銃は見つからないんでしょうね？」クロウリー特別捜査官が、スザンヌの後ろから声をかけた。

ジョンの冷たい瞳が、捜査官を見た。「いったい何の話をしているのか、さっぱりわからんね」

ジョンはスザンヌを腕に抱き上げ、ほほえみかけた。めったに見られない笑みが、疲れきった無精ひげだらけの顔に奇妙に映った。捜査官たちは何も言わずに、立ったまま二人を見ていた。ジョンが腕にスザンヌを抱いたまま背を向けて家を出て行っても、誰一人止めようとはしなかった。

「大切な人」玄関の段を下りながら、ジョンが語りかけた。「家に帰ろう」

訳者あとがき

最初に「読んでみてもらえませんか？」とこの〝Midnight Man〟を渡されたときは、何の期待もなく、実を言えば、適当にささっと読んで感想とあらすじを扶桑社の担当者に渡しておこうと考えていたほどです。ところが読み始めてキャラクターの魅力、物語のスリリングな展開にすっかり夢中になり、「すっごくおもしろい」と独り言をつぶやき続けながら読み進むことになってしまい、読み終えてすぐ、「急いで出版しましょう！」とメールしていました。もう十年以上も前になりますが、Suzanne Brockmann の〝Prince Joe〟を読んだときの感覚を思い出しました。そう、本作品も同じように海軍特殊部隊SEALで鍛え上げられた、いわゆる「アルファ・メール」のヒーローのトラブルシューターものロマンスです。

SEALは最近、フィクションの世界だけでなく、実際にイラク戦争での特殊任務が一部報道されたことで、一般的にもよく知られるようになりましたが、SEa（海）、Air（空）、Land（陸）の略で、これらすべての戦いに秀で、そのための肉体と頭脳を持つ、アメリカの軍隊でも超エリート集団です。基地のあるコロナドには、SEALグループというのまで存在するようです。

アルファ・メールというのは、もともとは動物の群れのボスを指す言葉で、鍛えあげられた体を持ち、有無を言わさず自分の信念を通す、あらゆる意味で強い男性のことです。彼らは、自分の世界に属する人たちを絶対的に守ろうとします。本作品のヒーロー、ジョンも元SEALの警備会社社長で、ヒロインのスザンヌを命がけで守ってくれます。

ロマンスの中でも、強烈な個性のヒーローが多いこと、さらに危険な状況を脱出するアクションのどきどき感から、特に人気がある分野ですが、本作品はさらに、サスペンスとしてのストーリーの確かさ、スピーディな展開でいっきに読ませてくれます。

これほどの筆力のある作家なのに、調べてみてもほとんど情報がなく、不思議に思っていたのですが、どうやら、別の名前でロマンスではかなりの数の作品を出しているようです。ただ、その際に制約の多さに不満も多かったらしく、オンラインのインタビュー記事では、いわゆるロマンスジャンルで「使っていい言葉や表現」が現実とそぐわないことへの苛立《いらだ》ちもみせています。

本作品ではのびのびと「使いたい言葉」で書いている感じが伝わってきます。それがセクシーさ、スリル、アクション以外にも、じんと心を打つシーンを生み出すことにもつながっているのではないかと思います。

『真夜中の男』に続く、ミッドナイト・シリーズとしては、本作品でジョンの理解者である元海兵隊員の刑事バドと、スザンヌの親友クレアの話が用意されています。さらに、本書でも言及されていたジョンの元部下コワルスキが第三話となるようです。魅力あふれる登場人物と、スリリングな展開を今後もご期待ください。

（二〇〇七年二月）

◉訳者紹介　上中　京（かみなか　みやこ）
関西学院大学文学部英文科卒業。英米翻訳家。訳書にケント『嘘つきな唇』（ランダムハウス講談社）など。

真夜中の男

発行日　2007年２月28日　第１刷
　　　　2007年３月20日　第２刷

著　者　リサ・マリー・ライス
訳　者　上中　京

発行者　片桐松樹
発行所　株式会社 扶桑社
〒105-8070　東京都港区海岸１-15-１
TEL.(03)5403-8870(編集)　TEL.(03)5403-8859(販売)
http://www.fusosha.co.jp/

印刷・製本　株式会社　廣済堂
万一、乱丁落丁(本の頁の抜け落ちや順序の間違い)のある場合は
扶桑社販売部宛てにお送りください。送料は小社負担にてお取り替えいたします。

Japanese edition © 2007 by Fusosha

ISBN978-4-594-05323-9　C0197
Printed in Japan(検印省略)
定価はカバーに表示してあります。